九州大学
人文学叢書
24

小黒康正

「第三帝国」以前の「第三の国」

ドイツと日本におけるネオ・ヨアキム主義

九州大学出版会

目次

「第三帝国」以前の「第三の国」

――ドイツと日本におけるネオ・ヨアキム主義――

序

一　今や我国にも「第三帝国」の声は高い

一般の理解によれば、「第三帝国」das Dritte Reich はナチス・ドイツのことを指す。つまり、第三番目の「ライヒ」もしくは「国」を意味する普通名詞ではなく、一九三三年から一九四五年までのドイツにおける支配体制の固有名詞である。一九一九年設立の「ドイツ労働者党」Deutsche Arbeiterpartei から一九二〇年に改称された「国民社会主義ドイツ労働者党」Nationalsozialistische Deutsche Arbeiterpartei の通称と言ってもよい。事実、同党が一九三〇年九月の国政選挙で大きく議席を伸ばし第二党となった勝因の一つとして、左翼・リベラルのデモクラシー体制でも反動的君主制でもない「第三の国家」を強力にアピールしたことが挙げられよう。[1]「第三帝国」という表現に対する使用禁止が一九三九年六月十三日付の「総統命令」で出されたが、[2]アードルフ・ヒトラーは一九四一年十二月十七日から十八日にかけての談話で次のように語っていた。

西暦一九三三年という年は、ドイツという国家と軍の結びつきが新しくなった年にすぎないのだと私は判断をくだした。すでに失われていた「帝国」の概念が、我々にだけではなく全世界に「第三帝国」として再び銘記されたのだ。今や、ドイツという時、それは「第三帝国」以外の何ものでもない[3]。

ヒトラーが一九一三年五月にヴィーン（ウィーン）[4]を去ってミュンヒェン（ミュンヘン）に移住、一九二三年十一月にミュンヒェン一揆を起こし、一九三三年一月にベルリーン（ベルリン）で政権を掌握したことを考えると、一九二三年から一九三三年までの十年は、ナチス・ドイツの自称であり、通称であり、俗称である「第三帝国」という言説が流布した十年であった。

　しかしながら、冒頭で示した「今や我国にも「第三帝国」の声は高い」という発言はドイツではなく、日本国内で、それも一九一四年三月に発せられた言葉である。いわゆる「第三帝国」以前の発言であった。しかも、発言者の西尾実（一八八九～一九七九年）は、国文学者、国語教育学者、国語学者であって、直接、西洋を研究対象にしている者ではない。それだけに、この発言は二重、三重の意味で、興味深い。西尾は雑誌『信濃教育』大正三年三月号に掲載された「道元禅師」にて、当代の問題として「ヘブライズムとヘレニズム」を挙げている。ヘブライズムは旧約聖書および新約聖書の全体を含むキリスト教の精神文化を包含する語であり、ヘレニズムは古代ギリシアの文化・思想を意味する語であるが、西尾が「道元禅師」にて用いた語彙使用では、ヘブライズムは「中世キリスト教思想の文明」であり、ヘレニズムは「近世ギリシャ思想の文明」であった[5]。近代日本において西洋思想がすでに定着していたこと、いや、それどころか、西洋の伝統的な二項対立である「ヘブライズムとヘレニズム」を近代の日本人が自分たちの問題として捉えていたことが、西尾の発言から読み取れる。すなわち、この発言は「第三帝国」という言葉がナチス・ドイツ以前に、それも第一次世界大戦以前に日本において、少なくとも当時の知識人の間で、すでに流布していたことを示す。ナチスの「第三帝国」以前に日本で「第三帝国」という言葉が流布していたという事実に対して、現代の日本人は言うに及ばず、現代のドイツ人も、かなりの違和感を覚えるのではなかろうか。

もっとも、「ライヒ」Reich をめぐる三段階の思想はヨーロッパにおいて古くから存在し、十二世紀イタリアに実在したフィオーレのヨアキム（Joachim de Floris / Joachim von Fiore, 一一三五頃～一二〇二年）を出自とする。イタリア半島南西端にあるカラブリアの修道院長は、聖書の最後に置かれ、世界の終末を扱う「ヨハネの黙示録」（以下、「黙示録」）の解釈を、キリスト教の三位一体説にもとづいて行い、歴史を「父・子・聖霊」の三つの時代に分割し、旧約の時代、新約の時代が過ぎ去り、今や聖霊の時代、つまり「第三の国」が始まろうとしていると考え、この最終段階において修道生活に似た理想的な共同社会が実現すると主張した。ヤーコプ・タウベスによれば、フィオーレのヨアキムによる「三」の思想は「近代の本質を視野に入れ、近代に洗礼をさずけて革命の千年にしてしまう」[6]。事実、ヨアキムの聖霊論は千年王国への熱狂的な待望を民衆に植えつけ、中世や近世のみならず、近代以降にも多大な影響をもたらした。ヨアキムの思想が中世や近世にもたらした宗教的な影響、つまり、ミルチャ・エリアーデの言う「ヨアキム主義」[7]に対して、近代以降の社会思想史的な影響を「ネオ・ヨアキム主義」と称するならば、その最たる例は、ドイツ保守革命の思想家メラー・ファン・デン・ブルックの著作『第三の国』Das dritte Reich（一九二三年）であり[8]、その書名や内容を自らの政治的プロパガンダに取り込んだナチス・ドイツであろう。同書以後の見解では、「ライヒ」をめぐる三段階としてあるのは、第一に神聖ローマ帝国（九六二～一八〇六年）、第二にドイツ帝国（一八七一～一九一八年）であり、第三に一九一九年成立のヴァイマル共和国を認めない保守勢力が求めた新たな政治体制であり、つまるところ、ナチス・ドイツの「第三帝国」であった。

しかしながら、中世イタリアで生じた「三」の思想は、ナチスの語彙使用とはまったく異なる意味で用いられ、近代のドイツのみならず、ノルウェーやロシア、さらには日本や中国にも影響を与えたことは、ドイツでも一般に知られておらず、また、学術の領域でも総括的な研究はいまだなされていない。こうした状況はなぜ生じたのであろうか。そして、何がどの程度明らかにされていないのであろうか。以上を明らかにするために、まずは、ナチス・ドイツのプロパガンダである「第三帝国」das Dritte Reich という言葉と区別するために、第三の「ライヒ」をめぐるそれ以前の思想を「第三の国」das dritte Reich と称しておこう。[9] ドイツ語表記では、序数「三」が大文字で書き始められるか（Dritte）小文字で書き始められるか（dritte）の違いとなる。また、フィオーレのヨアキムが行った「三」の時代区分がそもそも黙示録解釈にもとづくものであったことも見逃せない。その意味で、「第三の国」研究の基盤となる重要な先行研究として、前近代の黙示録受容に関してはノーマン・コーン『千年王国の追求』（一九六一年）[10]、フィオーレのヨアキムに関してはバーナード・マッギン『フィオーレのヨアキム　西欧思想と黙示録的終末論』（一九八五年）[11]、近代以降の黙示録受容に関してはクラウス・フォンドゥングの研究『ドイツにおける黙示録』[12]、ゲーアハルト・R・カイザー編の論集『黙示録の詩学』[13]、ベルント・U・シッパーとゲーオルク・プラスガー編の論集『黙示文学と無終末？』[14]などが挙げられよう。こうした代表例のほか、先行研究は枚挙にいとまがない。しかし、「ネオ・ヨアキム主義」の思想的核心となる「第三の国」に関しては、黙示録受容の中で最重要の位置を占めているにもかかわらず、日本は言うに及ばず、ドイツでも、否、ドイツだからこそ、その実相は十分に解明されていないのである。

二　未開拓領域

「第三の国」の言説をめぐる以上のような研究状況の中で、トーマス・マンやインゲボルク・バッハマンを考察の中心に据えて「黙示録文化」を検討し続けてきた著者は、黙示録の解釈を三位一体説にもとづいていわば歴史化したフィオーレのヨアキム、そしてヨアキムの思想が中世や近世にもたらした宗教的な影響としての「ヨアキム主義」と近代以降にもたらした社会思想史的な影響としての「ネオ・ヨアキム主義」に行き着いた。さらに、「ネオ・ヨアキム主義」の思想的核心となる「第三の国」にはドイツを中心とする西側の受容とロシアを中心とする東側の受容とがあり、両者の交点に、ドミートリー・メレシコフスキー、ワシリー・カンディンスキー、トーマス・マンなどが存在することや、「今や我国にも「第三帝国」の声は高い」という第一次世界大戦直前の日本における言説があることに気づき、現在にいたっている。[15]

「第三帝国」という呼称がナチス・ドイツの自称、通称、俗称として定着し、一九四五年のドイツ無条件降伏まで、いや、それどころか、現在にいたるまで広く知られているのに対して、「第三帝国」以前の「第三の国」に関する内実はほとんど知られていない。ナチス・ドイツがメラー・ファン・デン・ブルックの著作にならい神聖ローマ帝国を「第一帝国」、一八七一年に成立したドイツ帝国を「第二帝国」、一九一九年成立のヴァイマル共和国を認めない保守勢力が求めた新たな政治体制を「第三帝国」と見なしたように、フリードリヒ・ニーチェを信奉したメレシコフスキーも、前衛的な絵画運動を牽引したカンディンスキーも、「第三帝国」と戦ったマンも、このような国粋主義的な政治体制を画一的に求めたのであろうか。もしそうでないとしたら、彼らの「第三の国」は「第三帝国」というプロパガンダと何を共有し、何を共有していないのであろうか。さらに問えば、「第三帝国」以前に「第三の国」を標榜したのは先の三者に限られたきわめて特殊な事例だったのだろうか。そもそも、なぜ二人のロシア人が「第三の国」を標榜したのであろうか。いや、それ以上に、なぜナチスの「第三帝国」以前に日本において「第三帝国」という言葉が流布したのであろうか。「第三帝国」は、反民主主義的、反自由主義的、反ユダヤ主義的な偏狭な思想であり、多様性を認めない国粋主義的な思想だった。これに対して思想としての「第三の国」は、ロシアや日本において認められるトランス・ナショナルな展開にもかかわらず、つまるところ、ナショナルな国粋主義的な思想だったのだろうか。「第三の国」の実相が、日本のみならず、国際的にもほとんど知られていないだけに、以上のような問いは尽きない。

こうした状況の中で、著者なりの「気づき」にもとづく本書は次のような問いを立てて、論述を行う。「第三の国」は、画一的なナショナルな国粋主義思想ではなく、「第三帝国」と思想的な出自をともにしながらも、多様な

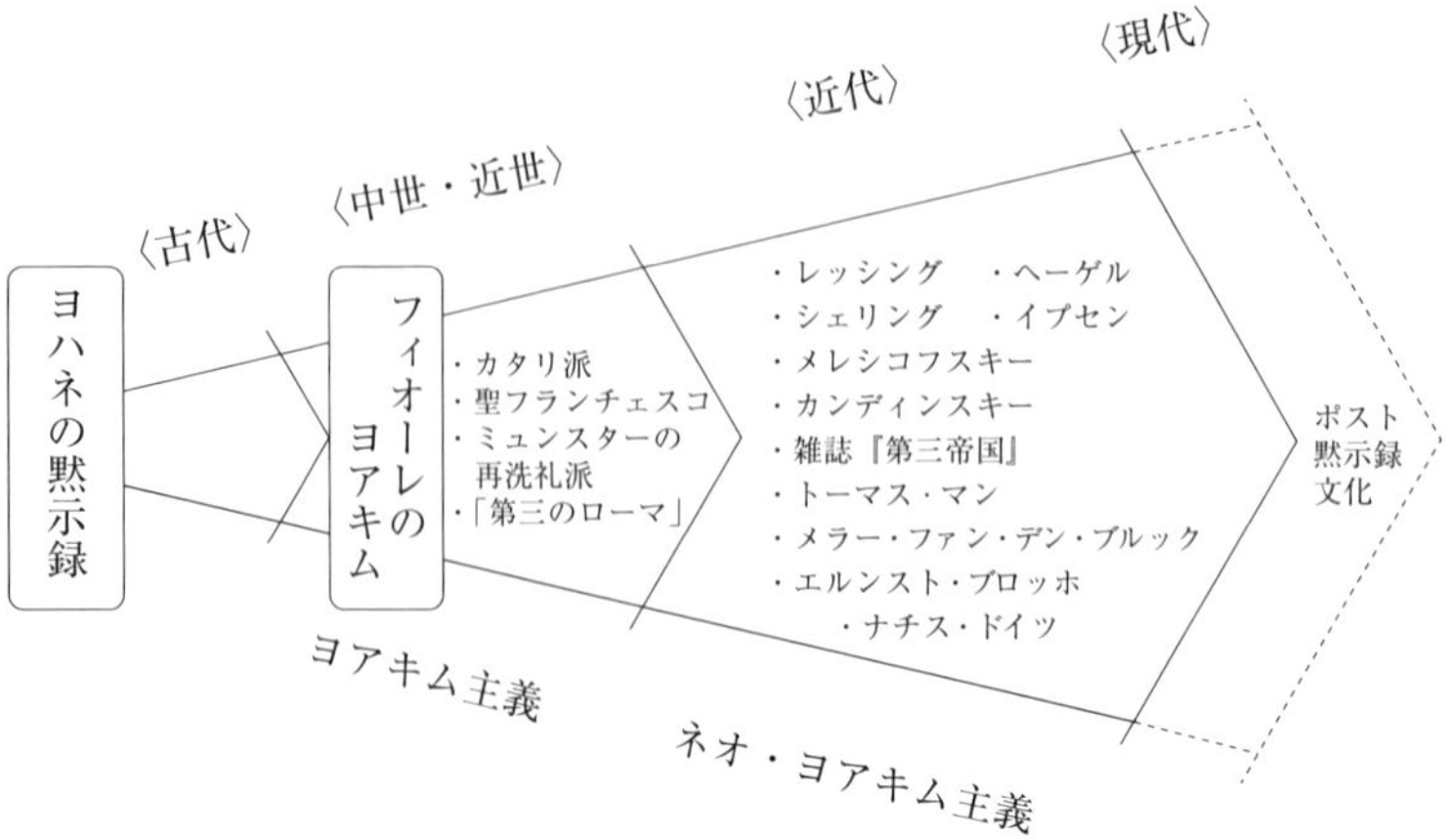

黙示録文化

トランス・ナショナルな自由主義思想でなかったか。仮説とも言うべき問いに答えるべく、本書は「第三帝国」以前の「第三の国」を国内外で初めて本格的に検討する。その際、本書が特に留意する点として、

- 黙示録文化やネオ・ヨアキム主義に留意しながらも可能な限り「第三の国」の言説に絞り、
- 考察が手薄だった十九世紀後半から一九三〇年頃までにおける「第三の国」をめぐる文学的言説に特に注目し、
- 政治思想としての「第三の国」が「第三帝国」へと変容していく過程も見逃さず、
- ナチス・ドイツに関連づけられるためにナショナル・ヒストリーになりがちな従来の研究とは異なり、ドイツ語圏以外の動向も扱うトランス・ナショナルな観点を取り込み、
- 文化史の観点も重視することで、これまでまったく扱われてこなかった分野やモティーフ（抽象絵画、観相学、背教者）も扱う。

以上の点を踏まえて、本書が一方で「第三の国」の言説に絞って考察しながらも、他方でいかに未開拓領域に踏み込まなければ

ならないかを具体的に示すために、本書で繰り返し言及する人物を時系列で挙げておこう。

- ヨアキム的な時代区分を啓蒙主義に持ち込んだゴットホルム・エフライム・レッシング
- 「第三王国の預言者」と称されたヘンリック・イプセン
- ニーチェ神話にもとづく「第三の国」を意識したレーオ・ベルク
- 「第三の国」を一蹴したオットー・ヴァイニンガー
- ロシアで三位一体の宗教を呼びかけたドミートリー・メレシコフスキー
- 抽象絵画の到来を「新しい精神の国」と見なしたワシリー・カンディンスキー
- 一九〇〇年にベルリーン小説として『第三の国』を上梓したヨハネス・シュラーフ
- 「第三の国」を自らの観相学に取り込んだルードルフ・カスナー
- 悲劇『第三の国』を一九一〇年に世に問うたパウル・フリードリヒ
- 「第三の国」の理念を「ゲルマン的理想」と批判したオスヴァルト・シュペングラー
- 一九二三年に『第三の国』を世に問うたメラー・ファン・デン・ブルック
- 「宗教的人間愛の第三の国」を希求したトーマス・マン
- 一九三〇年代にナチスとは異なる「第三の国」を標榜したヘルマン・ヘッセ
- 「第三の国」の理念を革命の側に取り戻そうとしたエルンスト・ブロッホ
- 一九三四年に「第三の国」の実現を確信した独文学者ユーリウス・ペーターゼン

以上の主としてドイツ語圏における考察対象のほかに、冒頭で示したように、第一次世界大戦以前の日本において「今や我国にも「第三帝国」の声は高い」という言説が生じる背景も検討する。すなわち、一九一三年十月十日に茅原華山によって創刊された雑誌『第三帝国』に着目し、日本における「第三の国」の展開を明らかにしようと思う。この社会評論誌は、植民地主義的な大日本主義を否定し、満韓放棄論とも称された小日本主義を支持した雑誌にほかならない。こうした潮流は、一方でナチス・ドイツの「第三帝国」とかなり真逆の志向を示すが、他方でドイツにおけるネオ・ヨアキム主義と重要な接点を見出す。先にトランス・ナショナルな観点を必要とすると述べたのも、以上の事実関係にもとづく。

・一九一三年に茅原華山によって創刊された日本の雑誌『第三帝国』

三　見取り図

序の締めくくりとして、本書の見取り図を示しておこう。「第三の国」も「第三帝国」もともに歴史を三分割する思想として三位一体説にもとづいて黙示録解釈を行った上述のフィオーレのヨアキムを出自とする。それだけに、本書の第一章では、宗教思想史的かつ文化史的な観点にもとづいて、フィオーレのヨアキムの黙示録解釈や後世への影響、そうした解釈の大前提となる「黙示録文化」、そしてこの特異な文化を培った「始原と終末の枠構造」について説明しておかなければならない。

ナチス・ドイツの精神史的な前史を問う本格的な研究が数多くあるにもかかわらず、「第三帝国」以前の「第三の国」を扱う研究がきわめて少ないことにも留意が必要であろう。そこで、本書は第一章のあとに補遺一を設け、「第三帝国」研究の中で「第三の国」がどの程度明らかにされ、そして明らかにされていないのかを検討しておく。いささか専門的な内容になる補遺一を、一般読者は読み飛ばしても構わない。もっとも、補遺一に目を通すことで、「第三帝国」の前史を扱う社会思想史的な研究において、国粋主義的なフェルキッシュ思想の連続性が問われてきたにもかかわらず、それが非連続のままになっているということに気づくはずだ。さらに言えば、そうした考察が「第三の国」をめぐる文学作品、あるいは「第三の国」というタイトルを有する文学作品をほとんど検討してこなかったこと、そして逆に、ネオ・ヨアキム主義に関連する文学論集が「第三帝国」の精神史的前史をめぐる問題を周辺に置くか、もしくは排除してきたことも、明らかになろう。また、補遺一には、重要な具体例として、ヨハネス・シュラーフの『第三の国　ベルリーン小説』に関する言及もある。一九〇〇年に公刊されたこの小説『第三の国』は一九三三年に政権を獲得した「第三帝国」と何を共有し、何を共有しないのであろうか。そしてそもそも世紀末における「第三の国」がなぜベルリーンと結びつくのであろうか。

続く第二章では、十八世紀末から二十世紀初頭にかけてドイツ語圏で高まった背教者ユリアヌスに関する関心に注目する。というのも、古代末期のローマ皇帝をめぐる言説がネオ・ヨアキム主義の成立と展開において重要な役割を果たすからだ。問題は十九世紀ドイツにおけるユリアヌス受容にある。そこで、その文学的結実とも言えるフリードリヒ・ド・ラ・フケーの『皇帝ユリアヌスと騎士たちの物語』とヨーゼフ・フォン・アイヒェンドルフの叙事詩「ユリアーン」を詳細に扱う。本書は、十九世紀末から第一次世界大戦期にかけてのドイツ語圏における「第三の国」の展開に関心を向けるだけに、文学作品における「第三の国」に関する言説にとりわけ注意を向けたい。「第三の国」をめぐる言説と背教者像がいかに結びつくのであろうか。この問いに答えるためには、ドイツのみならず、「今や我国にも「第三帝国」の声は高い」という言説が生じた日本も視野に入れなければならない。第三章では、日本におけるイプセン、メレシコフスキー、新理想主義、以上の受容を検討することで、第一次世界大戦直前に日本で刊行された『第三帝国』がいかなる雑誌であったかを明らかにする。逆に言えば、第三章の考察は、日本におけるイプセン、メレシコフスキー、新理想主義をめぐる受容がいかなるものであったか、そして、いかに重要なものであったかを示す。

以上の考察を受けて、第四章では、東と西の「第三の国」を問題にし、一九一三年に刊行された日本の雑誌『第三帝国』と一九二三年にドイツで上梓されたメラー・ファン・デン・ブルックの著作『第三の国』を比較検討し、さらには日本におけるパウル・フリードリヒ受容についても掘り下げ、「第三の国」をめぐる東西交点について知見を深めたい。このように本書は、とかくナショナルな観点で行われた第三帝国をめぐる研究と異なり、トランス・ナショナルな観点も必要とする。つまり、十九世紀末以降のドイツ語圏における「第三の国」を主たる考察対象にするだけではなく、「第三の国」をめぐるコンスタンティノープル陥落後の東西分裂と、二十世紀における東西融合も視野に入れなければならない。また、補遺一を踏まえて言えば、ナチス・ドイツの精神史的な前史を問うドイツの研究において、日本の雑誌『第三帝国』に関する言及が一切ないことは致し方ないであろう。だが、同誌創刊号で名前が挙げられたパウル・フリードリヒの劇『第三の国』（一九一〇年）に関する言及がほとんどないことについては、必ずしも致し方ないと言えない。

　このように考察を深めるなかで「第三帝国」以前の「第三の国」における多様な展開と深いつながりが徐々に明らかになってくるはずだ。しかも、「第三の国」が私たちの外ではなく、私たちの内面で展開する概念として捉え直されることで、「第三の国」の多様性は大いに拡大していく。第五章では、二十世紀前半に主にヴィーンで活躍した観相学者ルードルフ・カスナーに焦点を絞って論述する。西洋の合理主義に対する対蹠者《アンチポーデ》であったカスナーは、ドイツ語圏のみならず、日本においてもほとんど知られていない思想家であるが、その特異な思想は「第三の国」と深い関わりをもつ。ヴィーンの文化哲学者は「第三の国」をめぐる思想を自らの観相学にいかに取り込んだのであろうか。

　こうした多岐にわたる展開の中で、第一次世界大戦の前後から「第三の国」を政治的な言説として用いる者も出始める。その際も、人々は「第三の国」という言説を介して、国境を越え、言葉を越えて、思わぬつながりを有していく。第六章で扱うロシア人画家ワシリー・カンディンスキーとドイツ人作家トーマス・マンは、特に交流がなかったものの、同時期にミュンヒェンにおり、しかもロシアで三位一体の宗教を呼びかけたドミートリー・メレシコフスキーからともに影響を受けていたのである。前衛的な画家が保守的な思想と見なされがちな「第三の国」をどのように受け入れたのだろうか。こう問いながら、これまでの研究にない観点で、マンの思想的変遷を検証しなければならない。というのも、第一次世界大戦勃発時に保守的な立場から「第三の国」を支持したマンが、まったく異なる文脈で一九二二年、さらには一九三二年にも「第三の国」を支持しているからだ。さらに言えば、メレシコフスキーを通じて、一九二三年に『第三の国』を刊行したメラー・ファン・デン・ブルックと一九二四年に『魔の山』を上梓したトーマス・マンが実際に知己を得ていたことも、本書は見逃さない。

前述のとおり、一九二三年から一九三三年までの十年は、ナチス・ドイツ台頭の十年であるだけに、「第三帝国」という言説が流布した十年でもあった。「第三の国」が「第三帝国」へと変容をしていく十年とも言える。こうした潮流に抗うように、一九三〇年前後に、ヘッセは「第三の国」に対する失われた信仰を再び得ようと試み、マンはナチス・ドイツの誤用に対して「第三の国」を擁護し、ブロッホは「第三の国」の理念をまさに「革命」の側に取り戻そうとしたのである。こうした抵抗があったにもかかわらず、この理念はナチス・ドイツに取り込まれ、いわば「第三帝国」へと変容していく。最終章にあたる第七章では、こうした潮流を決定づけたペーターゼンの著作『ドイツの伝説と文学における第三の国への憧憬』を分析する。刊行年の一九三四年はヒトラーが「総統」という称号を公に使い始めた年であっただけに、同書はナチス・ドイツのプロパガンダである「第三帝国」にナチス・ドイツ以前にあった「第三の国」の系譜を取り込む決定的な学術書となる。当代きっての碩学は「新しい国」をどのように待望したのであろうか。ペーターゼンの著作は、補遺一で示すように、ナチス・ドイツの精神史的な前史を探る研究において排除されてきた。しかしながら、「第三の国」という言説を同書以上に広く深く考察したものは、ペーターゼン以前の研究は言うに及ばず、戦後のナチス・ドイツ研究においても見当たらない。ペーターゼンのように「新しい総統像」を再び待望しないためにも、あるいは、新たな「待望」の危険性にいち早く気づくためにも、同書を詳細に分析する必要がある。

だが、私たちの足元は必ずしも盤石ではない。日本の私たちはナチス・ドイツの時代よりもはるかにナチス・ドイツに関する深い知見をもつ。しかしながら、ナチス・ドイツの時代よりも現代の方がNationalsozialismusの訳語をめぐる混迷は深い。というのも、問題が日本におけるナチス・ドイツ研究のみならず、歴史教育の現場にも及ぶからだ。端的にいえば、ナチズムに関する考察は訳語をめぐる問題で大きく躓いているのだ。補遺二では、いわば未来へのメッセージとして、そうした躓きを明らかにしなければならない。

本書は、つまるところ、従来の「第三帝国」研究が見落としてきた「第三の国」を広く検討する。しかし、可能な限り「第三の国」の言説に考察対象を絞るとはいえ、それでも実際には多くの取りこぼしをするかもしれない。もっとも、思わぬ取りこぼしが予想されるとはいえ、本書なりに従来の取りこぼしを大幅に埋め合わせていくだけに、取りこぼしの指摘があること自体、本書の意義が逆に保証されるはずである。従来の「第三帝国」研究がテーゼであり、本書の「第三の国」研究がアンチテーゼとして措定されるのであれば、当然のことながらジンテーゼにあたる第三の研究はある種の必然であり、期待されるのではないか。

註

（1）芝健介『ヒトラー　虚像の独裁者』（岩波新書、二〇二一年、一一五頁）参照。
（2）Vgl. Hermann Butzer: Das „Dritte Reich“ im Dritten Reich. Der Topos „Drittes Reich“ in der nationalsozialistischen Ideologie und Staatslehre. In: Der Staat. Vol. 42, Nr. 4 (2003), S. 620.
（3）『ヒトラーのテーブル・トーク　1941–1944』（上）、吉田八岑監訳、三交社、一九九四年、二二三頁。
（4）ドイツ語のカタカナ表記は原音に近い表記とするが、初出の際に括弧内に一般表記を示しておく。
（5）杉哲「西尾実と道元（IX）」（熊本大学教育学部『人文科学』第六十号、二〇一一年、七三頁）参照。
（6）Jacob Taubes: Abendländische Eschatologie. München 1991, S. 81.

（7）ミルチア・エリアーデ『世界宗教史III』（鶴岡賀雄訳、筑摩書房、一九九一年、一三二頁以下）参照。

（8）本書では、以下で述べるとおり、ナチス・ドイツのプロパガンダ（「第三帝国」das Dritte Reich）と第三の「ライヒ」をめぐるそれ以前の思想（「第三の国」das dritte Reich）とを区別するので、メラー・ファン・デン・ブルックの主著を、『第三帝国』ではなく、『第三の国』と称す。同書は、反民主主義的・反自由主義的な内容ゆえに、国民社会主義ドイツ労働者党と関連づけられることが多い。とはいえ、ナチスが「第三帝国」と自称するようになった契機は必ずしも同書ではなく、著者自身、国民社会主義ドイツ労働者党と距離をとっていた。ナチスの「第三帝国」という言説は、近年の研究によれば、一九一九年に「ドイツ労働者党」を設立し同年にアードルフ・ヒトラーと知り合ったディートリヒ・エカルトによるが、しかし、「第三の国」という言説が流布する重要な契機はやはりメラー・ファン・デン・ブルックの『第三の国』であった。Vgl. Claus-Ekkehard Bärsch: Die politische Religion des Nationalsozialismus. Die religiösen Dimensionen der NS-Ideologie in den Schriften von Dietrich Eckart. 2., vollst. überarb. Aufl. München 2002, S. 53 ff. なお、メラー・ファン・デン・ブルックはドイツ語圏で Arthur Moeller van den Bruck と表記されることが多いが、一九〇四年以降、本人は Moeller van den Bruck と名乗り、一九二三年の著作でもこの表記を用いている。父親は Ottomar Moeller、母親は Elisabeth van den Bruck という名前であった。以下、メラーと略述することもある。Vgl. André Schlüter: Moeller van den Bruck. Leben und Werk. Köln u. Weimar 2010, S. V f.

（9）両者の区別が難しい場合、あるいは両者をともに含む場合は、「第三のライヒ」と称しておく。

（10）ノーマン・コーン『千年王国の追求』、江河徹訳、紀伊國屋書店、二〇〇八年。

（11）バーナード・マッギン『フィオーレのヨアキム　西欧思想と黙示録的終末論』、宮本陽子訳、平凡社、一九九七年。

（12）Klaus Vondung: Apokalypse in Deutschland. München 1988.

（13）Gerhard R. Kaiser (Hrsg.): Poesie der Apokalypse. Würzburg 1991.

（14）Bernd U. Schipper u. Georg Plasger (Hrsg.): Apokalyptik und kein Ende? Göttingen 2007.

（15）本書は、二〇二三―二〇二五年度科学研究費補助金基盤研究B「近現代ドイツの文学・思想における「第三の国」――成立・展開・変容――」（課題番号 二三K二〇四五五、研究代表者 小黒康正）の研究成果の一部である。この助成を受けて推進中の国際的な研究プロジェクトでは、本来、前近代的な宗教思想であった「第三の国」が、（一）近代的な社会思想としてドイツの啓蒙主義期にいかに成立したか、（二）十九世紀後半から第一次世界大戦期にかけていかに国際的に展開したか、（三）その後「第三帝国」Das Dritte Reich というナチスの思想へといかに変容したか、以上の三つの問いをめぐって、現在、五年間の共同研究がドイツ側の協力を得て行われている。

第一章　ネオ・ヨアキム主義

ここでは、本書の予備的考察として、「第三の国」という理念の出自と系譜を問う。もともとそれは誰の言説であったのだろうか。そして、その言説はいかなる宗教的かつ文化的な背景を有し、後世に、とりわけ近代以降にいかなる影響をもたらしたのであろうか。

一　フィオーレのヨアキム

歴史を三分割する思想は、キリスト教における三位一体説とヨハネの黙示録にもとづく。父と子と聖霊という三つの位格（ラテン語の persona）が神の実体をなすという考えは、三二五年のニケーア公会議および四五一年のカルケドン公会議において正統とされた。キリスト教において最も重要な教義を救済史と結びつけて、いわば歴史化したのが、十二世紀イタリアに実在したフィオーレのヨアキムである。[1] 歴史を三分割する思想は、二世紀後半小アジアの宗教家モンタヌスが唱えた終末論ならびにその影響を受けたモンタヌス派の運動にも認められよう。しかしながら、ヨアキムが行ったことは、三位一体説にもとづいて「父・子・聖霊」の三つの時代に歴史を分割したことであった。

神が三位一体であるように、三つの〈時代〉の業もまた神秘の意味づけによって神のおのおのの位格《ペルソナ》に対応するのである。それらはおのおのの範囲と意義によってはっきりと区別される。そして三つの〈時代〉――そのおのおのへの特別な賜物の真なる本性から、世界の三つの〈段階〉と呼ばれるべきであるとわれわれの信じる、三つの〈時代〉がある。(2)

第一〈段階〉は父に、第二〈段階〉は子に、第三〈段階〉は聖霊に帰属する。(3)

ヨアキムはこのように考えたうえで、旧約の時代、新約の時代が過ぎ去り、今や聖霊の時代である第三の「段階」status、つまり「第三の国」が始まろうとしていると考え、この最終段階において修道生活に似た理想的な共同社会が実現すると主張したのである。ヨアキムの聖霊論は千年王国への熱狂的な待望とともに民衆に広まり、中世や近世のみならず、近代以降にも多大な影響をもたらした。その影響を強く受けた人物としては、神聖ローマ帝国皇帝のフリードリヒ二世、聖フランチェスコ、ダンテ、宗教改革の先駆者ヤン・フス、サヴォナローラ、ドイツ農民戦争のトーマス・ミュンツァー、十五世紀ボヘミアのペートル・ヘルチキ、さらにシェリング、ヘーゲル、マルクスなどが挙げられよう。ヨアキムの特異な歴史解釈が中世末期にいたるまでのほとんどすべての預言的信仰を包み込むこととなり、千年王国への熱狂的な待望を民衆に植えつけたことを踏まえ、ノーマン・コーンは一九六一年の著作『千年王国の追求』で次のように述べている。

十一世紀の終りから十六世紀の前半にいたるまでヨーロッパでは、生活条件の改善を求める無産階級や被搾取者階級の願望が、此岸の新しいパラダイス、苦しみと罪から浄化された世界、選ばれし者たちの王国といった空想の産物と結びつくことが繰り返された。(4)

すでに序で述べたことを今一度繰り返すと、フィオーレのヨアキムによる「三」の思想は、ヤーコプ・タウベスが一九九一年の著作『西洋の終末論』で述べているように、(5)近代を「革命の千年」にしてしまい、クラウス・エッケハルト・ベルシュの『国民社会主義の政治的宗教』（初版一九九八年、改訂版二〇〇二年）によれば、(6)ある種の政治的宗教と化してディートリヒ・エカルト、ヨーゼフ・ゲッベルス、アルフレート・ローゼンベルク、アードルフ・ヒトラーにも影響が及んだのである。

もっともフィオーレのヨアキム自身は、いわゆる革命家でもなければ扇動家でもなかった。カラブリアの修道院長として、瞑想中に得た天啓によって聖書に秘められた神秘を探り、『新約と旧約の調和の書』Liber de concordia Novi ac Veteris Testamenti、『黙示録註解』Expositio in Apocalypsim、『十弦琴』Psalterium decem chordarum などを後世に残した、いわば執筆家だったのである。とはいえ、フィオーレのヨアキムが生きた時代が十字軍の時代であり、ヨアキム自身が敵対するイスラム社会を終末論的に理解していた点は見逃せない。第三次十字軍（一一八九～一一九二年）に参加したイングランドのリチャード獅子心王（一一五七～一一九九年）はシチリアのメッシーナでフィオーレのヨアキムに会見した。その際、ヨアキムは、サラディンの没落、エルサレムの回復、反キリストの到来を予言したのである。イスラム勢力は、キリスト教的な終末論を意識に抱いていたヨアキムにとって、第三の「段階」status 到来直前に出現する反キリストの勢力にほかならない。こうしてカラブリアの修道院長は終末の預言者として生前に名声を博していたが、生前の名声以上に、やはり後世への影響は大きい。その際、ヨアキムの思想的核心である三位一体説の歴史化は、正統とされたアウグスティヌスの教えと大きな断絶を有した。端的に言えば、ヨアキムの思想は、目的の成就が人間の歴史内で果たされるという点で、アウグスティヌスのそれと決定的に違う。アウグスティヌスにおいては、千年王国あるいは第三の「段階」はキリストの降誕とともに始まり、彼の再臨と最後の審判によって終わる。アウグスティヌスはあくまでも超越論的、観念的な理解に終始していた。これに対してヨアキムの場合、千年王国はいまだ到来していない。その実現は、現世において反キリストが倒れたとき、つまり人間の歴史内において始まる。原始キリスト教において顕著であった千年王国の到来は、それも第三の「段階」の成就は、近い将来に起こるのではないか。こうした意識が古い世界の打破と新しい世界の樹立をめざした行動へと人々を駆り立てた。ヨアキムの思想によって培われた待望感は、終末論的色彩の強い過激な運動へとしばしば転化し、社会革命的な民衆運動へと発展したのである。

かつて、民衆、とりわけ農民は、「ヨハネの黙示録」に描写された戦争や災厄などの豊富な没落のヴィジョンに自分たちの現実を見、古い世界から新しい世界への転換の記述に繰り返し熱狂した。ノーマン・コーンが示した「千年王国の追求」は、黙示録の記述をいわば歴史的に理解する民衆の待望感であり、トーマス・マンの言葉を援用すると、「黙示録を夢みるとき」[7]ではなかったか。そもそも、フィオーレのヨアキムが行った三位一体説の歴史化はヨアキム独自の黙示録解釈にもとづく。バーナード・マッギンに依拠して[8]、一つの読み解きを示しておこう。黙示録の第十七章で登場する獣が有する七つの頭の意味を、ヨアキムはリチャード獅子心王や廷臣たちに読み解く。まずは黙示録の当該箇所を示しておこう。

　七つの頭とは、この女が座っている七つの丘のことである。そして、ここに七人の王がいる。五人はすでに倒れたが、一人は今王の位についている。他の一人は、まだ現れていないが、この王が現れても、位にとどまるのはごく短い期間だけである。[9]

七つの頭とは、フィオーレのヨアキムによれば、すでに倒れた五人の迫害者、ヘロデ、ネロ、コンスタンティウス二世、ムハンマド、メルセムトゥス（ムーア人の王）と、第六の迫害者として王の位についているサラディンと、いまだ現れていない第七の王、つまり反キリストであった。「反キリスト」という言葉は黙示録に由来する言葉であるが、これに対して、「三位一体」という言葉そのものは聖書そのものの中で明確に記載されていないこともあり、多様な解釈を生み出すことになった。[10] 三位一体説の歴史的解釈もそうした諸説の一つであるが、もっとも後世に対する影響はきわめて大きく、ヨアキムの思想は、神学と歴史、宗教と政治、神学的な救済史と近代的な目的論などを結びつける動力を有していたと言えよう。上述のクラウス・エッケハルト・ベルシュは、ナチスのイデオロギーが有する宗教政治的な前史を問題にした際、歴史を三分割しながら黙示録を解釈したフィオーレのヨアキムにふれ、そのうえで黙示録を「歴史神学の母」「近代の歴史目的論の祖母」と名づけていたのである。[11]

二　始原と終末の枠構造

聖書の最後に配され、歴史の最終段階を示すヨハネの黙示録は、[12] その独特の時間的プログラムでヨーロッパの歴史意識を形成し、諸芸術に多くの素材を提供し続けてきた。黙示録の著者は、ヨハネによる福音書やヨハネの手紙の著者であるヨハネ、つまりイエスの愛弟子であったヨハネではなく、小アジアのキリスト教団で著名な別のヨハネであったとされる。後者のヨハネが、パトモスと呼ばれるギリシアの島に流された際、紀元後の九四年か九五年に自らが体験した幻視をいわば預言として書いた著作が、ヨハネの黙示録であった。後期ユダヤ教の重要な運動の結果として、紀元前三世紀から初期キリスト教の時期にかけて、数多くの終末論的預言が成立したとされている。その総称である「黙示文学」Apokalyptik の中で、旧約聖書のダニエル書とともに正典として採用された著作がヨハネの黙示録、ドイツ語表記だと、Die Offenbarung des Johannes もしくは Apokalypse であった。ヨハネの黙示録は、イエス・キリストによる新しい契約を中心に書かれた新約聖書の中で、黙示文学の特徴として「契約」よりも

「啓示」Offenbarungが重視されている正典である。

同書は、二十二章から構成されており、内容上、第一章の召命の幻視、第二章と第三章の七つの教会への手紙、第四章から第二十二章までの本来の黙示の記述といった三部から成り立つ。第三部の末尾では、キリストの再臨と神の国の到来が望まれているが、ヨハネが次々に見る異様な幻視にこそ黙示録の黙示録たる由縁があろう。天変地異、七つの封印、七つのラッパ、七つの鉢、黙示録の四騎士、二匹の獣、数字「六六六」、ハルマゲドン、天使ミカエル、メシアの戦い、白馬の騎手、ゴグ・マゴグ、竜と子羊、大淫婦バビロンと花嫁エルサレムなど、いずれも後世の芸術や思想に多くの素材と影響を与えたものだ。著者ヨハネは数多くの異様な出来事を歴史の最終段階において教会が耐えねばならない苦難として伝え、預言者的権威をもって小アジアの諸教会に勧告と慰めを与える。

黙示録が示す最終段階の叙述は、執筆当時の歴史上の事件、とりわけローマ皇帝ネロ（五四〜六八年）や皇帝ドミティアヌス（八一〜九六年）によるキリスト教徒迫害をアレゴリー的に描いたものであった。黙示録が危機意識の言語表現として人々の意識もしくは無意識の中に染みわたってきただけに、同書には、天変地異や社会的危機に立たされた人々の不安と希望を取り込む力があったとも言えよう。その力は、普段はさまざまな非合理を謎と幻想とアレゴリーの形で宿しながら影を潜めているが、耐えがたい危機が人々を襲うとき、突如として歴史の表舞台で猛威を奮う。そして束の間の陶酔の後、黙示録を出自とする言説は、新たなものを吸収し、歴史的経験によって増殖しながら原テクストにいわば還っていく。[13] トーマス・マンのいう「回帰する諸モティーフに満たされたきわめて濃密な伝統領域」が形成されるのだ。これがすなわち「黙示録文化」[14]である。黙示録文化は、聖書の「クロノ・トポス的枠構造」eine chrono-topische Rahmenstrukturにもとづく。聖書は冒頭の創世記において世界の始原をエデンの園として描き、最後の黙示録において世界の終末と、終末の終末に出現する新しいエルサレムを示す。[15] 終末という「時間《クロノス》」に出現する新たな「場所《トポス》」は、失われた楽園のいわば復元にほかならない。ただし、新しいエルサレムはかつてのものとは違い、自然の中の楽園ではなく、宝石からなる人工的な都市であるだけに、自然ではなく人工

聖書の冒頭	→	聖書の最後
創世記		黙示録
始原		終末（かつ始原）
エデンの園	［人類の歴史］	新しいエルサレム
楽園（庭園）		神の国（都市）
自然（有機的空間）		人工（無機的空間）

始原と終末の枠構造

を、庭園ではなく都市を、有機的空間ではなく無機的空間を志向する。始原から終末へという時の流れは、一方で聖書の冒頭から最後までの展開であり、他方で庭園から都市への移行とも言えよう。[16] このような「始原と終末の枠構造」にもとづく救済史観は容易に終末論へと傾き、[17] 人々に自分たちの歴史的位置を問い続けさせた。こうした問いかけは、クラウス・フォンドゥングによれば「不足と充足の緊張関係」を、ジャック・デリダによれば「理性の声を雑音で妨害し理性の声の調子を狂わせる、あるいは混乱させる」黙示録的語調を繰り返し私たちにもたらしたのである。[18]

このような切迫感においては、歴史全体を見るまなざしとともに、始原と終末の間にある人類の歴史を分割する意識が強く働く。黙示録そのものは、「七」という数字にもとづいて終末を示す。しかしながら、黙示録の受容史においては、切迫感が過度に働くなかで、一方に「千」にもとづく時代区分によって「千年王国」が、他方に「三」にもとづく時代区分によって「第三の国」が希求された。前者は黙示録第二十章の記述にもとづき、後者はフィオーレのヨアキムによる黙示録解釈に端を発するだけに、ともに黙示録と密接な関わりを有する。総じて中世に熱狂的に希求された「千年王国」が宗教的かつ善悪二元論的であるとすれば、近代に入ってとかく歴史哲学的に求められた「第三の国」は世俗的かつ弁証法的であったと言えよう。

三　ヨアキム受容

本書が問題とする「三」の時代区分は、千年王国説と密接に関わりながら、前述のとおり、フィオーレのヨアキムによって提示された。カラブリアの修道院長は、まさに十字軍の時代に敵対するイスラム勢力を終末論的に把握しながら、三位一体説にもとづく独自の解釈を黙示録に対して行ったのである。歴史が、父・子・聖霊の三つの段階に分割され、「旧約の時代」「新約の時代」が過ぎ去り、今や「第三の国」der dritte Statusである「聖霊の時代」が始まろうとしていると、ヨアキムは言う。[19] アウグスティヌスや中世の教父哲学では「神の国」はあくまでも超越論的であって、その成立年を算出するなど思いも及ばぬことであったが、ヨアキムの聖霊論においては目的の成就が人間の歴史内で果たされるという観点から千年王国の始まりを算出可能とした。もっともヨアキムは異端の誹りを逃れるために正確な算出をあえて行わなかったと言われている。しかし、ヨアキムのいわば反アウグスティヌス的解釈は、先に述べたとおり、中世末期にいたるまでのほとんどすべての預言的信仰を包み込みながら、千年王国への熱狂的な待望を民衆に植えつけることとなった。民衆、とりわけ農民は、黙示録に描写された没落のヴィジョンに自分たちの現実を見、古い世界から新しい世界への転換の記述に熱狂し、古い世界の打破と新しい世界の樹立をめざした行動へと駆り立てられたのである。しかも、ヨアキム独自の聖霊論は十六世紀のドイツ、とりわけトーマス・ミュンツァーやミュンスター再洗礼派による急進的な宗教改革運動に多大な影響をもたらしただけではない。一四五三年のコンスタンティノープル陥落後、ロシアにおいても独自の展開を遂げ古代ローマと第二のローマであるコンスタンティノープルとが亡びた後、真のキリスト教信仰は「第三のローマ」であるモスクワにおいて保持されるという思想が民衆に根強く広まったのである。[20]

ヨアキムの思想が中世や近世にもたらした宗教的な影響であるヨアキム主義において、「第三の国」は「聖霊」

der heilige Geist の時代として措定された。これに対して、同思想が哲学的・弁証法的に近代以降にもたらした影響、すなわち、ネオ・ヨアキム主義において、「第三の国」は「聖霊」の時代というニュアンスを残しつつも、次第に「精神」der Geist の時代というニュアンスを強めていく。こうした意識の変容は、ヨアキム的な時代区分を啓蒙主義に持ち込んだゴットホルト・エフライム・レッシング（一七二九～一七八一年）に認められる。(21) レッシングが『人類の教育』（一七八〇年）において言及した「第三の時代」は、ドイツのロマン主義的な自然哲学によって刻印された「第三の国の約束」die Verheißung des Dritten Reiches となり、(22) さらにフランスにおいてウジェーヌ・ロドリゲスによる『人類の教育』の仏訳によってサン・シモン主義と合流し、(23) その合流が再び十九世紀前半のドイツにおける思想的潮流である「若きドイツ」に、一八三一年にパリに移住したハインリヒ・ハイネにとりわけ多大な影響をもたらした。サン・シモン主義の影響下で精神と肉体の調和をめざしたハイネは、物質と世界魂の再婚を求める新たな福音をレッシングに認めながら、「第三の教会」の建設をめざしたのである。一八四四年に刊行された『新詩集』所収の詩「セラフィーヌVII」の第一連を引用しておこう。

我らがこの岩の上に建てる
教会は第三の
第三の新しい契約の教会
苦しみは消え去った(24)

このようにネオ・ヨアキム主義の思想的展開は、特定の言語に限定されない汎ヨーロッパ的な運動でもあった。こうした潮流を十九世紀後半において演劇というジャンルで展開させた人物として、ノルウェーの劇作家ヘンリック・イプセン（一八二八～一九〇六年）の名を挙げておかなければならない。イプセンは、一八六八年、四十歳のとき、ドイツのドレースデンに居を移し、一八七〇年、ヘーゲル誕生百年祭が行われているベルリーンを訪れた際、ヘーゲルによって定式化された弁証法によって世界を捉えることを学び、ノルウェー語で書かれた歴史劇『皇帝とガリラヤ人』を一八七三年に世に問うた。これは古代ローマの背教者ユリアヌスを主人公とした二部構成の歴史劇で、第一部「カエサルの背教（五幕の劇）」と第二部「皇帝ユリアヌス（五幕の劇）」から成り立つ。この壮大な歴史劇は、宗教哲学的な要素を多分に有するゆえ、舞台上演に適したビューネンドラマというよりも、舞台上演に適しないレーゼドラマと言えよう。その宗教哲学的な要素とは、四世紀に実在した新プラトン主義者であるエフェソスのマクシムスが若きユリアヌスに諭す「第三の国」の教えにほかならない。

マクシムス　帝国には三つある。
ユリアヌス　三つ？
マクシムス　第一は、知識の木に建設されたその帝国。それから、十字架の木に建設されたその帝国――
ユリアヌス　で、第三は？
マクシムス　第三は、いとも神秘的な帝国だ。知識の木と十字架の木を一つにしてその上に建設されるべき帝国だ、と言うのも、この二つは憎み合って愛し合い、それにその生命の源がそれぞれのアダムの墓の下とゴルゴタにあるからだ。
ユリアヌス　で、その帝国は誕生するのか――？
マクシムス　間もなくな。わたしは幾度も計算した――(25)
ユリアヌス　光の中であの声は――？（叫んで）帝国だ！　帝国？　帝国を建設する――！
マクシムス　第三の帝国だ！(26)

ここで使用した原千代海訳における「第三の帝国」という表記は、本書における論述だと「第三の国」が該当する。マクシムスが語る「第一の帝国」は「知識の木」にもとづく古代ギリシアの世界を指し、「第二の帝国」は「十字架の木」にもとづくキリスト教の世界を指す。マクシムスのさらなる説明によれば、前者は「肉の王国」を実現する皇帝が、後者は「精神の王国」を実現する神が担う。こうした古代と近世が錯綜した言説の中で、近代的な弁証法的世界が示されるのである。

ユリアヌス　皇帝にして神、神にして皇帝、精神の王国における皇帝――そして肉の王国における神。
マクシムス　それが第三帝国です、ユリアヌス！(27)

古代ギリシア的な肉の王国とキリスト教的な精神の王国を弁証法的に統合するのが、原千代海訳によれば、「第三の帝国」もしくは「第三帝国」であった。東方遠征中の皇帝ユリアヌスは、三六三年、投げ槍を受けて陣中で没した際、イエス・キリストを意識して「ガリラヤ人、汝は勝てり」という言葉を発したと言われている。こうした伝説はイプセンの歴史劇にも巧みに取り込まれ、虚構のユリアヌスは背教者として「第三帝国」到来の幻視とともに命を落とすのであった。

ユリアヌス　〔前略〕おれは負けないぞ！　おれは若いんだ、――おれは不死身だ、――第三帝国はすぐそこだ――（大声をあげ）あそこに、あいつだ！
〔中略〕
ユリアヌス　（幻に近づき、おどして）去れ！　貴様は死んだ。貴様の帝国は終ったんだ。その妖術師の服を脱げ、大工の倅！(28)

イプセンは『皇帝とガリラヤ人』を刊行した一八七三年の二月十三日に旧友ドーニエ宛の手紙で「僕の戯曲は、世界史の中で和解し得ない二つの力の間に起こる格闘――常に繰り返して起こるであろう格闘を扱っている。そういう一般性から、僕はこの作品を〝世界史劇〟と呼んでいる」[29]と記した。つまり、イプセンの歴史劇は、過去におけるキリスト教と異教の確執を現代の問題として再現する。

イプセンを介して大きく展開したネオ・ヨアキム主義は、イプセンの作品群が社会に強い影響を与え、『皇帝とガリラヤ人』の独訳が一八八八年に出たドイツ語圏において、とりわけ顕著であった。ニーチェ受容に関する最初の資料を残したレーオ・ベルク、ドイツ語でも執筆を行ったポーランド人作家スタニスワフ・プシビシェフスキ、プシビシェフスキの友人リヒャルト・デーメル、徹底的自然主義の代表者ヨハネス・シュラーフ、教育学者エルンスト・クリーク、ヨーロッパ中心の歴史観を批判したオスヴァルト・シュペングラー、国民社会主義ドイツ労働者党の設立者ディートリヒ・エカルト、保守革命の論客メラー・ファン・デン・ブルック、ヴィーンの観相学者ルードルフ・カスナー、二つの世界大戦で重要な役割を果たしたトーマス・マン、スイスに帰化したヘルマン・ヘッセ、マルクス主義哲学者のエルンスト・ブロッホなど、以上の人物たちは、一般にはあまり知られていないが、立場の違いを超えて、ネオ・ヨアキム主義に深い関わりがある。

一四五三年のコンスタンティノープル陥落後、東西に分裂した「三」の時代区分は、ナチスの「第三帝国」が台頭する以前のドイツにおいて、本書が後に詳述するように、多様な展開を遂げていた。ただし、ネオ・ヨアキム主義の思想的核心となる「第三の国」の思想は、西側のみならず、東側にもあったことを忘れてはならない。モスクワをめぐる「第三のローマ」説は、三位一体の宗教を呼びかけたメレシコフスキーや抽象絵画の到来を「第三の黙示」と見なしたカンディンスキーに確認できる。メレシコフスキーがメラー・ファン・デン・ブルックやトーマス・マンに多大な影響を与えたこと、そして、カンディンスキーがミュンヒェンで抽象絵画の第一歩を踏み出したことを踏まえると、ドイツこそ第三の国をめぐる東西融合の場であったと言えよう。もっとも、同時期に、いや、見方によっては、ドイツよりも先に第三の国の東西融合を果たしたのが、実は日本であった。ただし、これも後に考察することだが、ドイツにおける東西融合でも、日本における東西融合でも、文脈を異にしながら、ともにイプセン受容ならびにメレシコフスキー受容が大きな役割を果たしたことに、本書は注目したい。イプセンを介して大きく展開したネオ・ヨアキム主義は、レーオ・ベルクが一八九七年に上梓した『現代文学における超人』でイプセンを「第三の国のメシア」と命名した点でドイツにとどまらない汎ヨーロッパ的な潮流であり、さらに言えば、ドイツと同様にイプセンの作品が社会に決定的な影響を与えた日本においてイプセンが「第三王国の預言者」と称された点で、ヨーロッパにとどまらない超ヨーロッパ的な潮流でもあった。

四　「第三」と「国」

ヨアキム主義そしてネオ・ヨアキム主義を支えるのは、ヨハネの黙示録、黙示録解釈によって培われた黙示録文化、そして、キリスト教的な歴史意識の根底にある始原と終末の枠構造であった。もっとも、そうした枠構造を分割する際に好んで用いられた数字の「三」drei、さらには、とりわけネオ・ヨアキム主義において分割の際に好んでイメージされた「国」Reich についても、ここで補足説明をしておく必要があろう。

「三」という数字は、キリスト教文化圏のみならず、他宗教の文化圏においても、重要な意味を付与されており、古今東西にわたって特に宗教の分野である種のリズムを作り出してきた。キリスト教における父と子と聖霊という三位一体説に似たリズムとして、古代エジプトにおいてオシリス・イシス・ホルスの三神が一体とされていたこと、ヒンドゥー教においてブラフマー・ヴィシュヌ・シヴァの三神は三神一体であることなど、多くの宗教から三柱神の事例が挙げられよう。(30) 仏教においては、経蔵・律蔵・論蔵の聖典を総称して三蔵、現象世界の一切の事物の実相を示す真理を三諦、仏（ブッダ）と法（カルマ）と僧（サンガ）という宝物を三宝といい、(31) 仏道修行者が修めなければならない戒・定（禅定）・慧（智慧）は三学と称されている。もっとも、「三」のリズムは西洋において宗教以外の分野でも古代からとりわけ多い。ギリシア数学で難問とされた円の方形化、立体倍積、角の三等分は三大問題であり、西洋の伝統的論理学の推理論において間接推理と総称される推論は三段論法と称された。近代の例を一つ挙げておくと、フランスの社会学者オーギュスト・コントは人類発展の「人類の知的進化の法則」として神学的もしくは虚構の段階、形而上的もしくは抽象的な段階、科学的もしくは実証的な段階、以上の段階に人類の歴史を分割したのである。

数字の「三」は、キリスト教文化圏において人口に膾炙された「イエス・マリア・ヨセフ」という三幅対が示すように、民間信仰においても数多くの事例を認めることができよう。[32] とりわけグリム兄弟編纂の『子供と家庭のためのメールヒェン集』Kinder- und Hausmärchen[33] には、「三」のリズムが頻出する。同書には、高橋吉文によれば、三人の王子が順に怠けぶりを競う「KHM一五一 三人の怠け者」が典型的に示すように三度の反復という語り口が頻出するだけではなく、「KHM三十三 三つの言葉」や「KHM十四 三人の糸紡ぎ女」などのように、前半に三度、後半にも三度のいわば「三の三」形式をもつものも少なくなく、しかも、「KHM一 蛙の王子さま」のように、もともと三度反復でなかったものですらグリム兄弟によって意図的に書き直されて三度反復にされたものがあった。[34] グリム兄弟による『メールヒェン集』の改稿過程において「三」のリズムが強く働いていたことは間違いない。その証左として、「KHM十四」は「苦しみの亜麻紡ぎ」（初版）から「三人の糸紡ぎ女」（第七版）に、「KHM十六」は「なんでもござれ」（初版）から「三枚の蛇の葉」（第七版）に、「KHM三十三」は「長靴をはいた牡猫」（初版）から「三つの言葉」（第七版）に、「KHM六十三」は「黄金の子供たち」（初版）から「三枚の羽」（第七版）に、「KHM七十」は「オケルロ」（初版）から「三人の幸運児」（第七版）に、「KHM一三〇」は「兵隊と指物師」（初版）から「一つ目、二つ目、三つ目」（第七版）に変更されていた。[35]

以上の事例だけでも、「三」のリズムが、古今東西を問わず、意識的であれ、無意識的であれ、人々の心に刻まれ続けてきたことが分かる。こうした心への刻み込みは前近代のみならず、近現代においても問題となろう。ジークムント・フロイト（一八五六〜一九三九年）は晩年の著作『精神分析入門・続』（一九三三年）の第三十一講「心的な人格の解明」においてやはり「三」のリズムで自説を展開している。フロイトによれば(36)、人間の心的な装置は「超自我、自我、エス」という三つの領域にもとづく。なかでも私たちの自我は、「三人のうるさい君主」であり「三人の暴君」である「外界、超自我、エス」に仕えているため、「三つの方向」から圧迫され、外界に対する現実不安、超自我に対する良心の不安、エスの内部の情熱に対する神経症的な不安、以上の「三つの危険」に脅かされている。こうした自説展開の際に、三つの領域は「三つの王国」drei Reiche とも称されていた。それは、一九三三年、フロイト七十七歳の時であり、皮肉なことに、ヒトラーの「第三帝国」das Dritte Reich が政権を掌握した年でもあった。

人間の精神的営為における「三」のリズムとは、そもそも個人の意識や無意識の問題ではなく、もしかすると集合的無意識の産物ではなかろうか。このように問わざるをえないのは、古今東西において、とりわけ西洋において、「三」のリズムがあまりにも多く頻出するからだ。ただし、「三」を重視していたフロイト、少なくとも晩年のフロイトとは違い、C・G・ユング（一八七五〜一九六一年）の場合、奇数の「三」よりも、偶数の「四」を、それも「心」Psyche の原始類型としての「四」を重視していた(37)。ユングの『心理学と錬金術』（一九四四年）によれば(38)、キリスト教の影響下にある錬金術は三位一体的（trinitarisch）、異教の影響下にある錬金術は三体一組的（tradisch）であるが、そもそも錬金術には四大（地・水・火・風）の統一に対応するものも少なくない。錬金術の中心的な諸表象に見られる「三」と「四」の錯綜は、ユングにとって、意識と無意識をめぐる錯綜でもあり、つまるところ、男性的なもの、父なるもの、精神的なものを示す「三」と女性的なもの、母なるもの、肉体的なものを示す「四」の葛藤でもあった。ユング的な見方をすると、男性的な「三」のリズムに第四番目の女性的なものが加わることで、人間の「心」も世界も全体性を獲得する。別言すると、全体の半分しか捉えていない奇数の「三」ではなく、偶数の「四」こそが全体を捉える最小単位となろう。現代物理学が三次元的思考から四次元的思考に移ったように、現代心理学としての深層心理学も「三」ではなく「四」を「心」の原始類型として重視しなければならない。そうユングは考えたのである。三位一体説を構成する「父」Vater も「子」Sohn も「聖霊」Geist もドイツ語ではすべて男性名詞であることも、キリスト教文化圏において古くから民衆にマリアに対する信仰があるにもかかわらずマリア崇拝が教義において認められていなかったことも、ユングにすれば、決して偶然ではない。ユングは、晩年の著作『結合の神秘』(一九五五／一九五六年)において、フィオーレのヨアキムに由来する聖霊運動への傾きが錬金術にあったことを指摘したうえで、[39]「キリスト教の三位一体が三位一体として成り立ちうるのは、神のドラマに関与する第四の登場人物を排除しているからにすぎない」[40]と述べていた。つまり、キリスト教の三位一体説も、「第三の国」を求めるヨアキム主義ならびにネオ・ヨアキム主義も、マリア的なものの排除にもとづく。このように原始類型としての「四」が排除されてきたからこそ、この欠損を埋めようとする心理的な欲求として、教義によって排除されたマリアに対する信仰が民衆の間に根強く存在し、そうした風潮に押されて、一九五〇年、聖母被聖天を啓示された真理であると、当時のローマ法王は宣言するにいたったのである。[41]

ヨアキム主義もネオ・ヨアキム主義も、欠損を補おうとする「四」のリズムが意識の背後にあるにしても、ともに「聖霊」もしくは「精神」を求める男性的な「三」の運動であった。それだけに「第三」der dritte という言い回しはとかく父権的なイメージを伴う「国」Reich と結びつきがよい。Reich というドイツ語は、「ローマ帝国」das Römische Reich のように「帝国」Kaiserreich とも、「デンマーク王国」Königreich Dänemark のように「王国」Königreich とも、「神の国」das Reich Gottes のように宗教的なニュアンスをもつ「国」とも訳せる。同語は、地方行政単位である「ラント」Land の上位概念として、国家や国民の全体を表す幅の広い意味をもち、しかも日本語における「全国」に近い意味をもつが、単なる統治体を表す概念ではない。というのも、ケルト語由来のこの語は、フェルキッシュ思想の系譜において、国粋主義的、権威主義的、反民主主義的なニュアンスをもつにいたって、現在では使用されない特殊な歴史概念になってしまったからである。(42) こうした特殊性を踏まえて当該のドイツ語を「ライヒ」とカタカナで表記するのも一案であろう。しかしながら、本書では、ナチス・ドイツの政治的プロパガンダである「第三帝国」das Dritte Reich と区別するために、それ以前の「ライヒ」をめぐる歴史三分割の思想を「第三の国」das dritte Reich と称することにした。こうした区別のほかに、本書では、当該ドイツ語を「帝国」でも、「王国」でも、「ライヒ」でもなく、あえて「国」と訳出したのは、宗教的なニュアンスを意識してのことである。前近代における宗教的なヨアキム主義も、近現代における疑似宗教的もしくは宗教政治的なネオ・ヨアキム主義も、ともにヨハネの黙示録解釈によって培われた黙示録文化の所産であったからだ。

註

（1）フィオーレのヨアキムに関する記述は、主に以下の三冊を参照した。Joachim von Fiore: Das Reich des Heiligen Geistes. Herausgegeben und eingeleitet von Alfons Rosenberg. Bietingheim 1977. バーナード・マッギン『フィオーレのヨアキム　西欧思想と黙示録的終末論』、宮本陽子訳、平凡社、一九九七年。マージョリ・リーヴス『中世の影響とその預言　ヨアキム主義の研究』、大橋喜之訳、八坂書房、二〇〇六年。

（2）マッギン、前掲書、一九七頁。

（3）同右、二三七頁。

（4）ノーマン・コーン『千年王国の追求』、江河徹訳、紀伊國屋書店、二〇〇八年、二五頁。

（5）Jacob Taubes: Abendländische Eschatologie. München 1991, S. 81.

（6）Claus-Ekkehard Bärsch: Die politische Religion des Nationalsozialismus. Die religiösen Dimensionen der NS-Ideologie in den Schriften von Dietrich Eckart. 2., vollst. überarb. Aufl. München 2002.

（7）Thomas Mann: Große kommentierte Frankfurter Ausgabe. Hrsg. von Heinrich Detering u. a. Frankfurt a. M. 2002 ff., Bd. 10.1, S. 518.

（8）マッギン、前掲書、五三頁以下。

（9）『聖書　新共同訳』、日本聖書協会、一九九二年、四七二頁、ヨハネの黙示録第十七章九～十。

（10）三位一体の三番目の位格である霊に関しては、とりわけ統一的な意味を見出しにくい。中村元監修、峰島旭雄責任編集『比較思想事典』（東京書籍、二〇〇〇年、一八一頁以下）参照。

（11）Bärsch, a. a. O.

（12）ヨハネの黙示録に関しては、小黒康正『黙示録を夢みるとき　トーマス・マンとアレゴリー』（鳥影社、二〇〇一年）の第一章において詳述した。ここでは、同書にもとづいて、必要最低限の説明を行う。

（13）Mann, a. a. O., Bd. 10.1, S. 518.

（14）Ebd., S. 519.

（15）世界各地の神話記述において創世をめぐる物語も終末をめぐる物語も枚挙にいとまがないが、冒頭に世界の始原をめぐる記述を有し、最後に世界の終末をめぐる記述を明確に有する「始原と終末の枠構造」は、聖書の比類なき特徴である。本章が示すこうした理解は、旧約聖書と新約聖書を積極的に結びつけて聖書全体を捉えようとする新たな聖書学の動向、すなわち「全聖書神学」Gesamtbiblische Theologie にもとづく。

（16）黙示録が最後に示す「新しいエルサレム」は、ある種のユートピア的空間であろう。しかしながらユートピアが静的であるとするならば、黙示録は動的である。語源的に「どこにもない場所」ou-topos であり、「森の空き地」Lichtung としても表象されるユートピアは総じて「場所」Topos を重視した「常套句」Topos として使われ、「目的」Telos なり「方向」Richtung なりが明確な黙示録は「時間」Kronos を重視した「常套句」Topos として使われてきた。

（17）ヘブライズムの時間は、真木悠介によれば、アルケーとテロスによって区切られた線分として終末論をその起源としている。真木悠介『時間の比較社会学』（岩波書店、二〇〇三年、一五八頁以下ならびに一八三頁以下）参照。

（18）Klaus Vondung: Apokalypse in Deutschland. München 1988, S. 65 ff.; Jacques Derrida: Apokalypse. Aus dem Französischen von Michael Wetzel. Graz Wien 1985, S. 33.

（19）Vgl. Joachim von Fiore, a. a. O., S. 82 ff.

（20）栗生沢猛夫「モスクワ第三ローマ理念考」（金子幸彦編『ロシアの思想と文学』、恒文社、一九九七年、九～六一頁）参照。

（21）Gotthold Ephraim Lessing: Werke und Briefe in zwölf Bänden. Hrsg. von Arni Schilson u. Axel Schmitt. Frankfurt a. M. 2001, Bd. 10, S. 97 u. 877.

（22）Julius Petersen: Die Sehnsucht nach dem Dritten Reich in deutscher Sage und Dichtung. Stuttgart 1934, S. 30 f.

(23)　Ebd., S. 40.
(24)　Ebd., S. 38.
(25)　イプセン『原典によるイプセン戯曲全集』第三巻、原千代海訳、未来社、一九八九年、一九一頁以下。
(26)　同右、一九五頁。
(27)　同右、三三四頁。
(28)　同右、三八二頁。
(29)　同右、五〇五頁。
(30)　マンフレート・ルルカー『聖書象徴事典』（池田紘一訳、人文書院、一九八八年、一七六頁以下）参照。
(31)　廣松渉ほか編『岩波哲学・思想事典』（岩波書店、一九九八年、五九一頁以下）参照。
(32)　ルルカー、前掲書、一七八頁参照。
(33)　以下で『メールヒェン集』と呼ぶ同書は、初版（一八一二／一八一五年）から第七版（一八五七年）にいたるまで七つの版が刊行されただけではなく、十九世紀末にエーレンベルク修道院で発見された初稿（一八一〇年）もあり、併せて八つの版がある。個々のメールヒェンを示す場合は、通常、原語表記の頭文字をとってKHMの略号とともに第七版の配列にもとづいて番号を示す。
(34)　高橋吉文『グリム童話　冥府への旅』（白水社、一九九六年、五六頁以下）参照。
(35)　高木昌史編『決定版　グリム童話事典』（三弥井書店、二〇一七年、三五〇頁以下）参照。
(36)　フロイト『人はなぜ戦争をするのか　エロスとタナトス』（中山元訳、光文社古典新訳文庫、二〇〇八年、三五〇頁以下）参照。
(37)　ヨランデ・ヤコービ『ユング心理学』（高橋義孝監修、池田紘一ほか訳、日本教文社、一九七三年、八七頁）参照。
(38)　ユングにおける「三」と「四」の記述については、C・G・ユング『心理学と錬金術Ⅰ〔新装版〕』（池田紘一・鎌田道生訳、人文書院、二〇一七年、四四頁以下）参照。
(39)　C・G・ユング『結合の神秘Ⅰ』（池田紘一訳、人文書院、一九九五年、五六頁）参照。
(40)　同右、二三七頁。
(41)　同右。
(42)　オットー・ダン『ドイツ国民とナショナリズム　1770～1990』（末川清・姫岡とし子・高橋秀寿訳、名古屋大学出版会、一九九九年、XI頁以下）参照。

補遺一　「第三帝国」研究における「第三の国」

ドイツ労働者党から国民社会主義ドイツ労働者党へ改称され、ミュンヒェンの「ホーフブロイハウス」でアードルフ・ヒトラーによって二十五か条の党綱領が出されたのは、一九二〇年二月二十四日のことだ。その後、ヒトラーは一九三三年一月三十日に政権を掌握、一九四五年四月三十日午後三時三十分頃に自殺、そして同年五月七日にドイツは全面降伏をした。こうした経緯をもつナチス・ドイツに対して、戦後、諸分野で数多くの問題提起がなされ、現在にいたる。ナチス・ドイツはいかなる政治的かつ経済的な権力構造を有していたのであろうか。特異な権力構造を重視してナチス・ドイツを考究すべきなのか、それともヒトラーという特異な個人を重視すべきなのか。ヒトラーのカリスマ的支配を支えた「総統神話」の本質はどこにあるのか。そもそもファシズムへと群衆を走らせた（そして今なお人々を集団的狂気へと走らす）心理はどのように説明が可能であろうか。さまざまな問題提起がなされるなかで、社会思想史に関わる分野では、ナチス・ドイツがいかなる精神史的な前史を有していたのかがとりわけ問われたのである。(1)

一　ジャン・フレーデリク・ノイロール『第三帝国の神話』

ナチス・ドイツの精神史的な前史を問う本格的な研究の嚆矢として、一九五七年にドイツで刊行された『第三帝国の神話　ナチズムの精神史』がまず挙げられよう。著者のジャン・フレーデリク・ノイロールは次のように言う。

大衆の熱狂を伴ったナチズムは、ひょっとするとドイツ史の一時的で表面的な一局面にすぎなかったのかもしれない。しかし、ヒトラーに権力をもたらした「国民運動」、そして千年王国は、それにもかかわらず、十九世紀、特に二十世紀におけるドイツ民族の発展に陰に陽に伴った数々の思潮、運動、幻想、神話の帰結であり、ドイツ人のあらゆる願望の夢、悪習、退化のジンテーゼである。(2)

このように述べるノイロールは、第三帝国の「神話がすでにドイツ民族の中に前々から地下に隠れて生きていた(3)」ことを認めながらも、ナチス体制に直接影響を及ぼしたとは思われないヘルダーやフィヒテやノヴァーリスを第三帝国の前史と見なす研究に対しても、シェリングやショーペンハウアーも含め一七八九年以降のすべての非合理主義に等しくヒトラーの先駆者を探るジェルジ・ルカーチの「理性の崩壊」(一九五四年)のような研究に対しても(4)、ともに批判的に距離を取りながら、第一次世界大戦からヴァイマル共和国期にかけてのドイツの国民感情にナチズムの前史を初めて本格的に探った(5)。第二次世界大戦後は、ドイツの内外でナチス・ドイツを徹底的に否定しようとするあまり、ドイツ人やドイツ文化を一律に断罪する傾向が強くなるなか、ノイロールはある種の行き過ぎに歯止めをかけ、「第三帝国の神話」がどのように形成されたのかを冷静に探ったのである。

『第三帝国の神話』は基本的に「十九世紀ドイツの国民感情」から始まり、社会主義者や共産主義者のみならず保守革命の思想家たちでさえも殺戮の対象になっていく「第三帝国と千年王国」に行き着く。つまり、百五十年間に及ぶ「神話」形成を明らかにするために、大衆を鼓舞してきた多様な集団表象を追うのである。なかでもノイロールが見逃さなかったことは「我々がヨーロッパの長い精神史の流れの中で第三帝国の夢に繰り返し出会う」[6]ことであった。それゆえ、論述は、フィオーレのヨアキムは言うに及ばず、古代ローマとコンスタンティノープルの滅亡後に真の信仰がモスクワにおいて保持されるという教えがスラヴの民衆に広まったこと、そうした「第三のローマ説」が汎スラヴ主義者フョードル・ドストエフスキーの魂の中で復活したこと、やがてそれを第一次世界大戦後のドイツでメラー・ファン・デン・ブルックが政治化したことなどにも及ぶ。ノイロールによれば、保守主義者メラーはドイツ人の心に礼拝と宗教の響きをもたらすケルト語由来の「ライヒ」Reich という言葉を巧みに用いて、[7]「第三の党は第三の国を望む。それはドイツ史の連続にもとづく党だ」と言う。[8]このようにノイロールはメラーが一九二三年に公刊した著作『第三の国』を先駆的に扱うだけではない。メラーが一九一八年に出した論文「若い諸民族の権利」Rechte der jungen Völker にもふれ、「若い民族のための結節点となる使命」を与えられたドイツによって東方のヨーロッパ化が果たされるとメラーが確信していたことも明らかにしたのである。[9]

しかしながら、スラヴの「第三のローマ」とゲルマンの「使命」が結びつくなかで「第三帝国」という政治的言説が立ち上がってくるのであれば、ドイツにおけるドストエフスキー受容がもっと論じられなければならない。また、ドイツ民族が「第三帝国の夢」を繰り返し見続けてきたのであれば、政治的な「第三帝国」以前の非政治的な「第三の国」についても語られなければならない。確かにノイロールは「二十年代はじめドイツにおけるドストエフスキーの文学的影響は異常なものがあった」と言い、その連関でキリスト教とドイツ精神の新たなジンテーゼとしての「第三の教会人」[10]に関して言及している。メラー以前の「第三のライヒ」をめぐる多様な思想、すなわち、世紀末から第一次世界大戦期にかけての「第三の国」についての考察はノイロールの著作においてかなり手薄と言えよう。その意味で、同書が「第三帝国の神話」を思想史的に解明したとは言えない。あえてこのように言うのは、一九〇六年から一九一九年までの間にドイツで最初のドストエフスキー全集を編纂した人物こそ、『第三の国』を上梓したメラーだったからである。そもそもノイロールにすれば、「第三の国」をめぐる言説がロシアやドイツ以外にあったこと、つまり、第一次世界大戦以前の日本において「今や我国にも「第三帝国」の声は高い」という言説があったことなど、まったく思いもよらなかったのではないか。

二 フリッツ・シュテルン『文化的絶望の政治』

ナチスの精神史的な前史を引き続き問うたのは、一九六一年に『文化的絶望の政治　ゲルマン的イデオロギーの台頭に関する研究』をアメリカで上梓したフリッツ・シュテルンである。[11] この著作は、ノイロールの『第三帝国の神話』と違い、ヴィルヘルム体制下での文化批判者であったパウル・ド・ラガルド（一八二七～一八九一年）、自然主義やデカダンスなど外来思想を忌避するユーリウス・ラングベーン（一八五一～一九〇七年）、自由主義や民主主義の拒絶者メラー・ファン・デン・ブルック（一八七六～一九二五年）を集中的に扱う。シュテルンによれば、彼らがそれぞれに文化的な絶望の雰囲気を生み出すことで、非政治的な不満を政治化させ、ナチスの思想的先駆となったのだ。シュテルンが初めて関連づけた三者は、ヒトラー台頭以前にドイツ人の「生活感情」に決定的な影響を及ぼした「ドイツ民族の時代批判者にして予言者」であった。[12]

東洋学者であり、急進的な政治思想家であったラガルドは、ゲルマン精神を擁護する中心人物として、第一次世界大戦の頃から保守主義者や愛国主義者、さらにはドイツ青年運動に関わる者たちによって称賛され、一九二〇年代に「ラガルド・ルネサンス」が起こるにいたった。ラガルドにすれば、[13] 外国からの借り物である自由主義の理念は「非ドイツ的」であり、ディレッタンティズムを促すだけにすぎない。この保守主義者が夢みていたのは「新しい帝国、新しい国民宗教を伴う新しい政治的な信仰共同体」[14]であった。ラガルドは、フリードリヒ・ニーチェに関連づけられることが多く、一八八六年出版の文化批判書『ドイツの書』でニーチェの関心を買っただけではなく、「ニーチェの便利な代用品」[15]として多くのドイツ人に影響を与えたのである。シュテルンがラガルドの思想に深く心を動かされた人物として、エルンスト・トレルチ、ルートヴィヒ・クルツィウス、トーマス・マンなどを挙げただけではなく、ニーチェとラガルドを敬愛したドイツの詩人クリスティアン・モルゲンシュテルン（一八七一～一九一四年）の名も挙げていることを見逃してはならない。というのもモルゲンシュテルンはラガルドの『ドイツの書』に熱狂し、ラガルドとニーチェと並んでヘンリック・イプセン（一八二八～一九〇六年）を「自由放任・無拘束という近代原理に対する規律精神の第三の偉大な擁護者」[16]と見なしたからだ。ただし、シュテルンの力点はラガルドとニーチェであったが、ニーチェとラガルドとイプセンの並置にこそ意味がある。実は、モルゲンシュテルンがイプセンの翻訳者であったこと、ヘーゲルの弁証法に影響を受けたイプセンが一八七三年に刊行した『皇帝とガリラヤ人』の中で異教とキリスト教のジンテーゼという意味で「第三の国」das dritte Reichを用いたこと、一八八八年のドイツ語訳『皇帝とガリラヤ人』を契機に「第三の国」という言葉がドイツに流布したことなどは掘り下げる必要があったのではないか。さらに言えば、シュテルンがラガルドの批判者として名前を挙げているレーオ・ベルクは、シュテルンの記述にないことだが、一八八九年にニーチェ受容に関する最初の資料を残したドイツの文芸評論家であるばかりではなく、一八九七年に上梓した『現代文学における超人』で「神秘主義者たちがかつて告知し、今日では預言的な詩人たちが夢をみているものこそ第三の国」[17]であると述べ、「第三の国のメシア」としてノルウェーのイプセンを論じている。[18]ドイツと同様にイプセンの作品が社会に影響を与えた日本においては、本書で後に指摘するように、イプセン没後の翌年である一九〇七年に、イプセンは「第三王国の預言者」と称されていた。「第三の国」をめぐる考察は、ナショナル・ヒストリーの枠内でナチス・ドイツと関連づけられる従来の研究とは異なり、むしろトランス・ナショナル・ヒストリーの観点が新たに要求される研究なのである。

シュテルンが次に扱うユーリウス・ラングベーンは、ラガルド『ドイツの書』の多様な主題や目的を新しい形式にして要約した著作『教育者としてのレンブラント』を一八九〇年に匿名で公にした。[19] 十九世紀末にベストセラーとなったこの著作の特異な点は、ネーデルラントあるいは低地ドイツの芸術家を実像と無関係に「近代文化のアンチテーゼ」として、「新しい社会の予言者」[20]として捉えた点にあろう。ラガルドがみた夢は、ラングベーンの場合、奇妙な弁証法的な歴史観のもとで「完全なドイツ人であり比類なき芸術家であるレンブラント」[21]によって実現される。ラングベーンは言う、ドイツ民族に深く根ざしたルターの「第一の宗教改革」と精神から出発したレッシングの「第二の宗教改革」とのジンテーゼとして、レンブラントは「第三の宗教改革」を実現する、と。[22] つまり、ラングベーンは一方で「根源的な対立を調停して新しい形式に結合する高次な形式としてのジンテーゼ」[23]を好み、他方でドイツ文化を衰退させる科学と知性主義を批判する。特に批判の矛先を「芸術のための芸術を主張する者」や「ドイツの自然主義者」に向け、エミール・ゾラを「民族最大の敵」[24]として攻撃した。こうしたゾラをめぐる評価は、トーマス・マンが兄ハインリヒ・マンの評論『ゾラ』（一九一五年）に激昂して「筆による参戦」の書として『非政治的人間の考察』（一九一八年）を書き上げたことを私たちに思い出させる。それだけに、シュテルンの指摘にないこととして、トーマス・マンが保守的だった一九一二年や一九一五年の時点で「第三の国」を標榜したにもかかわらず、共和国を擁護する側になった一九二二年においても、ナチス・ドイツの「第三帝国」がプロパガンダとして喧伝されていた一九三二年においても「第三の国」を支持した事情は看過しえない。つまるところ、「第三の国」をめぐる言説は単なるプロパガンダ以上に複雑な経緯があるのではないだろうか。

シュテルンの著作は最後にメラー・ファン・デン・ブルックを扱う際にも「第三の国」研究に重要な課題をもたらす。第一次世界大戦後に若き保守主義者たちの指導者と見なされたこの人物も、ラガルドやラングベーンと同様に、「新しい信仰、新しい共同体、新しい帝国」[25]を熱望した。一九二三年刊行の『第三の国』は「ヒトラー体制の予言書」と見なされるが、「実際は、戦前に行った自身の文化批評を政治領域に最終的に持ち込んだ著作にほかならない」[26]。では、それはいかなる「文化批評」であろうか。ノイロールは『第三の国』のみならず一九一八年の論文「若い諸民族の権利」も扱ったが、シュテルンの場合、メラーの伝記的事実にかなり立ち入っていく。なかでも本書にとって重要な点は、メラーが一九〇二年から一九〇六年の間にパリに滞在した際にロシア革命後にパリに亡命していたメレシコフスキーと知り合い、金銭的な庇護までも受けていたという事実である。シュテルンはメラーが一九〇六年から一九一九年までの間にメレシコフスキーの協力を得てドストエフスキー全集を編纂したことを指摘しているが、本書にとってさらに重要な点はドイツならびに日本におけるメレシコフスキー受容であろう。特異な黙示録解釈においては独自の宗教意識を抱き、「第三のローマ」説を復活させたロシアの象徴主義者は、「ヒトラー体制の予言書」とされたメラーや実際にナチス・ドイツの理論的支柱になったアルフレート・ローゼンベルクのみならず[27]、第三帝国といわば戦ったトーマス・マンにも決定的な影響を及ぼしたのだ。実のところ、イプセンは上述の『皇帝とガリラヤ人』（一八七三年）で、メレシコフスキーは小説『背教者ユリアヌス　神々の死』（一八八四年）で、異教とキリスト教のジンテーゼとしての「第三の国」を求め、しかも両作品とも古代末期のローマ皇帝ユリアヌスを扱い、さらに言えば、本書で後に考察するように、両者は第一次世界大戦期の日本においていわば並び称されて受容されていたのである。「第三の国」をめぐる言説と背教者ユリアヌス像はいかに結びつくのであろうか。

『文化的絶望の政治』が些細な記述で「第三の国」研究にもたらすもう一つの大きな課題を見逃してはならない。シュテルンは「第三帝国という夢は、中世の神秘主義、フィオーレのヨアキムまでさかのぼるが、この言い回しは中世における帝国の栄光も想起させた」[28]と言う。その際、「第三の国」や「政治神話」に関する参考文献として註にてユーリウス・ペーターゼンの『ドイツの伝説と文学における第三の国への憧憬』とノイロールの『第三帝国の神話』を挙げている。戦後刊行された後者の著作はすでに本章でも扱ったが、一九三四年に刊行された前者の著作に関してはさらなる説明が必要ではないか。当時、ベルリーン大学ドイツ文学研究所の所長であったペーターゼンはいかなる観点から論述を行い、過去と現在を結びつけたのであろうか。刊行年が一九三四年であるだけに、この註に関するさらなる註を本書は必要とする。

三　ジョージ・ラッハマン・モッセ『フェルキッシュ革命』

ドイツ語の völkisch には、völklich と同様に、「民族の」という意味がある。ただし、それ以上に「民族主義的な」や「国粋主義的な」という意味合いが強い。ドイツにおけるフェルキッシュ思想の系譜を本格的に明らかにしたのは、ジョージ・ラッハマン・モッセの『フェルキッシュ革命　ドイツ民族主義から反ユダヤ主義』[29]であった。同書はフェルキッシュ思想がドイツ・ファシズムにいたる過程の文化史的な研究書であり、一九六四年に刊行された英語初版の副題にもとづいて言えば、「第三帝国の知的起源」を追う著作である。先にも言及したが、終戦後の学術研究においてもナチス・ドイツに「文化」などなかったと見なされたこともあり、フェルキッシュ思想は、戦後、かなり過小評価されてきた。こうした戦後の思潮に対して、モッセはドイツ思想史の水面下に近代の拒否や都市に対する敵意が共通項としてあると見なし、フェルキッシュ思想の連続性とドイツ・ファシズムの独自性を明らかにしたのである。過去におけるフェルキッシュ思想のめざましい勝利をあえて分析することは、将来におけるそうした勝利の阻止に必ずつながる、そうモッセは考えた。そのうえで、フェルキッシュ思想が広がる契機としてラガルドやラングベーンを位置づけ、オイゲン・ディーデリヒスの出版活動を新しいロマン主義と見なし、古代ゲルマン人やルーン文字をいわば再発見する当時の風潮を論じ、人種主義の偏狭なイデオロギーを培ったヒューストン・ステュアート・チェンバレンの思想を分析し、ドイツ史特有の現象であるドイツ青年運動の人脈を明らかにし、反ユダヤ的態度を露わにしていく民族社会主義や極右の圧力集団になりがちな在郷軍人の問題にも話が及ぶ。

「第三の国」研究の関連で言うと、モッセもメラー・ファン・デン・ブルックの『第三の国』を扱う。ヴァイマル時代には、モッセによれば、資本主義やマルクス主義に代わる選択肢として「第三の道」があり、それは物質主義的文明から解放されるための思潮でもあった。ヨーロッパ中でファシズムがそうした動向に立脚していくことになるが、特にドイツの場合、ラングベーンとラガルドを経ることで、ドイツ的な精神的な革命としてドイツ保守革命がまず展開していくことになる。それは、書名を当初『第三の道』と名づけていたメラーにとって、中世のメシア信仰の諸伝統を新しい時代に移す精神的な革命でもあった。モッセは『フェルキッシュ革命』の第十六章「ドイツ的革命」において『第三の国』の著者を「第三の道」の予言者と見なし、ドイツ独自の展開が「第三の道」をめぐる国際的運動と交差するとも言う。もっともここで言われる「国際的運動」はヨーロッパの動向であって、すでにふれた日本は言うに及ばず、ロシアの動向は含まれていない。また、英語初版の原題が示すとおり、考察が「ドイツのイデオロギー」に限定されているにしても、『フェルキッシュ革命』には世紀末から第一次世界大戦期までの間にあった「第三の国」をめぐる考察が抜け落ちているので、フェルキッシュ思想の連続性を強調するためには、どうしてもモッセの考察を埋める作業が必要と言えよう。

四　クルト・ゾントハイマー『ヴァイマル共和国における反民主主義思想』

先に挙げた者たちが行った考察を時代的に絞ってさらに深めたのは、クルト・ゾントハイマーの『ヴァイマル共和国における反民主主義思想　一九一八年と一九三三年におけるドイツ・ナショナリズムの政治理念』[30]である。一九六八年にドイツで刊行されたこの著作では、ヴァイマル共和国期において非合理的な反民主主義思想が次第に広い階層を捉え明確に作用した実態を解明した。「民族」Volk や「共同体」Gemeinschaft と並んで「国民」Nation という概念を考察する際には、national という言葉に反自由主義的もしくは権威主義的な国家思想が凝縮していることを明らかにする。[31]「国民的」と訳されるこの言葉には、ゾントハイマーによれば、国民を引き裂いている民主主義的な多元的政党国家に対する反対が、そして、強力な統一国家への支持が、ともに込められていた。それだけに、つまるところ、「国民的」という形容詞は当時「反民主主義的」という意味合いを有していたのである。この点を踏まえて「国民社会主義」Nationalsozialismus の精神史的な前史を多様な事例とともに明らかにしたゾントハイマーは、national と同様にドイツの反民主主義的思想にとって重要な概念として、Reich を取り上げている。ヴァイマル共和国期においてこの語は、ドイツの「偉大な」歴史的伝統を担いながら、同時にヴァイマル共和国のアンチテーゼとなる政治的理念として、ドイツの過去と未来を結ぶ語として理解されていた。そうした理解の背後には、民族のメシアとしてドイツを困窮から救い出す指導者を待望する意識、そして、カトリックの帝国思想や大ドイツ主義思想やフリードリヒ・ヒールシャーの『ライヒ』Reich（一九三一年）に見られるように、「ライヒ」の幻影が強く働いていた、とゾントハイマーは言う。

その意味で、思想的にも現実的にも最後の帝国を標榜したメラー・ファン・デン・ブルックの『第三の国』に、やはりゾントハイマーも注目していた。もともとのタイトルが『第三政党』であった同書は思想的にも現実的にも最後の帝国としての「第三の国」を扱っているが、ゾントハイマーによれば、それは具体性を欠いた政治形而上学的理念であり、「ライヒ」の幻影にすぎない。[32]それだけに、文筆を中心に自らの思想を訴えてきた保守革命の担い手たちは政権掌握前の国民社会主義ドイツ労働者党やその大衆運動に冷淡だったし、同党が国粋派の一政党から国民的大衆運動に躍進した際も、せいぜい留保つきで賛同したにすぎない。逆に、教養層のナショナリストたちが抱く政治理念がナチス理念の前衛として祝福されたこともなければ、彼らが党の中心に迎え入れられることもなかった。[33]保守革命の担い手たちが陥ったある種のジレンマをゾントハイマーは明らかにしたのである。

ゾントハイマーによれば、[34]ナチズムはドイツ民衆の中にある反民主主義、反自由主義、反資本主義の空気を吸って成長した民衆の運動であって、単なる政党ではない。別言すると、ヒトラーの政党が反民主主義的理念をもちながら、民主主義の枠内で民主主義の手法を用いて躍進した理由は、同党が国民的な大衆運動に仕立て上げられたからである。こうした点を早くから指摘したゾントハイマーは、ハインリヒ・マンのような左翼的知識人が脱ヴァイマル運動の担い手となったことも問題にし、彼らが国粋派と同様に「共和国を蝕んだ」と言う[35]。これに対して、合理主義と非合理主義、国際主義と民族主義など、ヴァイマル共和国期に分裂した諸々の立場を調和させようとしたエルンスト・トレルチ、フリードリヒ・マイネッケ、エルンスト・ローベルト・クルツィウスを、とりわけトーマス・マンを高く評価する。ゾントハイマーによれば[36]、一方的で頑迷な諸々の精神的傾向からの「自由」は、トーマス・マンが望んでいた「ジンテーゼ（総合）」Synthese の思想、もしくは「フマニテート（人間性）」Humanität の理念にこそあった。ただし、ゾントハイマーのマン評価は、当時の時代思潮が強く反映した見解であり、亡命先のアメリカからナチス・ドイツを批判したマンの側面のみを美化しているという点で些か楽観的と言えよう。マンの「ジンテーゼ」であれ「フマニテート」であれ、事情は複雑で、いずれもマンが第一次世界大戦前に抱いていた保守的思想と戦後に共和国を擁護する進歩的思想の結合の妙技であり、実際に戦前の思想も戦後の思想も「第三の国」というマンの言説と結びついていたのである。ゾントハイマーは、ノイロールの著作を引き継ぎ、ヴァイマル共和国期における非合理的な反民主主義思想を本格的に明らかにしたが、マンが「第三の国」を標榜する際の思想的背景は言うに及ばず、その精神史的な前史を明らかにしたわけではなかった。その結果、「第三帝国」Das Dritte Reich と戦ったマンが「第三の国」Das dritte Reich という言葉を標榜していたことに十分に光が当てられなかったのである。マンが一九二二年の講演『ドイツ共和国について』で「宗教的人間愛の第三の国」を唱えた経緯を含め、トーマス・マンにおける「第三の国」については掘り下げて考察しなければならない。

五　ジョージ・ラッハマン・モッセ『大衆の国民化』

ナチス・ドイツの前史を問う研究が多々あるなかで、ピーター・ゲイの『ワイマール文化』[37]は異色である。ゾントハイマー『ヴァイマル共和国における反民主主義思想』がドイツで刊行された一九六八年にアメリカで出版された同書は、それまでに一律に否定されてきたナチス台頭前の「文化」を多面的に明らかにして、「黄金の二十年代」を文化史的に見直す先駆的な著作だったからだ。ナチス・ドイツと単純に結びつけないモダニティの文化像を示したゲイの著作に対して、日本では一九八六年に蔭山宏が『ワイマール文化とファシズム』[38]を世に問い、ナチス台頭前の「文化」とナチズムをつなぐ政治文化を考究した。保守革命を考察の中心に据えて、「保守」と「革命」とが結びつけられる特異な社会思潮を明らかにしたのである。

もっともフェルキッシュ思想の連続性を解き明かすためには、本書は再びジョージ・ラッハマン・モッセの著作に注目しなければならない。それは『ワイマール文化』と『ワイマール文化とファシズム』の間の一九七五年にアメリカで刊行された『大衆の国民化　ナチズムに至る政治シンボルと大衆文化』[39]である。モッセは同書でシンボル政治の観点からドイツ近現代史の再構築を行う。英語初版の副題にもとづいて言えば、「ナポレオン戦争から第三帝国にいたるドイツの政治的シンボリズムと大衆運動」を追い、ドイツにおける「国民主義」Nationalismusに「新しい政治」としてのシンボル政治を読み取るのである。モッセは儀礼や祝祭への大衆参加によって促されたドイツの国民政治をドラマとしての政治と見なし、具体的には、聖火、聖体行列、国民的記念碑、体操、合唱団などを扱う。それらはゲイが論じた思想の自由と革新性をもつ「ワイマール文化」ではなく、むしろ蔭山が論じた「ワイマール文化」に近く、人々を再統合する力を有する美意識もしくは芸術であり、神話と祝祭からなる感情的かつ宗教的な「国民主義」だと言えよう。モッセはヴァーグナーの楽劇にこそその典型を見出す。つまるところ、モッセの『大衆の国民化』はナチズムを大衆合意形成運動として捉え直す新たなファシズム研究であったのである。モッセはナチズムの発展に関わる「美」を最も明確に示した政治シンボルとして国民的記念碑をとりわけ重視する。その際、モッセは「新しい政治」の様式が「民衆にお馴染みの好みに合った伝統」にもとづく点を見逃さない。そうした「伝統」を培った事例として、モッセはメラー・ファン・デン・ブルックに再び注目する。すでに述べたように、ノイロールは一九五七年刊行の『第三帝国の神話』で保守革命の思想家が一九二三年に公刊した『第三の国』のみならず、一九一八年の論文「若い諸民族の神話」も先駆的に扱っていたが、モッセは『大衆の国民化』でさらに二年前の一九一六年に刊行された論文「プロイセン様式」Der preußische Stil を扱う。一九二三年の著作『第三の国』がナチスの思想に影響をもたらしたことはすでに述べたが、一九一六年の論文はモッセによればナチスの建築に生かされた。同論文において、ロマン主義は女々しいものとして糾弾され、十八世紀末から十九世紀初頭のベルリーンにおける古典主義様式、すなわち「プロイセン様式」こそがギリシア的理想を保持する様式として称揚されたのである。こうした糾弾と称揚を受けて、モッセは、ベルリーンの「宮城橋」Schlossbrücke やベルリーン博物館、レーゲンスブルク郊外のヴァルハラ、トイトブルクの森にあるヘルマン記念碑など、ナチスに利用された「聖なる空間」を具体的に考察した。ただし、ヘルマン記念碑の場合、中世の神秘的かつ宗教的な過去へのノスタルジーをゴシック様式によって示すことで、かなりロマン主義的であったことをモッセは見逃さなかったのである。

「第三の国」研究としては、モッセが『大衆の国民化』で行った考察をさらに掘り下げるためにも、同書で取り上げられていないベルリーンの国民的記念碑を挙げておかなければならない。それは、ドイツ解放戦争の勝利を祝うために一八二一年に起工されたベルリーン・クロイツベルクにある「ヴィクトーリア公園」Viktoriapark である。この敷地もヘルマン記念碑と同様にロマン主義的に造園され、渓流や滝、曲がりくねった散歩道、ベルリーン市内を一望できる小高い丘、その頂上に塔の形をしたゴシック様式の「記念碑」Monument をもつ。こうしたロマン主義的な造園は、上述の宮城橋やベルリーン博物館も手がけたドイツ古典主義建築の巨匠カール・フリードリヒ・シンケル（一七八一～一八四一年）によるものであった。それだけにヴィクトーリア公園は、ベルリーンの国民的記念碑を検討する際にも、フェルキッシュ思想の連続性を考える際にも、見逃せない。その証左となる文献として、ヴィクトーリア公園が重要な役割を果たす一九〇〇年刊行の小説『第三の国　ベルリーン小説』がある。作者ヨハネス・シュラーフ（一八六二～一九四一年）は、ドイツ文学史においてアルノー・ホルツとともに徹底的自然主義の代表者と見なされ、晩年、ナチス・ドイツのイデオロギーに自らの世界観の実現者を見出した作家であった。[40]とはいえ、たとえ一般的な記述でそのように書かれていたところで、「第三の国」という言説をめぐるある種の連続性と非連続性を押さえておかなければ、一九〇〇年の小説『第三の国』と一九三三年に政権を掌握したナチスの「第三帝国」とを単純に結びつけることはできない。シュラーフは一八九八年に友人のホルツと訣別し、自分たちが信奉した自然主義を克服するために次第に宗教的な神秘主義に移行するなかで書き上げた作品が『第三の国』であった。この小説の中で主人公は画一的な空気の支配するベルリーン市内中心部から逃れるかのように都市の外れに行き、クロイツベルク地区のヴィクトーリア公園へ向かい、公園の頂に聳えるネオ・ゴシック様式の記念碑を見て安堵の息をもらす。千年王国をめぐる神秘思想を信奉していた主人公は、それ以来、「第三の契約！」「新しい個人！　新しい個性！——新しい男と新しい女！」「第三の人」「子供の国」を意識して求めたのであった。一九〇〇年の小説『第三の国』の背後にはいかなる作者の志向や時代の思潮が働き、それは一九三三年の「第三の国」と何を共有し、何を共有しないのであろうか。モッセは『大衆の国民化』でヴィクトーリア公園もそれを描くシュラーフの小説も扱っていない。これは、上述のとおり、『フェルキッシュ革命』においても同様のことが言える。それだけに、シュラーフの『第三の国　ベルリーン小説』に踏み込んで、私たちは「第三の国」をめぐる言説の関連でフェルキッシュ思想の連続性を考えていかなければならない。

六　ゴットフリート・ガーブリエルほか編『哲学歴史事典』

ここの補遺一では、以上のとおり、ナチス・ドイツの精神史的な前史を扱う代表的な研究の中で「第三帝国」という言説を扱うものを選び出しながら、「第三帝国」以前の「第三の国」をめぐり何がどの程度明らかにされ、そして明らかにされていないのかを検討し、そのうえで、新たな研究課題を探ってきた。ノイロール（一九五七年）、シュテルン（一九六一年）、モッセ（一九六四年）、ゾントハイマー（一九六八年）の著作を扱い、再びモッセ（一九七五年）の別著作に行き着いた。以上の研究を経て、「第三帝国」以前の「第三の国」をめぐる考察は、その後、何がどのように深められ、そして何が取り残されたのであろうか。

確認作業のためには、ヨーアヒム・リッター、カールフリート・グリュンダー、ゴットフリート・ガーブリエルの責任編集のもとで、バーゼルのシュヴァーベ社によって一九七一年から二〇〇七年の間に刊行された『哲学歴史事典』にまず目を向けなければならない。その際の該当項目は、ゴットフリート・ガーブリエルによる「Reich, Drittes」の項目で、全十三巻のうち一九九二年に刊行された第八巻にある。[41] そこでガーブリエルは、前半で社会思想を、後半でゴットロープ・フレーゲ、ヘルマン・ロッツェ、カール・ライムント・ポパーなどの論理学を扱い、二つの分野に分けて説明を行う。もっとも本章の考察にとって重要なのは前半部であり、そこには新たな重要な指摘がいくつか含まれている。やはりガーブリエルも歴史を三分割する思想がフィオーレのヨアキムに由来すると述べるが、そうした思想は二世紀後半小アジアの宗教家モンタヌスが唱えた終末論、つまり、モンタヌス派の運動に類似のものがあったと言う。そして、「第三の国」Drittes Reich ならびに「千年王国」Tausendjähriges Reich の思想が終末論や政治思想と混淆しながら、トーマス・ミュンツァー、パラケルスス、ヤーコプ・ベーメ、レッシング、フィヒテ、シェリングを経て、二十世紀にも及んでいることを指摘する。また、ガーブリエルはモスクワをめぐる

「第三のローマ」説にふれたうえで、ポーランドの哲学者アウグスト・フォン・チェシュコフスキ（一八一四〜一八九四年）が古代（感覚）とキリスト教（思考）の対立を融和する第三の時代（意志）を主張していたことも紹介した。詳述できない事典項目とはいえ、ドイツ語圏以外の「第三の国」についても併記している点に本項目の特徴があろう。

また、ガーブリエルは当然のことながら、イプセンが一八七三年に刊行した『皇帝とガリラヤ人』の中で異教とキリスト教のジンテーゼという意味で「第三の国」を用いたことや、その独訳が一八八八年に出されたことも説明している。さらにイプセンと並んで「第三の国」の告知者として、ヘーゲル左派の哲学者マックス・シュティルナー（一八〇六〜一八五六年）を挙げていること、そして「第三の国」の言説が十九世紀末に頻出していたと説明していることも見逃せない。ただし、当時の語彙使用に関する具体的な説明はない。上述したヨハネス・シュラーフ『第三の国　ベルリーン小説』（一九〇〇年）に関する言及は、やはりここで必要ではないだろうか。個人主義的無政府主義者と見なされていたシュティルナーからの影響は確固たるものがある。その一端を示すと、主人公リーゼガングは次のように言う。

「つまり無政府主義だよ！　シュティルナーとニーチェ」――彼はゆっくりと半ばぼんやりしながら煙草を灰皿に落とした――「二人は私を黙示録やヨハネの福音書に導いたんだ。――神！　分かるだろ。つまり、再臨や地上における神の国についての預言だよ。――それは――まあいいや！」[42]

リーゼガングは、ダーウィン、シュティルナー、ニーチェから影響を受けた哲学者として、フィヒテの伝記執筆に取りかかっており、「主観的な理想主義」をシュティルナーの唯一者やニーチェの個人主義と結びつけながら、「ある種の新しい気質」を有する「新しい人間」像を「世界都市」で求めていた。それだけに、「第三の国」をめぐる言説が十九世紀末にどのように使われていたかを確認するためにも、シュラーフ『第三の国　ベルリーン小説』の考察は必要不可欠と言えよう。

『哲学歴史事典』に関しては、もう一点述べておかなければならない。ガーブリエル担当の項目にも、メラー・ファン・デン・ブルックの『第三の国』に関する言及がやはりあった。ただし、それ以上に重要な点は、ガーブリエルの記載を踏まえて言えば、一九三〇年代にアーロイス・デンプ（一八九一～一九八二年）がカトリックの側に、エルンスト・ブロッホ（一八八〇～一九五九年）が革命の側に、「第三の国」の理念を取り戻そうとしたことだ。つまり、ガーブリエルの項目から読み取れることは、「第三の国」をめぐる言説がすでに十九世紀後半から展開し、一九三〇年代にも「第三帝国」と異なる概念使用があったことである。ガーブリエルの記述は、事典項目とはいえ、否、事典項目だからこそ、私たちに重要な課題を残したと言えるのではないか。

七　ブッハルト・ブレントイェンス『第三の国の神話』

一九五七年に刊行されたノイロールの『第三帝国の神話』Der Mythos vom Dritten Reich は、ナチス・ドイツの精神史的な前史を冷静に問う本格的な研究の嚆矢であった。これに対して、その四〇年後に刊行されたブッハルト・ブレントイェンスの『第三の国の神話』Der Mythos vom Dritten Reich は、(43)副題「救済をめぐる三千年の夢」が示すとおり、古代から現代における救済願望を包括的に扱う。それだけに、ブレントイェンスの著作は主題表記がドイツ語において同じであるにもかかわらず、ナチス・ドイツの精神史的な前史をノイロールとは異なりさほど究明しようとしていない。事実、ノイロールが先駆的に扱ったメラー・ファン・デン・ブルックについてはごく簡単にふれられているだけである。また、保守革命に関する記述はほとんどなく、ヒトラーやナチス・ドイツに関する記述も意外なほど少ない。その代わり、主として西欧が抱いてきた救済願望の源流が旧約聖書のイザヤ書や新約聖書のヨハネの黙示録に採られ、さらなる重要な展開として、フィオーレのヨアキムや、その影響を強く受けた神聖ローマ帝国皇帝のフリードリヒ二世、宗教改革の先駆者ヤン・フス、ドイツ農民戦争のトーマス・ミュンツァー、十五世紀ボヘミアのペートル・ヘルチキ、さらにシェリング、ヘーゲル、マルクスに多くの紙数を割き、二十世紀の冷戦構造やソ連やイスラム原理主義にも話が及ぶ。このように同書はナチス・ドイツ以前のみならず、それ以後も扱うだけに、ナチス・ドイツに限定された狭義の「第三帝国」ではなく、ナチス・ドイツに限定されない広義の「第三の国」が問題となり、前近代において待望された「神の国」も、近代において構想された「共産主義社会」も、「第三の国」の系列に組み込まれる。つまるところ、同書の眼目は、困窮下の人々が求める救済願望の系譜にあり、ノイロールが問題にしたようなナチス・ドイツの精神史的な前史にない。つまり、ノイロールにおいては「第三帝国の神話」と「ナチズムの精神史」が均衡を保つのに対して、ブレントイェンスにおいては「第三帝国の神話」よりも「救済をめぐる三千年の夢」により大きな比重が置かれている。その結果、ブレントイェンスの著作はノイロールよりも考察の広がりを有するが、ノイロールよりも考察の深さを欠き、着眼の新しさも欠く。事実、類似の考察はそれなりの数に及び、例えば、ユートピア研究ではフランク・エドワード・マニュエルの『西欧世界におけるユートピア思想』（一九七九年）[44]が、黙示録研究ではクラウス・フォンドゥングの『ドイツにおける黙示録』（一九八八年）[45]が、「第三の国」研究ではユーリウス・ペーターゼンの『ドイツの伝説と文学における第三の国への憧憬』（一九三四年）[46]がブレントイェンスの考察を質量ともに凌ぐ。また、ブレントイェンスはバクーニンや第一次世界大戦との関連で日本について言及しているが、第一次世界大戦直前に日本で刊行された雑誌『第三帝国』にまったくふれていない。この点に関しては致し方ないにしても、『第三の国の神話』という書名を有する著作がドイツで刊行されたヨハネス・シュラーフの小説『第三の国』（一九〇〇年）にもパウル・フリードリヒの劇『第三の国』（一九一〇年）にもまったくふれていないことに関しては、一九九七年の研究状況を考えると、致し方ないとは決して言えないのである。

八　コルネーリア・シュミッツ・ベルニング『ナチズム用語集』

コルネーリア・シュミッツ・ベルニングは一九六四年に『「血統証明」から「風紀委員」まで　ナチズム用語集』を刊行し、改訂版『ナチズム用語集』を一九九八年に、さらにそのリプリント版を二〇〇〇年に世に問い、ナチス・ドイツが自称した「Drittes Reich」という言説そのものを扱う。(47) その際、いずれの項目においても言えることだが、一九三三年以後のナチスにおける語彙使用のみならず、一九三三年以前の語彙使用や語源に関する言及があり、「第三の国」研究に画期的な新情報をもたらす。ベルニングはやはりフィオーレのヨアキムに最初にふれ、ヨアキムの思想がヨーロッパのキリスト教神学、歴史哲学、社会ユートピア思想のトポスとして近代に影響を及ぼしていることを指摘する。その際、一九九八年版で初めて言及される記載として、中世ローマの政治家コーラ・ディ・リエンツォ（一三一三〜一三五四年）や近代フランスの社会思想家クロード・サン・シモン（一七六〇〜一八二五年）、さらにはパリでサン・シモン主義に傾倒したハインリヒ・ハイネ（一七九七〜一八五六年）への影響を挙げている点が興味深い。つまり、「Drittes Reich」の項目に関して言えば、一九九八年版になると、ナチズムの語彙使用の前史を探る際に特殊ドイツの観点ではなく、汎ヨーロッパ的観点から説明を行おうとする姿勢が顕著になる。また、「第三の国」という言葉がイプセン『皇帝とガリラヤ人』の独訳が出された一八八八年になってドイツで初めて流布したであろうと推測することも、また、第一次世界大戦のドイツ敗戦後に次第に頻出すると述べることも、やはり一九六四年版にない記述だが、ベルニングは忘れない。実際に「第三の国」という言葉が出てくる著作として挙げられているのは、ドイツ語でも執筆を行ったポーランドの作家スタニスワフ・プシビシェフスキ（一八六八〜一九二七年）の小説『不審番たち』Vigilien（一八九四年）、プシビシェフスキの友人リヒャルト・デーメル（一八六三〜一九二〇年）の詩集『女性と世界』Weib und Welt（一八九六年）、(48) 徹底的自然主義の代表者ヨハネス・

シュラーフの『第三の国　ベルリーン小説』（一九〇〇年）、後にナチスのイデオローグとなった教育学者エルンスト・クリークの著作『ドイツの国家理念』Die deutsche Staatsidee（一九一七年）、文化哲学者オスヴァルト・シュペングラー（一八八〇～一九三六年）が世に問うた『西洋の没落』Der Untergang des Abendlandes（第一巻、一九一八年）、一九一九年の「ドイツ労働者党」や一九二〇年の「国民社会主義ドイツ労働者党」の設立に関わったディートリヒ・エカルト（一八六八～一九二三年）が自ら編集する新聞『一刀両断』Auf gut Deutsch の一九一九年七月五日版などであった。いずれも一九六四年版にない記述である。ただし、ベルニングはメラー・ファン・デン・ブルックに関する言及も忘れておらず、ヨーゼフ・ゲッベルスやアードルフ・ヒトラーなど、「第三帝国」の使用例を示すが、これらに関しては一九六四年版にすでに記載があった。このようにベルニングは一九九八年版になると、「Dritte Reich」をめぐる語彙使用の前史を新たな潮流として汎ヨーロッパ的観点から説明を行おうとする姿勢を顕著に示しながら、「第三帝国」以前の「第三の国」をめぐる新たな事例を示したが、世紀末から第一次世界大戦勃発までの事例が一つも示されていない点で、フェルキッシュ思想の連続性がいわば非連続のままになっている。ベルニングの著作を含め、これまでの論述からすると、トーマス・マンを除き、第一次世界大戦勃発前後の「第三の国」をめぐる言説が見当たらない。果たしてこれでよいのであろうか。

九　クラウス・エッケハルト・ベルシュ『国民社会主義の政治的宗教』

クラウス・エッケハルト・ベルシュは『国民社会主義の政治的宗教　ディートリヒ・エカルト、ヨーゼフ・ゲッベルス、アルフレート・ローゼンベルク、アードルフ・ヒトラーの著作におけるナチズム・イデオロギーの宗教的次元』の初版を一九九八年に、改訂版を二〇〇二年に上梓した。(49) 同書は、副題が示すとおり、エカルト、ゲッベルス、ローゼンベルク、ヒトラーの言説を文献学的に検討しながら、ナチスのイデオロギーを宗教政治学の観点から問う。ベルシュによれば、[50] 政治は実際の事実や潜在的な事実をめぐる意識によって規定された構成体である。「一つの民族、一つの国、一人の総統」というプロパガンダにしても、反ユダヤ的な民族主義にしても、ナチスのイデオロギーは間違いなく宗教性が色濃い。ユダヤ人宗教史家のハンス・ヨーアヒム・シェプス（一九〇九〜一九八〇年）やエーリク・フェーゲリン（一九〇一〜一九八五年）は政治的宗教としてナチズムをすでに批判し、「政治神学」を唱えていたカール・シュミット（一八八八〜一九八五年）は一九三三年にナチスに入党した経緯があるが、今の政治学には宗教政治学的な観点が欠けているとベルシュは言う。そのうえで、人間や社会に関する意識が反映された「民族」Volkと「国民」Nationと「人種」Rasse、歴史に関する意識が反映された「第三の国」Drittes Reich、人間と社会と歴史に関する意識を顧慮した特殊な象徴化としての「総統」Führer、自己同一化が必然的にもたらす他者排除としての反ユダヤ主義、以上の六概念をベルシュは集中的に扱う。実際の作業としては、それぞれの概念の宗教政治的な前史を明らかにしたうえで、上記四者の語彙使用を検討したのであった。

ベルシュは「ドイツ民族の中に前々から地下に隠れて生きていた」神話に着目したノイロールと同様に政治イデオロギーに潜む宗教性を探り出し、ベルニングが行った作業と同様に特定概念の前史と展開をあぶり出す。その際、最初の検討対象である「第三の国」をめぐる考察は、[51] 新たな知見を私たちにもたらす。ベルシュは黙示録を「歴史神学の母」「近代の歴史目的論の祖母」と名づけ、フィオーレのヨアキムと後世に対するその影響を述べたうえで、「第三の国」は二十世紀の一九二〇年代になって初めて「専門用語」terminus technicusとして使われるようになったと指摘する。この概念は、実際のところ、ベルシュによれば、一九〇五年にマルティーン・ヴーストによって、一九一六年にゲーアハルト・ムーツィウスによって、平和主義的な意味合いで使われたのに対して、一九一二年にヘルマン・ブルテによって民族主義的・人種主義的な意味合いで使われていた。[52] また、ヨハネス・シュラーフが一九四一年に得た「高揚感」によれば、グノーシス文書や黙示録を研究し「超人」を夢みる主人公を登場させた小説『第三の国　ベルリーン小説』は一九〇〇年の時点ですでに国民社会主義と類似していたということだ。件の概念は、一九二三年に公刊されたメラー・ファン・デン・ブルックの著作を通じて、一九二〇年代の後半にドイツで人口に膾炙されるようになったが、ただし、ベルシュのさらなる説明によると、[53]メラーは一九〇四年に刊行した八巻本の著作『ドイツ人　我々の人類史』Die Deutschen. Unsere Menschheitsgeschichte で歴史の三分割を行っていた。とはいえ、ナチスがこの言葉を「第三帝国」として使用するようになった契機は、メラーではなく、一九一九年に「ドイツ労働者党」を設立し、同年にヒトラーと知り合ったと言われているディートリヒ・エカルトによるところが大きい。このように述べるベルシュは、エカルトが件の概念をどこから持ち出したかを明らかにしていないものの、シュテルンやベルニングの指摘と同様に、おそらくイプセンの劇『皇帝とガリラヤ人』からではないかと推測する。[54]このようにベルシュは「第三の国」に関する新たな情報を私たちにもたらすが、しかしながら、巻末の参考文献においても、そして人名一覧においても、モッセを除き、ノイロール、シュテルン、ゾントハイマー、ガーブリエル、ブレントイェンス、ベルニングらの文献を一切挙げていないので、ベルシュの考察がどこまでがベルシュ独自のものなのか分からない。また、ベルシュはベルニングと同様にヨハネス・シュラーフの小説『第三の国』に注目するが、わずかな言及にとどまり、実質的に作品に踏み込んでいないので、シュラーフ自身が一九四一年に得た「高揚感」をもって一九〇〇年の作品を国民社会主義と単純に結びつけることはできないはずである。

そうした結びつけの前に、シュラーフの小説において「第三の国」と「ベルリーン」がいかに結びつくのか、そしてこの小説がそもそもいかなる作品なのかを明らかにしなければならないはずだ。

十　シュテファン・ペーガツキ『穴だらけの私』

二〇〇〇年前後の三著作の中でも、シュテファン・ペーガツキが二〇〇二年に上梓した著作『穴だらけの私　アルトゥル・ショーペンハウアーからトーマス・マンまでの肉体性と美学』(55)は、異色と言えよう。書名が示すとおり、同書はドイツの思想や文学を社会思想の観点からではなく、身体論的な観点から読み解く著作である。いわゆる文学的モデルネを扱うペーガツキは、十九世紀末から二十世紀初頭にかけて生じた悟性や言語に関する懐疑を通じて、精神に代わって身体が重視される変遷過程を詳細に扱う。そして、同書の結論部にあたる「展望」において、身体の精神化と精神の身体化を統合する「第三の国」をめぐるトーマス・マンの言説に行き着き、その関連でヨハネス・シュラーフ（一八九〇年）やレーオ・ベルク（一八九七年）やヘルマン・バール（一九〇〇年）らの「第三の国」をめぐる言説も考察している。つまり、十九世紀末からの肉体性をめぐる「美学」がある種の弁証法的な展開を遂げて行き着く先がトーマス・マンだったのである。この著作は、これまで挙げてきた著作とは異なり、「第三の国」をめぐる言説を社会思想史的に扱っていない。しかしながら、ペーガツキの論述は本書に重要な二つの情報をもたらす。時系列で言うと、十九世紀末のニーチェ受容に関連する事例、そして第一次世界大戦勃発前後に出されたトーマス・マンの政治的発言に関連する事例がそうである。ただし、前者に関して言えば、ヨハネス・シュラーフ『第三の国　ベルリーン小説』がいかなる小説で、そこで「第三の国」と「ベルリーン」がいかに結びつくのか、先にもふれたレーオ・ベルクの「第三の国」が世紀末ドイツで、ヘルマン・バールの「第三の国」が世紀末ヴィーンでそれぞれいかなる役割を果たしたのか、いずれも検討されていない。後者に関して言えば、「第三の国」をめぐるトーマス・マンの発言が第一次世界大戦勃発時にとどまらず、まったく異なる文脈で一九二二年、さらには一九三二年にもあることを、本章は先に述べた。ペーガツキの論述が十九世紀末から二十世紀初頭に限定されているがゆえに、その限定が新たな課題を「第三の国」研究にもたらすのである。

十一　ヘルマン・ブッツァー「第三帝国における『第三帝国』」

論文「第三帝国における『第三帝国』　国民社会主義的なイデオロギーや国家論におけるトポス『第三帝国』」（二〇〇三年）[56]を世に問うた政治思想家のヘルマン・ブッツァーは、一九三〇年のドイツ国内外で広く流布し、ドイツ国内において憲法で正当化されていなかったにもかかわらず、ナチスによって最も愛好された自称である「第三帝国」が、トポスとして「第三帝国」、別言すると「第三のライヒ」を扱う文学的・言語学的研究はきわめて少ない。それは考察の力点がとかく「ライヒ」にあり、トポスとして「第三のライヒ」が注目されてこなかったからということであった。このように従来の研究を捉えたブッツァーは、「ドイツ帝国」から「第三帝国」へ、ナチス政権以降の「第三帝国」から「ドイツ国民のゲルマン的帝国」へ、「（第三の）ドイツ帝国」からドイツ連邦共和国」へ、といった三つの時期を踏まえて、件のトポスを扱う。そこで、ここでは「第三帝国」以前のトポスとしての「第三の国」に絞って論の流れを確認しておこう。

やはりブッツァーも、ナチスが「第三帝国」という言葉を見出した契機として、メラー・ファン・デン・ブルックの名を挙げていた。その際、彼の文筆活動や芸術サークルでの活動に注目し、メレシコフスキーの協力を得てドストエフスキー全集を刊行したこと、そして第一次世界大戦後のベルリーンで保守ナショナリズムのグループ「六月クラブ」を主催するなかで主著『第三の国』を一九二三年に世に問い、一九二五年に精神疾患を患って自死したことを告げる。ブッツァーによれば、ある種の政治的宗教を示すこの著作が多くの人々に受け入れられた背景として、リベラルな民主主義的憲法をもつヴァイマル体制に対して右派も左派も抱いていた嫌悪があり、そして一方でキリスト教の、他方で歴史的イデオロギーの伝統があった。そのうえで、ブッツァーは「伝統」の起源として二世紀のモンタヌス派と十二世紀のフィオーレのヨアキムを挙げる。後世に対するヨアキムの影響は特に大きく、フス、ミュンツァー、レッシング、シェリング、ヘーゲル、イプセンに及ぶ。ここでブッツァーは十九世紀における「特別な契機をもたらす」besonders anstoßgebend イプセン劇『皇帝とガリラヤ人』にふれ、ローマ皇帝ユリアヌスの名前を挙げながら異教とキリスト教のジンテーゼという意味で使われている「第三の国」について若干の補足を註で行う。ただし、本書としては、この指摘の重要性を認めながらも、その扱いに満足することができない。それは、一八八八年のドイツ語訳『皇帝とガリラヤ人』がいかなる「特別な契機」を具体的にもたらしたのか、そして「第三の国」がそもそも背教者と称された皇帝とどのように結びつくのか、こうした点がほとんど説明されていないからだ。ドイツ文学におけるユリアヌス受容に関する研究からすると、[57] ユリアヌスに対する関心は十八世紀末から二十世紀初頭にかけてのドイツ語圏で非常に高まっていた。また、先の説明と今後行う説明を併せて述べると、イプセンのほかにメレシコフスキーも自らの作品で背教者ユリアヌスを扱い、両者がドイツにおいてのみならず、第一次世界大戦期の日本においても受容されており、両受容の結節点としてドイツではトーマス・マンがおり、日本では一九一三年に創刊された雑誌『第三帝国』があり、特に日本の場合、イプセン受容とメレシコフスキー受容とが本書の序で挙げた言葉「今や我国にも「第三帝国」の声は高い」と結びつくのである。

なお、ブッツァーの考察に関してはもう一点述べておこう。「ライヒ」をめぐる思想は、一八八〇年代以降のドイツにおいて政治のみならず文学においても見られるようになり、一九一四年になると第一次世界大戦勃発の熱狂と直接結びつき、一九一九年にいたると「大きなテーマ」となった。このように説明するブッツァーは、再び註においてであるが、イプセンの『皇帝とガリラヤ人』のみならず、ヨハネス・シュラーフの『第三の国　ベルリーン小説』（一九〇〇年）、マルティーン・ヴーストの『第三の国　個人的文化の基礎に関する一試論』Das Dritte Reich. Ein Versuch über die Grundlagen individueller Kultur（一九〇五年）、ゲルハルト・フォン・ムーティウスの『三つのライヒ　哲学的思慮の一試論』Die drei Reiche. Ein Versuch philosophischer Besinnung（一九一六年）を書名だけ挙げ、そのうえで、メラー・ファン・デン・ブルックが世紀転換期の直前に「第三の国」という言葉を知っており、ドストエフスキーの作品を通じて「第三の国」の思想に行き着いていたと言う。このように「第三の国」がトポスとして考察されているにしても、政治思想や社会思想の研究では文学作品の具体的な考察は繰り返し抜け落ちてしまう。そのため、「第三帝国」以前の「第三の国」に関する文学的もしくは文化史的な研究は、ブッツァーによれば二〇〇三年の時点でさほど多くなく、[58]状況は今なお変わらない。この結果、世紀末から第一次世界大戦勃発までの「第三の国」が事例として十分に示されていないゆえに、フェルキッシュ思想の連続性をめぐる考察が非連続のままになっている。その重大な証左をここで一つ挙げておくと、先に挙げた日本の雑誌『第三帝国』は、一九一三年の創刊号によれば、パウル・フリードリヒの劇『第三の国　個人主義の悲劇』Das dritte Reich. Die Tragödie des Individualismus（一九一〇年）にもとづいて命名された。とはいえ、パウル・フリードリヒという人物も、『第三の国』という劇作品も、日本は言うに及ばず、ドイツ本国においても今ではほとんど知られていない。パウル・フリードリヒとはいかなる人物であり、『第三の国』はいかなる劇なのだろうか。ナチス・ドイツの精神史的な前史を扱う研究には、目下のところ、こうした問いに答える著作は見当たらない。「第三の国」という言説をめぐる連続性（そして非連続性）を押さえるためには、ナチス・ドイツに関連づけるナショナル・ヒストリーだけではなく、ドイツ語圏以外の動向も扱うトランス・ナショナル・ヒストリーの観点も必要となるのではなかろうか。

十二　マッティーアス・リードル『フィオーレのヨアキム』

この補遺一では、従来のナチス・ドイツ研究が「第三帝国」以前の「第三の国」をどの程度明らかにし、明らかにしていないのかを確認してきた。その際、ガーブリエル、ブレントイェンス、ベルニング、ベルシュ、ブッツァーの論述が示すように、ナチス・ドイツの精神史的前史を扱う場合、「第三帝国」の思想的根源として、十二世紀イタリアの修道院長フィオーレのヨアキムに話が及ぶ。事実、『哲学歴史事典』においてガーブリエルは歴史を三分割する思想がフィオーレのヨアキムに由来すると明言していた。ヨアキムの聖霊論が後世に与えた影響に関して、『フィオーレのヨアキム　西欧思想と黙示録的終末論』（一九八五年）において著者のバーナード・マッギンは特段何も言及をしていないのに対して、同書に跋文を寄せたミルチャ・エリアーデは、初期のイエズス会士のみならず、レッシング、シェリング、メラー・ファン・デン・ブルック、メレシコフスキーなど、近現代の哲学者や思想家も魅了したと言う。本書は序においてヨアキムの聖霊論が中世や近世にもたらした宗教的な影響をエリアーデの驥尾に付して「ヨアキム主義」と呼び、近代以降の社会思想史的な影響を新たに「ネオ・ヨアキム主義」と称した。近年、ヨアキム研究は大いに進捗し、ヨアキムの著作に対する釈義のみならず、その思想的影響にも話が及ぶ。近年のヨアキム研究を代表するマッティーアス・リードルは二〇〇四年の著作『フィオーレのヨアキム　完全無欠な人類の思想家』において、ヨアキムの思想がメラーやゲッベルスにもたらした影響に言及しながらも、ヨアキムの思想とナチスのイデオロギーがとかく早急に結びつけられてしまうことに注意を促す。[59]また、リードルは、等閑にされている「精神史的事情の複雑さ」を明らかにするために、メレシコフスキーに注目する。このロシア人作家がドイツで活躍したロシア人画家カンディンスキーやトーマス・マンにもたらした影響は実に大きいが、その実態はいまだによく知られていないとリードルは言う。そして、本書ですでに言及した「第三のローマ」説を説明しながら、メレシコフスキーの歴史小説『レオナルド・ダ・ヴィンチ』における影響を指摘し、さらにメレシコフスキーから多大な影響を受けたメラーやその同志たちによって「第三の国」が「ドイツ的運動のキーワード」になったとリードルは併せて言うのであった。こうしたフェルキッシュ思想はハイネやイプセンやシュラーフによって培われたが、リードルは彼らの名前を挙げ、参考文献を示すにとどまり、カンディンスキーやマンの事例も含め、「精神史的事情の複雑さ」に特に立ち入ることはなかったのである。

十三　リヒャルト・ファーバーとヘルゲ・ホイブラーテン編『イプセンの『皇帝とガリラヤ人』』

「第三帝国」の精神史的前史を扱う場合、フィオーレのヨアキムと並んでよく言及されるのがイプセンである。すでに述べたように、一八七三年刊行の『皇帝とガリラヤ人』で異教とキリスト教のジンテーゼという意味で「第三の国」Das dritte Reich という概念が用いられ、一八八八年のドイツ語訳を契機にその言葉がドイツに流布したからだ。また、レーオ・ベルクが一八九七年にイプセンを「第三の国のメシア」と命名したこともすでに述べた。もっとも、イプセンが西欧社会、さらには世界各国にもたらした影響は一般によく知られているが、生前の著者自身によって代表作と見なされた『皇帝とガリラヤ人』は今では一般にあまり知られておらず、(60)また、この補遺一に関連づけて言えば、「ネオ・ヨアキム主義」における同作の位置づけは学術的に必ずしも十分に確定されていない。こうした状況の中で、二〇〇七年ベルリーン開催のシンポジウムにもとづいて、二〇一一年にヴュルツブルクで刊行されたリヒャルト・ファーバーとヘルゲ・ホイブラーテン編『イプセンの『皇帝とガリラヤ人』資料・解釈・受容』は、第三部「ドイツ語による受容」において、『皇帝とガリラヤ人』が世紀末ミュンヒェンの「宇宙論サークル」Kosmikerkreis、とりわけアルフレート・シューラー、ルートヴィヒ・デルレート、シュテファン・ゲオルゲにもたらした少なからぬ影響を明らかにしたのである。(61)同書によれば、フーゴ・フォン・ホーフマンスタールやカール・シュミットも、イプセンから、とりわけ『皇帝とガリラヤ人』から影響を受けた者たちであった。しかしながら、重要な考察対象となっているシューラーは十九世紀末の頃からハーケンクロイツに多大な関心を抱き、ゲオルゲは「精神の王国」を希求して一九二八年に最後の詩集『新しい国』Das neue Reich を上梓し、シュミットは一九一九年の『政治的ロマン主義』や一九二二年の『政治神学』などを通じてナチスの独裁体制を思想的に先取りしていたにもかかわらず、所収されたホイブラーテンの論攷「カール・シュミット、ヘンリック・イプセン、政治神学　『王位請求者たち』と『皇帝とガリラヤ人』と第三の国の教え」が典型的に示すように、件の論集はナチスの「第三帝国」にほとんど言及しない。この結果、『皇帝とガリラヤ人』における中心概念として「第三の国」が一方で繰り返し論じられながら、他方でナチス・ドイツの精神史的前史をめぐる問題をことさら避けているような印象を読み手にもたらす。「第三帝国」の前史を扱う社会思想史的・政治思想史的な考察では、これまで確認したように、文学作品にほとんど立ち入ることがなかった。逆に、ここで扱った文学論集は、「第三帝国」の精神史的前史をめぐる問題を周辺に置くか、もしくは排除しているのである。もちろん、イプセンの「第三の国」とナチスの「第三帝国」を単純に結びつけてはならないが、同時に、「ネオ・ヨアキム主義」をめぐって一八八八年と一九三三年の間に生じた多様な展開を忘れてはならない。しかも、そうした「多様性」がドイツ語圏限定のナショナル・ヒストリーに留まらないことを、先に挙げた「今や我国にも「第三帝国」の声は高い」という言葉が示す。この響く「声」に聴き耳を立てながら、私たちはナチスの「第三帝国」以前の多様な「第三の国」に立ち入っていかなければならない。

註

（1）本書はナチス・ドイツもヒトラーも直接の考察対象としない。しかし、従来の研究で看過されてきた「第三の国」をめぐる多様な展開を明らかにすることで、「第三帝国」や「総統神話」が流布した宗教政治的かつ文化史的な背景を新たに問うことになる。

（2）Jean F. Neurohr: Der Mythos vom Dritten Reich. Zur Geistesgeschichte des Nationalsozialismus. Stuttgart 1957, S. 7 f. 訳出の際は以下の既訳を参考にした。J・F・ノイロール『第三帝国の神話　ナチズムの精神史』、山崎章甫・村田宇兵衛訳、未来社、一九六三年。

（3） Neurohr, a. a. O., S. 20.

（4） こうした見方は、第三帝国を糾弾する戦後に限らず、第三帝国を正当化する第二次世界大戦以前にもそもそも見られた。例えば、独文学者のユーリウス・ペーターゼンは一九三四年刊行の『ドイツの伝説と文学における第三の国への憧憬』で古代や中世や近代を視野に入れながら「第三の国」の実現を確信したし、経済学者のヘルベルト・シャックは一九三八年刊行の『思想家と解釈者　ドイツの転換点以前の男性たち』でヴァーグナーとニーチェからパウル・ド・ラガルド、ルードルフ・オイケン、メラー・ファン・デン・ブルック、オスヴァルト・シュペングラー、ヒューストン・ステュアート・チェンバレン、シュテファン・ゲオルゲを経て一九三三年の「ドイツの転換点」にたどり着いたと主張したのである。Vgl. Julius Petersen: Die Sehnsucht nach dem Dritten Reich in deutscher Sage und Dichtung. Stuttgart 1934, S. 61; Barbara Beßlich: Faszination des Verfalls. Thomas Mann und Oswald Spengler. Berlin 2002, S. 12.

（5） Neurohr, a. a. O., S. 9 f.

（6） Ebd., S. 22.

（7） Ebd., S. 21 f.

（8） Ebd., S. 73.

（9） Ebd., S. 210 f.

（10） Ebd., S. 245 ff.

（11） Fritz Stern: Kulturpessimismus als politische Gefahr. Eine Analyse nationaler Ideologie in Deutschland. Aus dem Amerikanischen von Alfred P. Zeller. Stuttgart 2005. 英語原著は次のとおりである。Fritz Stern: The Politics of Cultural Despair. A Study in the Rise of the Germanic Ideology. University of California Press 1961. 訳出の際は次の既訳を参考にした。フリッツ・スターン『文化的絶望の政治　ゲルマン的イデオロギーの台頭に関する研究』、中道寿一訳、三嶺書房、一九八八年。

（12） Neurohr, a. a. O., S. 4 f.

（13） Ebd., S. 130 f.

（14） Ebd., S. 90 f.

（15） Ebd., S. 129.

（16） Ebd., S. 130.

（17） Leo Berg: Der Übermensch in der modernen Literatur. Ein Kapitel zur Geistesgeschichte der modernen Literatur. Paris, Leipzig u.

München 1897, S. 74.

（18）Ebd., S. 120.

（19）Vgl. Stern, a. a. O., S. 139.

（20）Ebd., S. 169 f.

（21）Ebd., S. 169.

（22）Ebd.

（23）Ebd., S. 167.

（24）Ebd., S. 189.

（25）Ebd., S. 249.

（26）Ebd.

（27）Vgl. ebd., S. 258.

（28）Ebd., S. 337.

（29）本節の説明は、ジョージ・L・モッセ『フェルキッシュ革命　ドイツ民族主義から反ユダヤ主義』（植村和秀訳、柏書房、一九九八年）にもとづく。なお、英語原著は次のとおりである。George Lachmann Mosse: The Crisis of German Ideology. Intellectual Origins of the Third Reich. New York 1964.

（30）Kurt Sontheimer: Antidemokratisches Denken in der Weimarer Republik. Die politischen Ideen des deutschen Nationalismus zwischen 1918 und 1933. München 1968. 訳出の際は以下の既訳を参照した。K・ゾントハイマー『ワイマール共和国の政治状況　ドイツ・ナショナリズムの反民主主義思想』、川島幸夫・脇圭平訳、ミネルヴァ書房、一九七六年。

（31）Vgl. Sontheimer, a. a. O., S. 307 ff.

（32）Vgl. ebd., S. 300 ff.

（33）Vgl. ebd., S. 357 ff.

（34）Vgl. ebd., S. 372 ff.

（35）Ebd., S. 389.

（36）Vgl. ebd., S. 395 ff.

（37）ピーター・ゲイ『ワイマール文化』、亀嶋庸一訳、みすず書房、一九八七年。

（38） 蔭山宏『ワイマール文化とファシズム』、みすず書房、一九八六年。

（39） 本節の説明は、ジョージ・L・モッセ『大衆の国民化　ナチズムに至る政治シンボルと大衆文化』（佐藤卓己・佐藤八寿子訳、ちくま学芸文庫、二〇二一年）にもとづく。なお、英語原著は次のとおりである。George Lachmann Mosse: The Nationalization of the Masses. Political Symbolism and Mass Movements in Germany from the Napoleonic Wars through the Third Reich. New York 1975.

（40） Vgl. Walhter Killy u. Rudolf Vierhaus (Hrsg.): Deutsche biographische Enzyklopädie. München 2001 (München 1998[1]), Bd. 8, S. 652; Cornelia Schmitz-Berning: Vokabular des Nationalsozialismus. Nachdruck der Ausgabe 1998. Berlin u. New York 2000, S. 156.

（41） Vgl. Joachim Ritter, Karlfried Grunder u. Gottfried Gabriel (Hrsg.): Historisches Wörterbuch der Philosophie. Bd. 1–12. Stuttgart 1971–2007, Bd. 8 (1992), S. 497 ff.

（42） Johannes Schlaf: Das dritte Reich. Ein Berliner Roman. Berlin 1900, S. 31.

（43） Buchard Brentjes: Der Mythos vom Dritten Reich. Drei Jahrtausende Traum von der Erlösung. Hannover 1997.

（44） フランク・E・マニュエルほか『西欧世界におけるユートピア思想』、門間都喜郎訳、晃洋書房、二〇一八年。

（45） Klaus Vondung: Apokalypse in Deutschland. München 1988.

（46） Petersen, a. a. O.

（47） Vgl. Cornelia Berning: Vom „Abstammungsnachweis“ zu „Zuchtwart“. Vokabular des Nationalsozialismus. Berlin 1964; Schmitz-Berning, a. a. O.

（48） ベルニングによれば、プシビシェフスキとデーメルはともにベルリーンの飲食店「黒子豚」Schwarzes Ferkel の会食者であった。また、この店にメラー・ファン・デン・ブルックも訪れたということである。Vgl. ebd., S. 156.

（49） Claus-Ekkehard Bärsch: Die politische Religion des Nationalsozialismus. Die religiösen Dimensionen der NS-Ideologie in den Schriften von Dietrich Eckart. 2., vollst. überarb. Aufl. München 2002.

（50） Vgl. ebd., S. 17 ff.

（51） Vgl. ebd., S. 53 ff.

（52） Vgl. Martin Wust: Das dritte Reich. Ein Versuch über die Grundlage individueller Kultur. Wien 1905; Gerhard Mutius: Die Drei Reiche. Ein Versuch philosophischer Bestimmung. Berlin 1916; Hermann Burte: Weltfeber, der ewige Deutsche. Die Geschichte eines Heimatsuchers. Leipzig 1912.

（53）Vgl. Bärsch, a. a. O., S. 57 f.

（54）Vgl. ebd., S. 63.

（55）Stefan Pegatzky: Das poröse Ich. Leiblichkeit und Ästhetik von Arthur Schopenhauer bis Thomas Mann. Würzburg 2002, bes. S. 487 ff.

（56）Hermann Butzer: Das „Dritte Reich" im Dritten Reich. Der Topos „Drittes Reich" in der nationalsozialistischen Ideologie und Staatslehre. In: Der Staat. Vol. 42, Nr. 4 (2003), S. 600–627.

（57）Vgl. Franziska Feger: Julian Apostata im 19. Jahrhundert: Literarische Transformationen der Spätantike. Heidelberg 2019.

（58）Vgl. Butzer, a. a. O., S. 600.

（59）Vgl. Matthias Riedl: Joachim von Fiore. Denker der vollendeten Menschheit. Würzburg 2004, S. 344 ff.

（60）Vgl. Richard Faber u. Helge Høibraaten (Hrsg.): Ibsens „Kaiser und Galiläer". Quellen – Interpretationen – Rezeptionen. Würzburg 2011, S. 7.

（61）Vgl. ebd., S. 233.

第二章　背教者ユリアヌス

近代におけるネオ・ヨアキム主義の嚆矢となったのは、すでに本書の序で述べたように、十八世紀の後半、ヨアキム的な歴史の三分割を啓蒙主義に持ち込んだゴットホルト・エフライム・レッシングの『人類の教育』であった。新たな「第三の国」は人類の普遍的な教育という観点から「新しい永遠の福音の時代」として捉えられた第三の時代だったのである。レッシングの著作は仏訳されることによってフランスのサン・シモン主義に多大な影響を与え、さらにサン・シモン主義が十九世紀前半のドイツにおける思想的潮流である「若きドイツ」に、そして一八三一年にパリに移住したハインリヒ・ハイネにさらなる影響を与えた。イタリアを出自とする「第三の国」の考えは、十九世紀前半においてドイツとフランスの両国を跨いで展開されるが、十九世紀後半にいたると、北欧にも伝播し、汎ヨーロッパ的な思想的潮流となっていく。こうした流れを演劇というジャンルで展開させた人物がヘンリック・イプセンだったのである。ノルウェーの劇作家は、一八七〇年、ヘーゲル誕生百年祭が行われているベルリーンを訪れた際、ヘーゲル的な弁証法によって世界を捉えることを学び、一八七三年、ノルウェー語で書かれた『皇帝とガリラヤ人』を上梓したのであった。この歴史劇では、古代ローマの背教者ユリアヌスが古代ギリシア的な肉の王国とキリスト教的な精神の王国を弁証法的に統合する「第三の国」を希求する。総じてイプセンの作品群が国境を越え言葉を越えて世界にもたらした影響は大きい。『皇帝とガリラヤ人』に限って述べても、「第三のローマ」説を復活させたロシアの象徴主義者であるドミートリー・メレシコフスキーは一八八四年に小説『背教者ユリアヌス　神々の死』を世に問い、イプセンの歴史劇が独訳された一八八八年以降、ドイツにおいて「第三の国」das dritte Reich という言葉が流布し、ドイツの文芸評論家レーオ・ベルクは一八九七年の『現代文学における超人』でイプセンを「第三の国のメシア」と呼ぶだけではなく、ドストエフスキーを「人類の新しい第三の国」の先行者とも見なし、ドイツと同様にイプセンの作品が社会に多大な影響を与えた日本において、本書の第三章で指摘するように、イプセン没後の翌年である一九〇七年に、イプセンは「第三王国の預言者」と称されたのである。

異教とキリスト教のジンテーゼとしての「第三の国」は国境を越え言葉を越えて展開していく。「第三の国」をめぐるこうした世界的な潮流を理解するためには、十八世紀末から二十世紀初頭にかけてドイツ語圏で高まった背教者ユリアヌスに寄せる関心に注目しておかなければならない。ネオ・ヨアキム主義の新たな展開において、十九世紀ドイツにおけるユリアヌス受容が決定的な意味をなすからだ。そこで本書の第二章は、古代末期のローマ皇帝をめぐる新たな言説を探るため、そうした言説の文学的結実とも言える二作品を詳細に扱う。

一　高次の第三のもの

ルードルフ・カスナー（一八七三〜一九五九年）の著作『十九世紀』（一九四七年）によれば、自分自身にいたる場合にドイツ人ほど長い道のりを歩む人間はいない。オーストリアの思想家であり観相学者であるカスナーは、十九世紀以前を「大きい形式」die große Form の世紀と捉え、十九世紀を諸分野で「重大な分裂」を生み出した「形式なき世紀」と見なす。しかも「分裂」は「帝国」Reich という理念と「ドイツの音楽」に最も強く表現されている。カスナーにとって、十九世紀は「形式なき世紀」であり、「音楽の世紀」であり、つまるところ「ドイツ的な世紀」にほかならない。[1] あえてこのように十九世紀を捉えるならば、「分裂」の世紀の裏づけは「ドッペルゲンガー」を世に問うたドイツの近代文学に、それもロマン主義からトーマス・マン『ファウストゥス博士』（一九四七年）にいたる「芸術家」の理念に容易に見出すことができる。[2] だが、十九世紀ドイツが繰り返し問題にした対蹠者《アンチポーデ》は「芸術家」だけではなかった。キリスト教文化圏において「芸術家」以上に古くから「他者」と見なされ続けたが、近代ドイツにおいて新たに理解された「背教者」のことを忘れてはならない。古代末期のローマ皇帝ユリアヌスをめぐって十九世紀ドイツに頻出する言説の重要性は、二十世紀に展開された最も辛辣なロマン主義批判において明らかになる。

カール・シュミットは『政治的ロマン主義』第二版（一九二五年）においてロマン主義批判を展開する際、ダーフィト・フリードリヒ・シュトラウスの著作『帝位にあるロマン主義者』（一八四七年）を問題にした。シュトラウスはリベラリズムの立場から反動的な「ロマン主義」を批判し、ユリアヌスを持ち出してフリードリヒ・ヴィルヘルム四世の反自由主義的政策に反旗を翻した人物である。[3] すべての対象をロマン化してしまうのがロマン主義だと批判するシュミットにとって、シュトラウスの著作は「〈政治的ロマン主義〉の概念構成にとって特別な意味をもつ」（S二一〇）。[4] シュミットの言うロマン主義とは、因果律を生み出す客観的な「原因」ではなく、根拠ならざる根拠である主観的な「偶因」に依拠する態度である。「偶因論」Occasionalismus を本質とするロマン主義は、いかなる出来事も小説的な「きっかけ」にして美的な思考の枠組みにとどまり、決定的な政治的決断を下すことはない。「ドイツのロマン主義は最初に革命を、次に支配的な復古主義をロマン主義化したが、一八三〇年代からは再び革命的になった」（S二二七以下）と言うシュミットにとって、「ロマン主義的な観念」が客観的にあるのではなく、「ロマン主義化された観念」が主観的にあるにすぎないのである（S二〇二）。「絶え間ない依存性」（S二二八）からなるロマン主義は、「対立をことごとく調和的統一へと解消する、より高次の主観的な創造性への逃避」（S二〇八）であり、「〈高次の第三のもの〉への偶因論的逃避」（S二二三）にほかならない。ただし、シュトラウスが示すユリアヌスの場合、「異教的ロマン主義者」（S二二一）として政治的議論から宗教的論証に逃げていると言えても、必ずしも「高次の第三のもの」を志向しているわけではないので、シュミットの言うロマン主義の十全な事例ではなく、ロマン主義化された復古主義の一事例として「特別な意味をもつ」にとどまる。

もっとも、シュミットの『政治的ロマン主義』は、主観的な詩的弁証法という点で、ユリアヌスをめぐる近代の言説の核心を突く(5)。シュミットは『政治的ロマン主義』の第二版序文で次のように言う、「善と悪、味方と敵、キリストと反キリストのような具体的な対立や相違は、すべて美的コントラストとなり、小説を仕立て上げる手段となって、一つの芸術作品がもつすべての働きに美的に組み込まれうるのであろう」（S二一）と。ここでも対立を解消する詩的弁証法が問題になっている。さらに第二章「ロマン主義精神の構造」の終わりでは、「〈対立的なもの〉、二律背反的なもの、弁証法的なものは相容れない情動である。相争う実在の反響から奇妙な響きが生じる」（S一五一）と言う。対立する精神領域を情感的に把握するロマン主義を批判するこの箇所は詩的弁証法的な「逃避」を「奇妙な響き」ein seltsamer Klang と言い、さらに同書の結びでも「形而上学的もしくは宇宙的な共鳴」eine metaphysische oder kosmische Resonanz（S二二三）と曖昧に述べ、畢竟するに、ロマン主義批判をいわばロマン主義的に言い表すのである(6)。このような矛盾を犯しながらも『政治的ロマン主義』は、近代におけるユリアヌス受容をめぐる問いを私たちにもたらす。ユリアヌスに対する関心が十八世紀末から二十世紀初頭にかけてのドイツ語圏で非常に高まるなかで、キリスト教文化圏に顕著な根源的対立が「より高次の主観的な創造性」によってロマン化され、「高次の第三のもの」を志向する例があるのだろうか。こう問う際に、十九世紀の「重大な分裂」が「帝国」という理念と「ドイツの音楽」に最も強く表現されているというカスナーの指摘も忘れてはならない。というのも、「ドイツの音楽」が近代ドイツ文学における「芸術家」と結びつくのと同様に、以下で考察するとおり、「帝国」という理念が十九世紀ドイツが繰り返し問題にしたもう一人の対蹠者と結びつくからだ。

以上のとおり、（一）本章はシュミットのロマン主義批判を通じて背教者ユリアヌスをめぐる近代ドイツの言説に注目した。以下では、（二）十九世紀ドイツにおけるユリアヌスに対する関心の高まりを確認したうえで、（三）フリードリヒ・ド・ラ・モット・フケーの『皇帝ユリアヌスと騎士たちの物語』（一八一八年）と（四）ヨーゼフ・フォン・アイヒェンドルフの叙事詩「ユリアーン」（一八五三年）を考察する。[7] 近代的なユリアヌス受容を最初に文学的に結実させたフケーの場合、[8] 特異な「結合術」による諸対立の解消をめざす。自己批判的なロマン派批判の中で新たにユリアヌスを受容したアイヒェンドルフの場合、芸術の霊感源としてのメランコリーを「奇妙な響き」として結晶化させている。（五）本章は最後に、フケーやアイヒェンドルフの研究においても、ユリアヌスの受容史研究においても見られない試みとして、キリスト教文化圏における根源的な対立を詩的弁証法の中に取り込んだ二作品をカスナー『十九世紀』の脈絡に位置づけ直し、両作品の中に十九世紀ドイツの「彼方」を展望する視点が潜在的に胚胎していることを指摘しながら、主観的な詩的弁証法の行方を「ドイツ的な世紀」の「彼方」に追う。

二　十九世紀ドイツにおけるユリアヌス受容

ローマ皇帝ユリアヌス（三三一〜三六三年、在位三六一〜三六三年）は、新プラトン主義に傾倒し太陽神ヘリオスを崇拝するあまり、伯父であるコンスタンティヌス一世のキリスト教公認後に異教の復興に努め、次第に「背教」の道を踏み出した最後の迫害帝であり、太陽神を扱う『王ヘリオスへの讃歌』、地母神をめぐる『神々の母の讃歌』、イエス・キリストに代わる救世主を示す『ガリラヤ人駁論』などの著作を残した哲人皇帝でもあった。謎に満ちた生涯の中でも、ガリア平定後のペルシア遠征で敵方から受けた致命傷がもとで客死した際、イエスのことを意識して「ガリラヤ人よ、お前の勝ちだ」Vicisti, Galilaee と叫んだと言われている。[9] 言うまでもなく、「背教者ユリアヌス」Julianus Apostata という命名はキリスト教の側からなされた賤称にほかならない。背教者をめぐっては、最初のキリスト教史となる四世紀のエウセビオス『教会史』以降に悪帝としての評価が定まり、十三世紀の

『黄金伝説』が示すように、中世にはキリスト教の敵として常に否定的に評価された。こうした評価は十六世紀の宗教改革期にも引き継がれ、プロテスタント神学者カスパー・ヘディオによるドイツ語訳『三部教会史』によって、暴君ユリアヌスの残虐行為が広く知られ、この独訳にもとづいてハンス・ザックスは歴史や喜劇を扱う四編の作品でユリアヌスを暴君として扱い、十三世紀に編纂されたと称されるラテン語説話集『ゲスタ・ローマーノールム』に依拠した一五五二年の職匠歌「高慢な皇帝」Der hochfertig keiser でユリアヌスをヨヴィアヌス（Jovianus）という名で神の裁きを受けたキリスト教迫害者として歌い上げたのである。

しかしながら、ルネサンス期以降は古典古代文化の擁護者、教権の批判者として次第に注目され、十五世紀にはロレンツォ・デ・メディチ、十七世紀にはイエズス会、十八世紀にはモンテスキュー、ヴォルテール、ギボンなどがユリアヌス再評価の機運を高めた。そして十八世紀末のドイツにおいてユリアヌスに対する関心が高まり、実際に一七九一年から一九一四年にいたるまで、彼に関する作品や言説は一三二に及ぶ[10]。また、ユリアヌスをめぐる言説に関しては数の問題に限られず、当時の危機的状況を映し出す鏡として古代末期を理解するアナロジー的思考が見られることも指摘しておかなければならない。古代とキリスト教とゲルマンのそれぞれの伝統が混在するなかで巨大な帝国が没落していく状況と十九世紀の不安定な政治状況とが相関関係の中に置かれたのである。こうした理解の典型が先に挙げたシュトラウスの著作であり、そこで件の皇帝は古典的理想をかなえることに失敗した者として理解された。もっとも、新たな理解の先駆けとなるのは、十八世紀末から十九世紀初頭にかけての文学者たちの動きであり、特に一七八八年四月二十五日のクリスティアン・ゴットフリート・ケルナー宛書簡でユリアヌスに関する創作を表明していたフリードリヒ・フォン・シラー、一七九四年刊行の女奴隷をめぐる物語でユリアヌスの名前を挙げたアウグスト・フォン・コツェブー、ギボンの著作から影響を受けて一八〇七年五月九日の友人宛書簡でやはりユリアヌスに関する創作計画を伝えていたアーダム・ミュラーが挙げられるが、シラーとミュラーの計画は頓挫し、コツェブーの作品はきわめて短く、ユリアヌスの命名が一度にとどまる。それだけに、新たなユリアヌス受容の実質的な文学的嚆矢は、ユリアヌスものを十九世紀にノヴェレの形式で唯一執筆したフケーであり、同受容を文学的に結実させたのは、ユリアヌスものを十九世紀に叙事詩の形式でほぼ唯一執筆したアイヒェンドルフであった。(11) ただし、二つの例外が、「〈対立的なもの〉、二律背反的なもの、弁証法的なもの」、これら一切を含むことで、十九世紀ドイツにおけるユリアヌス受容の典型を示すのである。

三　フケーの『皇帝ユリアヌスと騎士たちの物語』

十五世紀中葉のヴォルムスを舞台とするフケーの『皇帝ユリアヌスと騎士たちの物語』では、画家であるリープレヒト親方の工房にある謎の絵をめぐって話が進む。親方がケルンで購入した絵は、「作者不詳のかなり古くて怪しい絵、誰にも判読不可能な内容、恐怖に襲われる者も少なくない」（F一一二）と競売目録に書かれているとおり、工房の若い弟子たちに戦慄をもたらす。件の絵は戦場において異国の将軍が斃れる場面を以下のように描く。

最初に彼らが気づいたことと言えば、絵の最上端にひと塊りになっていた黒くて不気味な雷雲と、その間にあった輝くように明るい光の筋と、その中でほとんど目に見えないほど遠くにいる天使で、威嚇をしていると言うよりもむしろすでに裁きを行っている、かなり高々と挙げられた腕をもつ姿であった。――さらに遠くまで続いているのは、木の多い岩の峡谷であり、きわめて風変わりでほとんど見たこともない武具をした騎士たちの間で激しく繰り広げられている戦闘だったのだ！　あるいはむしろもう戦闘はなかった。なにしろひどい恐怖に襲われながら全軍が散り散りになっていたからである。その真っただ中には栄えある将軍が息絶えており、その横にいたまばゆいばかりの白馬は恐るべき状況をまさに予感するかのように崩れ落ちていたのであった。（F一一四）

物語の展開にとって重要なのは、ゲルトラオト夫人に養女として育てられている十六歳の少女ジュリエッタの存在である。この少女がイタリアから来た里子として設定されていることは偶然ではない。ジュリエッタは絵に描かれた「メルクリウスの兜」（F一一六）を異国風の美しい黒い目で凝視しながら、恐ろしさよりも美しさを、威嚇よりも祝福を、この絵から読み解く。リープレヒト親方の愛弟子ヴェルナーが見る夢において恐ろしい騎士ヴェルンハルスが現れるのとは違い、ジュリエッタが見る穏やかな夢では枕元に天使が現れ心地よい歌をうたう、「ユリアヌス！　ユリアヌス！　優美な裏切りの天使よ、戻ってこい！　戻ってこい！　そしてお前もだ、ヴェルンハルス、ヴェルンハルスよ！　重苦しい夜から出てくるのだ！　戻ってこい！　戻ってこい！」（F一二六）と。天使のように歌うジュリエッタは、リープレヒト親方によれば、「イタリアの美しい小バラさん」であり、「我らが美しき都ヴォルムスの真の誉」にほかならない（F一一七以下）。つまるところ、この物語はヴェルナーとジュリエッタの幸せな結婚という大団円へと向かう。これが物語全体の大きな枠組みにほかならない。そこには、ドイツ的なものとイタリア的なものの融合、あるいはドイツが抱き続けたイタリアへの憧憬が込められている。もっとも全体の枠組みを示すだけでは、ケルンで購入された絵についても対照的な二つの夢についても何も解明されていない。息絶えた将軍は何者なのか、メルクリウスの兜とは何であるのか、ユリアヌスやヴェルンハルスと呼ばれる者たちに天使は何を呼びかけているのか。

全体で九章構成の物語は、第五章までの導入部と第九章の結末部とに挟まれた挿入部によって、複数の謎を解く。第六章で盲目の老人ニカンドロスが詩を、第七章でこの老人がさらに物語を、第八章でジュリエッタが、ついでリープレヒトが物語をそれぞれ語ることで、絵の中で斃れた将軍が皇帝ユリアヌスであり、皇帝の司令官であり「騎士」と称されているメルクリウスが被っていた二枚の羽根つき金兜が件の兜であり、天使の呼びかけとはメルクリウス殺害の指示者であるユリアヌスと殺害の実行者である軍人ヴェルンハルスに対してメルクリウスが天使と化して発する赦しの声であることが分かる。メルクリウス殺害の原因がユリアヌスの「背教」だとすれば、殺害の誘因はメルクリウスの「信仰」にあった。キリスト教に改宗したメルクリウスが自身の名と同じ名をもつローマ神話の神を想起させる兜を己の信仰に相応しくないと判断して返上したことが、皇帝の怒りを買ったのである。ユリアヌスはメルクリウスが北欧神話の主神オーディンを冒瀆しているという虚偽でヴェルンハルスを唆す。唆された北方の軍人は戦場で仲間のメルクリウスに一騎討ちを挑み、相手を打ち倒すものの、最後に情けをかけ、とどめのひと刺しは行わない。もっとも、打ち倒されたメルクリウスにとどめを刺す邪な小姓がいる。もともとユリアヌスを唆したのも、卑劣な行為をこの小姓に促したのも、ムスクラという名の軍人の仕業であった。小バエの意をもつ名前の男が卑劣な手段でメルクリウスの兜と軍旗を褒賞として手に入れたことを含め、メルクリウス殺害をめぐる顚末を明らかにするのが、ニカンドロスである。盲目の老人は、お供の少年とともに春の祭りの際にヴォルムスに現れ、リープレヒト親方の友人としてツィターを奏でて三つの歌をうたい、三枚のガラス絵を順次示す。最初のガラス絵には多神教に走ったユリアヌスが、次のガラス絵にはキリスト教に改宗したメルクリウスが、三枚目のガラス絵にはオーディンを崇拝するヴェルンハルスが描かれている。このように物語全体は、緩やかな枠物語の結構を通じて、三つの信仰をめぐる確執を示す。

もっともフケーの作品は宗教的な分断を志向しているわけではない。メルクリウスはジュリエッタの夢において融和を説くように「重苦しい夜から」の帰還をユリアヌスとヴェルンハルスに呼びかけていた。敬虔なキリスト教徒である「騎士」は異教的なその名において決定的な役割を果たす。二枚の羽根つき金兜がメルクリウスのローマ神話的側面を示唆するのに対して、謎の絵に描かれたユリアヌスの死はメルクリウスのキリスト教的側面を強調する。盲目の老人が第七章で語る物語によれば、裁きの天使として戦場に姿を現したメルクリウスが放った「太陽の矢」（F一六三）によってユリアヌスは死んだのであった。メルクリウスが伝令者としてジュリエッタの夢でユリアヌスとヴェルンハルスに呼びかけを行う点も重要であろう。それは、現代的な視点からすると、ユングの深層心理学[12]においてメルクリウスがそのアンドロギュノス的形態ゆえに「結婚」つまり「結合」に比せられるように、フケーの散文作品におけるメルクリウスはそのシンクレティズム的形態ゆえに、一方でヴェルナーとジュリエッタの「結婚」を、他方で三宗教の「融和」を促す。

以上の枠物語が有する「結合の神秘」は物語の結構にも強く働く。ユリアヌスと騎士たちをめぐる挿入部の逸話が物語の前景に出ると、導入部の人物たちは聞き手か話し手となって背景に一旦退いたかのように見えたが、第八章における二つの語りによって再び前景に出る。一方でヴェルナーがヴェルンハルスの子孫であり、かつまたニカンドロスの大甥であること、他方でジュリエッタがメルクリウスの子孫であることが明らかになり、外枠の物語と枠中の物語とが構造的に結びつき、十五世紀の語る者たちと古代の語られる者たちとが運命的に結びつく。物語の冒頭部は二つの夢を通じて「ヴェルンハルス→ニカンドロス→ヴェルナー」と「メルクリウス→ジュリエッタ」[13]の二系列を暗示していたのだ。それだけにヴェルナーとジュリエッタがヴォルムスで一緒に幸せに暮らすことの意義は大きい。二人の幸せには、ドイツ的なものとイタリア的なものの融合のみならず、レッシング『賢者ナータン』が求めるような諸宗教の融和が託されている。それだけに舞台が十五世紀のヴォルムスであることは必然であった。ライン川中流左岸にあるこの古都は、十二世紀に竣工されたロマネスク建築の大聖堂を有し、古代ゲルマンの英雄伝説にもとづいて十三世紀前後に成立したとされる「ニーベルンゲンの歌」の舞台であり、しかもすでに十一世紀から存在するヨーロッパ最古のユダヤ人墓地を残す。神聖ローマ帝国内での私闘を禁じる永久平和令を取り決めた帝国議会が一四九五年に開かれた場所も同地であった。シンクレティズム的な存在様式はメルクリウスという登場人物のみならず、中世のヴォルムスという舞台そのものがもつ。『皇帝ユリアヌスと騎士たちの物語』では、外枠の人物たちと枠中の人物たちとが運命的に結びつくなかで、背教者という歴史的素材がもつ宗教的な対立は背景へと退いていく。

こうした予定調和的な「結合術」ars combinatoria が強く働くなかで、二つの家系も結びつく。第六章でジュリエッタが語る物語によれば、両親は敵対関係にあったイタリアの貴族であったが、騎士である父が母と駆け落ちをしてアルプスを越えてドイツに来たものの、依然として騎士の名誉を切望する父が馬上試合で死を遂げ、母は出産後まもなく命を落としたため、ジュリエッタは養母に引き取られた。第八章でリープレヒト親方が語る物語によれば、若き騎士ニカンドロスはコンスタンティノープルの皇帝を父とするアポローニアと恋に陥り、花輪を編んで二人以外の誰にも分からない花言葉で心を伝え合ったあげくに駆け落ちをしたが、二人は捕まり、ニカンドロスは「二度と花を探すことができないように目を突き刺されて盲となり、〔中略〕闇の世界に放たれた」（F一七七）。こうした悲劇的な別離があったからこそ、盲目の老人は新たな結びつきを望む。「もしメルクリウスの子孫がこの絵の前にいるヴェルンハルスの末裔に恵みと許しを約束しようというのであれば、わしがこの世で抱く最大の願いの一つがかなえられ、わが迷いし祖先の霊は償われ、おそらく自意識過剰なユリアヌスの霊もまた償われることであろう」（F一七九以下）と。ニカンドロスが抱く宿願こそが外枠の物語と枠中の物語とを結びつけながら物語全体を大団円へと導く。その意味で作品の「結合術」は諸対立を弁証法的に止揚することをめざしている。

もっとも、物語に強く働く「結合術」に別の志向があることも見逃してはならない。自らの宿願が成就されると分かったとき、第八章の終わりで盲人はヴェルナーに諭す、「祖国ドイツに一旦緩急あればすべての他者に対する戦いに備えられるように、ピカピカに磨かれたかなり鋭い剣を壁に立てかけておくのじゃ」（F一八四）と。ニカンドロスが抱く宿願が物語内で強く働く動因であるとすれば、ニカンドロスがヴェルナーに諭す言葉は私たちを物語の外に誘う誘因である。ヴェルナーにはいかなる運命が待ち受けているのか。第九章冒頭にある語り手の言葉「ヴェルナーは白髪の英雄の言葉に従って行動した」（F一八五）によれば、若き画家が「特異な人生」において絵画好きの騎士ニカンドロスと同様に闇の世界に放たれる可能性も、あるいは、ジュリエッタの父と同様に騎士として名誉を切望するあまり戦いで命を落とす可能性も、「結合術」ゆえに私たちは否定できない。たしかにヴェルナーが絵筆をもち続けたことは間違いないが、「祖国ドイツに一旦緩急あれば」、ヴェルナーはその「血筋」ゆえ絵筆を捨てて「騎士」として「剣」を手に取る運命にあるのではないか。ニカンドロスの言葉は私たちを物語の外に誘いながら物語の内と外を結びつける。

『皇帝ユリアヌスと騎士たちの物語』Die Geschichten vom Kaiser Julianus und seinen Rittern では、①古代において皇帝ユリアヌスに仕える「騎士たち」（メルクリウスやヴェルンハルス）と、②中世においてまさに騎士道に生きた者たち（ジュリエッタの父やニカンドロス）と、③十五世紀に騎士として生きるように諭された若い絵描き（ヴェルナー）が運命的に結びつくことで、物語は見事な大団円へと向かう。一方ではニカンドロスの宿願に導かれてヴェルナーがジュリエッタと「愛の園」（F一八五）を築き、他方でメルクリウスの呼びかけに導かれてユリアヌスとヴェルンハルスが「重苦しい夜から」抜け出ていく。しかも物語の中で「我らが美しき都」と称された十五世紀のヴォルムスは、物語の外で「永久平和令」が取り決められる歴史的に重要な場所となる。その意味で物語の時空設定自体が大団円を準備しているのだ。枠中にある古代の「物語」Geschichte と外枠としてある中世の「物語」Geschichte とが結びつくばかりではなく、テクスト内の「物語」Geschichten とテクスト外の「歴史」Geschichte が結びつくのである。「我らが美しき都ヴォルムス」はシンクレティズムによる存在様式のトポスであるばかりではなく、「物語」と「歴史」の接点もしくは境界として「祖国ドイツに一旦緩急あれば」という例外状況に私たちを導く。事実、一五二一年にヴォルムスで再び行われた帝国議会によってマルティーン・ルターが教会から破門されると、それを契機にヨーロッパ全体が新たな宗教的分断に陥っていくことを、後世の私たちは知っている。「我らが美しき都ヴォルムス」は外枠の物語と枠中の物語の結合を経て美しく輝き、そして物語の「内」と「外」の結合を経て「重苦しい夜」に陥っていく。物語の「光」が歴史の「闇」を導くかのように。その意味で「我らが美しき都」は「光」と「闇」のはざまにある。

四　アイヒェンドルフの叙事詩「ユリアーン」

一八五三年、六十五歳のアイヒェンドルフは死の四年前に叙事詩「ユリアーン」を公にした。「ロマン主義の最後の騎士」[14]と称された詩人の晩年の作には、「〈対立的なもの〉、二律背反的なもの、弁証法的なもの」による「奇妙な響き」が結晶化している。それを促す動因は、アイヒェンドルフの他者批判とも自己批判とも言えるロマン派批判であろう。彼は宗教的かつ倫理的な生から乖離しがちなロマン派的な詩的幻想に対して用心深い詩人であり、その傾向は晩年に近づくほど強まっていく。総じてアイヒェンドルフ文学では、夜の歌が朝の鐘に打ち消され、美神ウェヌスが聖母マリアに取って代わられることは少なくない。詩人は一八〇八年から一八〇九年にかけて執筆した処女作『秋の惑わし』を筐底に秘すことで一つの断罪をすでに行っていた。この作品はルートヴィヒ・ティークの『忠臣エッカルトとタンネンホイザー』（一七九九年）に依拠しながらタンホイザー伝説を継承するが、伝説を前景に押し出すティークの作品では大地母神ウェヌスが登場するのに対して、伝説を背景にとどめるアイヒェンドルフの作品では歌いつつ美しい体を浮き沈みさせている「水の女」たちとその中心にて全裸で佇む愛しの女性が描かれたのである。アイヒェンドルフはロマン派に愛好されたタンホイザー伝説を独自の詩的幻想によって近代的な誘惑物語に仕上げたが、上述のとおり上梓するにはいたらなかった。もっとも最初の断罪後は、異教的な官能原理を断罪する誘惑物語を次々に世に問う。最初の小説『予感と現前』（一八一五年）は人生を旅とするクロノトポスが強く働くなかで異教的な官能原理が表象化された「水の女」に翻弄される若者たちを描き、代表作『大理石像』（一八一九年）はキリスト教的な道徳原理が異教的な官能原理を克服する予定調和的な大団円へと突き進み、第二小説『詩人たちと仲間たち』（一八三四年）は水の女から憑依を受ける四詩人たちの宿命をタブローとして示す[15]。アイヒェンドルフ文学では、森の木々や小川のざわめき、ナイチンゲールのさえずりが朝の鐘の響きに、不気味な闇が明朗な光に取って代わられることは珍しくない。独自の類型化が際立つなかで、キリスト教的道徳原理と異教的官能原理の角逐が最も先鋭化するのが、「ロマン主義の最後の騎士」の晩年の作「ユリアーン」であった。

アイヒェンドルフの叙事詩は、詩的形式の異なる十七の歌を通じて、背教者の後半生を描く。ユリアーンがガリアを平定したローマの将軍として凱旋するパリ（第一～三歌）、反皇帝軍としてローマの軍隊と対峙する際にローマ皇帝コンスタンティヌスの訃報を受け取るアルプス山中（第四～五歌）、皇帝としてキリスト教徒の迫害を始めるシリアの都市アンティオキア（第六～七歌）、ペルシア勢力と戦うために出た東方の遠征先（第八～十七歌）と、舞台を次々に移す。このように叙事詩の大きな外側の枠組みは史実にもとづくが、ユリアーンの内面はロマン的な詩的幻想に溢れている。史実のユリアヌスがキリスト国教化後に異教の復興に努めたように、ユリアーンは生を謳歌する古の神々の復活をめざす。ギリシアの哲人や詩人とともにパリに凱旋した後、キリスト教を諦念の宗教として貶めるユリアーンの内面には、アイヒェンドルフ文学のトポスとともに異教的な「響き」が起こる。

ああ聖なる夜よ！　時折セイレンだけが
月明かりに映える水底からいまだ浮かび上がり
ものみな眠るとき惑いの音にて
ひとに深い憂いを告げるのだ（E六〇八）

このような幻想を抱く者が決まって出会うのが、『大理石像』が示すような誘惑の女神ウェヌスであった。アイヒェンドルフはタンホイザーやセイレンをめぐる文学的系譜をユリアヌス伝と巧みに織り交ぜながら新たな背教者像を示す。(16)ユリアーンがパリの宮殿で見た大理石像に指輪をはめると、異教の祭儀が復活を遂げ、アルプス山中では、古の神々を讃えるユリアーンの賛歌が響き、彼を「カエサル・アウグストゥス」として讃える民衆の歓声が轟く。だが、アンティオキアの場面では、異教的官能原理とキリスト教的道徳原理の角逐が二人の人物の登場によって複雑に進む。一人は、国を追われた後に自らの国を再び手に入れるべくユリアーンの元に身を寄せている伯爵令嬢ファウスタであり、もう一人はユリアーンの盟友である将軍セウェルスであった。前者はユリアーンの指輪をはめた異教徒であり、後者は敬虔なキリスト教徒である。この叙事詩は両原理の対立を寓意的に描くのではなく、むしろ主要人物たち、とりわけセウェルスとその息子オクタヴィアーンの葛藤を掘り下げていく。キリスト教の最初期から教会が立つアンティオキアに着いたセウェルスが目にしたのは異教の風習ばかりであった。皇帝の背教は許しがたく、将軍は「復讐の天使」（E六一八）と化す。だが、このとき、刺客の矢が皇帝に向けて放たれると、将軍は身をもって皇帝を庇い、傷を負う。信仰と友情の葛藤に陥ったセウェルスは、体の傷よりも、心の傷に苦しみながら、ユリアーンの前に二度と現れないことを心に誓うのである。

以上の前半部に対して、第八歌以下の後半部は、セウェルスの息子オクタヴィアーンの背教と懺悔を基軸に進む。一軍を率いてキリスト教の教会を焼き払い、教徒を迫害するファウスタに対して、オクタヴィアーンは戦いを挑むが敗れ、逆にファウスタとの愛欲に溺れると、『大理石像』に典型的に認められるような異教的な「響き」を耳にする。

あれはニクセの嘆きだったのか
歌うのはナイチンゲールだったのか
汝　夜よ　錯綜した伝説の母よ
実に不思議な響きをもつ（E六二七）

大理石像の幻視と「静かな谷底」へと誘う幻聴に取り込まれたオクタヴィアーンは、いまやキリスト教迫害の側に立つ。ユリアーンはこの若者に出会うと、かつて自分が大理石像にはめた指輪を相手に認め立ちすくむ。オクタヴィアーンはファウスタの一軍とともにキリスト教徒を追い、追われた一行はセウェルスの城塞にたどり着く。オクタヴィアーンが追撃の中で父と再会を果たすと、棄教を後悔し、一夜にして髪が白髪と化す。一行が追撃から逃れられるように、若者は父の兜と武具を身につけて追っ手を引きつけるが、ファウスタの矢に斃れる。死んだ男がセウェルスではなく、自身の恋人であることを知ったファウスタは、絶望のあまり絶壁から投身すると、叙事詩は大団円に近づく。史実において背教者はペルシア討伐の遠征中に客死するが、ユリアヌスがペルシア側から受けた致命傷がもとで死ぬのに対して、ユリアーンは盟友セウェルスとの一騎打ちにおいて命を落とす。やはり異教に対するキリスト教の勝利がこの作品でも特有のトポスとして強く働く。

　だが、以上の作用は異教的官能原理に対するキリスト教的道徳原理の勝利を必ずしも単純に意味しない。「ロマン主義の最後の騎士」の晩年の作品には微妙な不協和音が響くのだ。オクタヴィアーンとファウスタに追われたキリスト教徒はセウェルスに守られながらさらなる逃亡を図るとき、アッシリアの荒野で神の加護を信じつつ「夕べの歌」をうたう。

歌は森のざわめき
彼方からのナイチンゲールを
夢のように甘い響きと合わせ
不思議な調べとなった（E六三四）

ここでは、第八歌における異教的な「実に不思議な響き」so wunderbaren Klangとは異なり、キリスト教の敬虔な「夕べの歌」と異教的な「甘い響き」とが奇妙に響き合って「不思議な調べ」die wunderbaren Weisenと化している。この響き合いは、「〈対立的なもの〉、二律背反的なもの」として、信仰と友情の間で揺れたセウェルスの葛藤や、棄教と敬虔の間で苦しんだオクタヴィアーンの懺悔や、狂信と熱愛の果てにファウスタが陥った絶望とも響き合う。詩人が『秋の惑わし』に下した断罪よりも、異教的なものを断罪する誘惑物語を次々に世に問うたことに、より深い意味があろう。異教に対するキリスト教の勝利があったところで、異教的な官能原理が駆逐されることはない。先の引用を踏まえて言えば、沈んだはずのセイレンは水底から再び浮かび上がり人々に「深い憂い」を告げ続ける。この叙事詩においても、たとえ妖女が自死したとはいえ、否、自死したからこそ、「静かな夜のたびに眼に見えぬ口からもれる／いまだ牧人と狩人が幾度も耳にする暗い深淵からの／絶望の嘆き」（E六四二）に人々は恐れをなす。「惑いの歌」（E六四二）が繰り返し人々を恐怖に陥れるだけに、この出来事は語り継がれていく。第十六歌のこの最終節が最後に置かれた第十七歌の最終節と響き合うなかで、この叙事詩は「伝説」をめぐる警告で終わる。「だが汝の胸中にて光る魔力を見張るのだ／不意に現れて汝自身を荒々しく引き裂かぬように」（E六四六）と。「惑いの歌」が伝承と化す瞬間こそ、アイヒェンドルフの特異なポエジーが立ち上がる瞬間でもある。

五　「ドイツ的な世紀」の彼方

十九世紀のドイツ以上にユリアヌスが数多く言及された世紀も地域も、ほかにはない。古代末期以来、峻烈な対立を引き起こしたユリアヌスをめぐる言説が、十八世紀末以降のドイツにおいて頻出し、特に文学作品において「奇妙な響き」を起こしながらも、二十世紀初頭を過ぎると関連文献が少なくなったことは[17]、背教者ユリアヌスをめぐる近代の言説がまさに十九世紀ドイツ的であったことを示す。ロマン主義化されたユリアヌス像が二十世紀に展開された最も辛辣なロマン主義批判、つまりシュミットの『政治的ロマン主義』において注目されたことも、その証左である。もっとも、ユリアヌスをめぐる数ある言説の中でも代表的な文学作品であるフケー『皇帝ユリアヌスと騎士たちの物語』とアイヒェンドルフ「ユリアーン」は、十九世紀ドイツの言説として限定できない力を宿しており、それが十九世紀の「彼方」へと私たちを導く。

『皇帝ユリアヌスと騎士たちの物語』の「結合術」は、外枠物語と枠中物語の結合ではなく、物語の「内」と「外」の結合に眼目がある。それというのも、ニカンドロスの言葉が物語の後史としてドイツの歴史を想起させ、「祖国ドイツ」のために「剣」を手にする姿に十八世紀末に軍人として生きた作者の姿が重なり、作者の生も「騎士たちの物語」に取り込まれていくからだ(18)。いや、そうした取り込みは件の「結合術」ゆえに十八世紀で終わらない。十九世紀ではフリードリヒ・ニーチェの『反時代的考察』によって、二十世紀ではトーマス・マンの『非政治的人間の考察』によって、「祖国ドイツに一旦緩急あれば」一瞬の躊躇いもなく已の「部署」につくドイツ人の姿を私たちは知っている(19)。このように前史と後史が結びつくときに、文学作品はいわば真の完結に近づく。確かに『皇帝ユリアヌスと騎士たちの物語』は背教者をめぐる「前史」によって宗教的分断を物語の前景に押し出すが、物語内の「結合術」によってそうした分断を背景へと退け、見事な大団円へと行き着いた。しかし、まさに大団円を導いたニカンドロスの言葉が動因となって、そして物語の設定そのものや騎士たちの「血筋」が誘因となって、大団円を背景へと次第に後退させ、新たな宗教的分断の「後史」へと私たちを導く。フケーの物語は古い「分断」にもとづきながら新たな「結合」を大団円として示したが、物語に働く「結合術」の強さが新たな「分断」を暗示し、「剣」を手にする者の姿を読み手に予見させるのだ。「我らが美しき都ヴォルムス」における「愛の園」は仮象の大団円にすぎない。物語における真の大団円は物語が誘う「物語／歴史」Geschichte の「彼方」にあろう。『皇帝ユリアヌスと騎士たちの物語』が真の「結合の物語」として完結するのは、物語に誘われた私たちが「後史」の後史にいたるときではないか。

アイヒェンドルフの場合、断罪されるべき対象があり、分裂とも称すべき峻烈な対立があってこそ、結合が大きく捻れながら、文学は成り立つ。朝の鐘を待望し、聖母マリアを崇拝し、キリスト教的な道徳を遵守しただけでは、ポエジーは立ち上がらない。敬虔なカトリック教徒である詩人の意識において異教的官能原理はキリスト教的道徳原理によって繰り返し封じ込められたが、文学的営為の源泉は後者ではなく前者にあるだけに、そうした封じ込めが書かれるかぎり、倦怠と瞑想を併せもつ憂鬱が言葉を得る。こうした傾向は、キリスト教文化圏における最も根源的な対立を扱う「ユリアーン」において際立つ。いや、それ以上に、アイヒェンドルフ文学においては例外的な事態だが、相対立する二原理が奇妙に響き合う。セイレンが告げる「深い憂い」、それは単なる哀歌ではなく、表層で流謫の神々の嘆きを装い、深層で倦怠と瞑想を併せもつ憂鬱にほかならない。芸術の霊感源と称されたメランコリーは、土星的資質の知的衝動として、アイヒェンドルフ文学において書くことを促す。晩年のアイヒェンドルフは、ロマン派的な詩的幻想に批判的になるなかで、一八四六年の評論「ドイツ近代ロマン派文学の歴史」において「分裂がすべて消滅し、道徳、美、美徳、ポエジーが一つになる」ような「すばらしき国」Wunderland の到来を祈念する。[20] だが、件の叙事詩で「不思議な調べ」die wunderbaren Weisen が響くのは決して常態ではなく、キリスト教最初期の最も厳しい迫害を経験している例外状況においてであった。否定すべき対象が自らの創作基盤を培うという捻れがとりわけ顕現する「ユリアーン」は、「分裂」の「彼方」にある「弁証法的なもの」を「深い憂い」とともに現代にも響かせる。

　以上の二作品において潜在的に働いていた対立的なものの止揚は、その後のユリアヌス受容ではシュミット的に言えば「高次の第三のもの」として顕在的に働く。背教者をめぐる言説はヘンリック・イプセンとドミートリー・メレシコフスキーによって「ドイツ的な世紀」に限定できないものになっていくと同時に、ドイツで愛読されていた二人の作家による新たなユリアヌス作品が「弁証法的なもの」によってドイツの社会に大きな影響をもたらすのである。イプセンは一八七三年刊行の劇『皇帝とガリラヤ人』（独訳、一八八八年）を通じて、異教とキリスト教のジンテーゼとしての「第三の国」Das dritte Reich という言葉をドイツにもたらし、メレシコフスキーは一八八四年公刊の小説『背教者ユリアヌス　神々の死』（独訳、一九〇三年）などの著作を通じて、異教とキリスト教、肉体と精神、旧約聖書と新約聖書などの対立を統合する「第三の国」を求め　その特異な思想が保守主義と革命のジンテーゼを説くメラー・ファン・デン・ブルックに決定的な影響をもたらす[21]。新たな潮流の中で、一方でワシリー・カンディンスキー、ルードルフ・カスナー、トーマス・マン、エルンスト・ブロッホなどによって「第三の国」の理念は支持され、他方で「第三の国」das dritte Reich をめぐる言説が「第三帝国」das Dritte Reich のプロパガンダに変容していく過程があった。こうした展開は「ドイツ的な世紀」が生み出した新たなユリアヌス受容を出自としながらも、次第にそれを離れ、「弁証法的なもの」のみを政治的に強調する特異な潮流となり、人々を分断する新たな例外状況を二十世紀にもたらしたのである。

註

(1) ラーヴァーターの観相学が万物照応の世界観にもとづくのに対して、カスナー観相学は近代の「分裂」にもとづく。別言すると、「無形式」「無尺度」な「個性」「意志」「科学」「近代音楽」「帝国理念」など諸要因によって生じた「十九世紀における人間存在の分割」について（über）考察を深め、同時に「分裂」の彼方（über）をめざし、「分裂と自分自身への長き道のり」をまさに歩まんとする思想と言えよう。Vgl. Rudolf Kassner: Das neunzehnte Jahrhundert. In: ders.: Sämtliche Werke. Im Auftrag der Rudolf Kassner Gesellschaft herausgegeben von Ernst Zinn u. Klaus E. Bohnenkamp. Pfullingen 1986, Bd. 8, bes. S. 16, 22, 66, 73, 227, 257 u. 321.

(2) 「分裂」の世紀の文学的嚆矢は、クレーメンス・ブレンターノとヨーゼフ・ゲレスの共作『時計職人ボークスの不思議な物語』（一八〇七年）である。市民的生と芸術家的生の扞格は、時計職人の「技術」と音楽家の演奏による「芸術」とのずれ、「クンスト」が有するヤヌスにもとづく。主人公の時計職人が市民的な多血質と芸術家的な胆汁質という二つの顔を頭部にもち、完全に分裂してしまうことで、物語は「分裂」の世紀の旗幟を鮮明にする。小黒康正「アンティポーデの闇　ブレンターノ／ゲレス『時計職人ボークスの不思議な物語』」（九州大学独文学会『九州ドイツ文学』第二十三号、二〇〇九年、一～二二頁）参照。

(3) シュトラウスは、キリスト教以前の異教を復活させたユリアヌスを論じながら、フリードリヒ・ヴィルヘルム四世の名を一度も挙げずに、その復古的政策を暗に批判した。「ロマン主義的詩人」「哲学的ロマン主義者」「ロマン主義的神学者」「ロマン主義的政治家」「〔ユリアヌスのような〕ロマン主義的君主」についてふれながらシュトラウスは言う、「ロマン主義という概念はキリスト教の宗教と結びつきながら育まれてきたが、同領域に限って私たちがこの概念を使用するいかなる理由も理解できない」と。超時代的な概念としてロマン主義を捉えるシュトラウスは、古代末期と同時代における帝位（政治）と祭壇（宗教）の接近を批判する。Vgl. David Friedrich Strauß: Der Romantiker auf dem Throne der Cäsaren, oder Julian der Abtrünnige. Mannheim 1847, bes. S. 18 f.

（4）シュミットからの引用では略号Sとともに括弧内に頁数を示す。引用原典と訳出の際に参考にした文献は以下のとおり。Carl Schmitt: Politische Romantik. Zweite Aufl. München u. Leipzig 1925; カール・シュミット『政治的ロマン主義』、大久保和郎訳、みすず書房、二〇一二年。

（5）ユリアヌス受容の研究において、主観的な詩的弁証法に関する考察は見られず、そもそも『政治的ロマン主義』を扱う著作は、一部の例外（添谷育志『背教者の偶像　ローマ皇帝ユリアヌスをめぐる言説の探究』、ナカニシヤ出版、二〇一七年）を除き、確認できない。なお、ドイツ文学におけるユリアヌス受容を扱う代表的論攷を以下に示しておく。Vgl. Käte Philip: Julianus Apostata in der deutschen Literatur. Berlin u. Leipzig 1929; Barbara Beßlich: Abtrünnig der Gegenwart. Julian Apsotata und die narrative Imagination der Spätantike bei Friedrich de la Motte Fouqué und Felix Dahn. In: Imagination und Evidenz. Transformationen der Antike im ästhetischen Historismus. Hrsg. von Ernst Osterkamp u. Thorsten Valk. Berlin u. Boston 2011; Franziska Feger: Julian Apostata im 19. Jahrhundert: Literarische Transformationen der Spätantike. Heidelberg 2019.

（6）シュミットはロマン主義批判においてロマン主義的に、個人主義批判において個人主義的になることが少なくない。蔭山宏『カール・シュミット　ナチスと例外状況の政治学』（中公新書、二〇二〇年、九七～九八、二五五頁）参照。

（7）アイヒェンドルフが親交のあったフケーから「ユリアーン」執筆時に影響を受けていたことをケーテ・フィリップはすでに一九二九年に示唆したが、一九八七年のドイツ古典文学叢書においても影響関係は憶測の域を出ていない。Vgl. Philip, a. a. O., S. 64; Joseph von Eichendorff: Werke in sechs Bänden. Hrsg. von Wolfgang Frühwald, Brigitte Schillbach u. Hartwig Schulz. Frankfurt a. M. 1987, Bd. 1, S. 1182 f. 本章で扱う二作品はフケー研究でもアイヒェンドルフ研究でも扱われること自体非常に少なく、せいぜい背教者の文学的受容研究においてのみ取り上げられるだけである。Friedrich de la Motte Fouqué: Die Geschichten vom Kaiser Julianus und seinen Rittern. In: ders.: Sämtliche Romane und Novellenbücher. Hrsg. von Wolfgang Möhring. Bd. 5.3. Fünfter Teil. Hildesheim u. New York 1990. 本章でフケーから引用する際は略号Fとともに、アイヒェンドルフから引用する際は略号Eとともに、括弧内に頁数を示す。引用原典のほかに、著者による本邦初訳も示しておこう。フリードリヒ・ド・ラ・モット・フケー『皇帝ユリアヌスと騎士たちの物語』、小黒康正訳、同学社、二〇二三年。

(8) フケーが一八一六年に公にしていた詩「背教者ユリアヌス帝の伝説」は比較的史実に忠実であるため、一八一八年の散文作品こそ、近代的なユリアヌス受容の最初の本格的な文学的結実と言える。

(9) ユリアヌスの死に関しては、最後の言葉と同様に、槍によって死んだことが知られている。しかし、この刺殺に関しては古来より諸説があり、槍が敵方であるペルシア軍の傭兵から放たれたという歴史的見解か、あるいは味方であるローマ軍の兵隊、それもキリスト教徒の兵隊から放たれたという神学的見解のいずれかに行き着く。後者の場合、投擲された槍は神の意志を遂行した正義の槍と見なされる。こうした見解の中で最も知られたものとして、聖バジリウスの見た幻視があろう。それはキリストがユリアヌスを討つように聖メルクリウスに依頼するという幻視である。

(10) この背景には、歴史学研究の進展があり、実際にドイツ語の形容詞 spätantik が一八五三年に刊行されたヤーコプ・ブルクハルトの歴史書『コンスタンティヌス大帝の時代』で初めて使われ、その後、「古代末期」という概念がドイツ語圏で急速に広まった。Vgl. Feger, a. a. O., S. 33 u. 46 ff.

(11) 無名作家ヨーゼフ・ブラウンも叙事詩「皇帝ユリアーン」(一八九六年)を刊行。Vgl. ebd., S. 143.

(12) C・G・ユング『結合の神秘Ⅰ』(池田紘一訳、人文書院、一九九五年、特に四三頁)参照。

(13) 後述するとおり、ジュリエッタの父が名誉を切望するイタリアの騎士であったことから、ジュリエッタの系列は「メルクリウス→イタリアの騎士→ジュリエッタ」となる。

(14) Klaus Günzel: Die deutschen Romantiker. Zürich 1995, S. 70.

(15) 『詩人たちと仲間たち』は、主要登場人物の四詩人たち(ヴィクトール・フォン・ホーエンシュタイン、フォルトゥナート、ドリュアンダー、オットー)が、ニクセ、ローレライ、メルジーネなどの「水の女」たちと関わる小説である。小黒康正『水の女 トポスへの船路』(九州大学出版会、二〇一二年、第四章)参照。

(16) フィリップの論述は、フケーが新たなユリアヌス像を示していないこと、そしてアイヒェンドルフにいたってはユリアヌスが背景に退いていることを指摘するが、これに対して最新の研究成果であるフランツィスカ・フェーガーの論述では、キリスト教中世に依拠して現れたロマン的ユリアヌス像がこの時代の新たな背教者像として強調されている。さらに本書は、アイヒェンドルフの「ユリアーン」に関して言うと、ユリアヌスがもはや単純化された反キリストでもなければ古典古代文化の単なる擁護者でもなく、当時の汎神論に影響を受けた異教的な自然崇拝者として複合的に描かれている点を指摘しておく。Vgl. Philip, a. a.

O., S. 64 f.; Feger, a. a. O., S. 113.

（17）その例外者の一人であるカスナーは、散文作品「ユリアーン」（一九三八年）で、背教者ユリアヌスに倣って命名された主人公ユリアーンが、皇帝の死後、三十歳の時にアンティオキアのキリスト教団に入る際に、キリスト教と異教を統合する神秘思想を獲得する過程を描く。この作品は直接ユリアヌスを扱ってはいないが、ユリアヌスをめぐる言説に顕著な対立を独自の視点で克服しようとしている点で、新たな詩的弁証法を世に問う。Vgl. Rudolf Kassner: Julian. In: ders., a. a. O., Pfllingen 1982, Bd. 6, S. 56 ff.

（18）フケーは、一六八五年のナントの勅令廃止後にフランスからプロイセンに亡命したユグノーの家系に生まれ、祖父がプロイセンで将軍となり、自らも「祖国ドイツ」のために戦った経歴をもつ。「白髪の英雄の言葉に従って行動した」のは、フケーの祖父であり、フケーその人ではないか。

（19）Vgl. Thomas Mann: Werke, Briefe, Tagebücher. Große kommentierte Frankfurter Ausgabe. Hrsg. von Hermann Kurzke. Frankfurt a. M. 2009, Bd. 13.1, S. 123.

（20）Eichendorff, a. a. O., Bd. 6. S. 60.

（21）Volker Weiß: Dostojewskijs Dämonen. Thomas Mann, Dmitri Mereschkowski und Arthur Moeller van den Bruck im Kampf gegen „den Westen“. In: Völkische Bande. Dekadenz und Wiedergeburt – Analysen rechter Ideologie. Hrsg. von Heiko Kaufmann, Helmut Kellershohn u. Jobst Paul. Münster 2005, S. 90 ff.; Sebastian Maass: Kämpfer um ein drittes Reich. Arthur Moeller van den Bruck und sein Kreis. Kiel 2010, S. 117 f.

第三章　日本における「第三の国」

ナチス・ドイツのプロパガンダである「第三帝国」は、多様性を認めないきわめて偏狭な政治思想であった。これに対して、本書が扱う「第三の国」は、必ずしも画一的でもなければ、必ずしも国粋主義的な政治思想でもなかったのである。それだけに、「第三帝国」がナショナルな展開を示すのに対して、「第三の国」はトランス・ナショナルな傾向を示す。その証左となる典型例を、第三章は扱う。

一　雑誌『第三帝国』

一九一三（大正二）年十月十日、茅原華山（本名は茅原廉太郎、一八七〇～一九五二年）によって雑誌『第三帝国』が創刊された。[1] この社会評論誌は普通選挙請願運動を呼びかけ、民本主義の急先鋒となりながら、帝国主義的・植民地主義的な大日本主義を否定し、満韓放棄論とも称された小日本主義を支持した雑誌である。『第三帝国』は一九一五（大正四）年十二月に廃刊にいたるが、同年二月には同誌に掲載された主要論説が一冊の書物にまとめられて『第三帝国の思想』として刊行されている。この論集に掲載された茅原華山の「新第三帝国論」によれば、第一

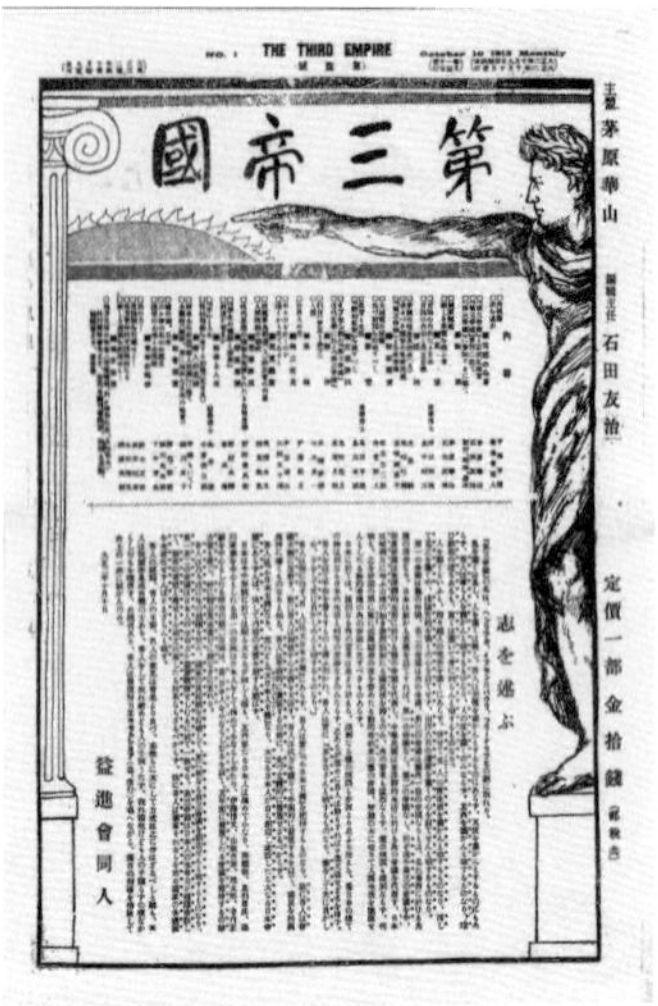

『第三帝国』創刊号表紙

帝国は明治維新までの日本、第二帝国は国家至上主義的な明治の日本であり、日本人による「新なる世界的帝国」(2)が第三帝国と解された。第一次世界大戦後にナチス・ドイツの別称となっていく「第三帝国」とは異なり、同名称が大戦前の日本において植民地政策を認めないデモクラシーと結びついていたのである。

そもそもこの雑誌の表紙は何を意味するのであろうか。創刊号であれ、第二号であれ、いずれにおいても、台座の上に立つ男性と男性が指さす太陽と左側にあるイオニア式の柱が目につく。「古代ギリシャ・ローマ時代の勇者を彷彿とさせる」(3)男性はいかなる意味で「第三帝国」という題字と結びついたのであろうか。別言すると、大正期の読者が『第三帝国』の表紙画を理解する前提として、いかなる西洋受容、どのような文化史的コンテクストがあったのであろうか。創刊号の下半分には「志を述ぶ」と称された創刊の辞が、第二号の下半分には「霊か肉か」という文章があり、いずれにおいても「内容」として当時の代表的論客の論攷が数多く掲載されている。これらの文章に目を通すと、創刊号においては新劇運動に関わった島村抱月の寄稿「イブセン劇の『第三帝国』」が、第二号においてはロシア文学者である昇曙夢《のぼりしょむ》の寄稿「メレジユコフスキーの作物に現はれたる霊肉一致の思想」が耳目を引く。概観すると、創刊号ではヘンリック・イプセンが、第二号ではドミートリー・メレシコフスキーが話題の中心をなす。加えて、第二号の場合、昇曙夢の文章と同様に大きく紙面が割かれているのが、野村善兵衛の「新理想主義と実生活」である。野村は、野村隈畔《わいはん》という筆名をもつ福島出身の哲学者で、茅原華山とともに『第三帝国』創刊に関わった人物である。ここで、イプセン、メレシコフスキー、新理想主義に着目したのは、『第三帝国』においていずれも大きく扱われただけではなく、ノルウェーの劇作家も、ロシアの象徴主義者も、自然主義や実証主義に対するドイツ的反動である新理想主義も、日本の西洋受容において特筆すべき事項でもあり、しかも、三事項の交点から「第三の国」が浮かび上がってくるからである。

まず、ここではイプセンとメレシコフスキーが各々の主要作品において共通の人物を扱ったことを指摘しておこう。それは、太陽を指さす男性として示されたローマ皇帝、すなわち背教者ユリアヌスにほかならない。三六〇年から三六三年の間に在位した皇帝は、すでに本書の第二章で前述したが、エフェソスのマクシムスの影響を受けて新プラトン主義に傾倒し、太陽神崇拝ゆえに「背教」の道を踏み出し、『ガリラヤ人駁論』という著作を後世に残した。ペルシア遠征で戦傷死した際に、イエス・キリストのことを意識して「ガリラヤ人よ、お前の勝ちだ」と叫んだと言われている。この背教者をめぐり、イプセンは歴史劇『皇帝とガリラヤ人』（一八七三年）を、メレシコフスキーは小説『背教者ユリアヌス　神々の死』（一八九四年）を世に問うたのであった。

二　イプセン受容

日本におけるイプセン受容は、次の年表が示すように、まずは一八八九年に『しがらみ草子』第二号掲載の「今の諸家の小説論を読みて」にて森鷗外が否定的な評価を下したこと、次に一八九二年に坪内逍遥が『早稲田文学』で十九世紀における革新作家の一人として肯定的に評価したこと、以上の相対立する紹介から始まる。翻訳については、高安月郊による『社会の敵』（未完）、次いで『人形の家』の発表が最初であった。いずれも一八九三年のことである。そして、一九〇六年五月にイプセンが亡くなったという訃報が日本にも届く。この訃報以降、日本におけるイプセン受容が本格化し、早速、同年十一月に上述の島村抱月が『早稲田文学』に『ノラ結末の場』（『人形の家』）を発表した。本格的なイプセン受容が日本の近代劇形成期に大きな役割を果たしたことはよく知られており、まさにこの時期こそ日本における西洋受容が熟し始めた時期なのである。それだけに、イプセン受容の本格化は西洋受容の精華とも称すべき新たな言説をもたらす。それは、「斎藤野の人」のイプセン論から始まる「第三の国」をめぐる言説であった。

日本におけるイプセン受容

年	関連事項
一八八九（明治二十二）年	森鷗外が『しらがみ草子』第二号掲載の「今の諸家の小説論を読みて」でイプセンを紹介。
一八九二（明治二十五）年	坪内逍遥が『早稲田大学』でイプセンを十九世紀における革新作家の一人として紹介。
一八九三（明治二十六）年	高安月郊が『同志社文学』に『社会の敵』（未完）を、大阪の文芸雑誌『一点紅』に『人形の家』を発表。
一八九七（明治三十）年	岸上質軒《しつけん》が文芸倶楽部に『したたかもの』（『ボルクマン』）を発表。
一九〇一（明治三十四）年	高安月郊が『東京専門学校出版部』に『人形の家』『社会の敵』を発表。 森皚峰《がいほう》が『時事新報』に『社会の敵』を発表。 藤沢古雪が『新文芸』に『人形のすまゐ』（『人形の家』）を発表。
一九〇三（明治三十六）年	森鷗外が『万年草』に未完の『牧師』（『ブラン』）を発表。
一九〇四（明治三十七）年	千葉掬香《きくこう》が『歌舞伎』に『棟梁ソルネス』を発表。
一九〇六（明治三十九）年	五月にイプセン死去。 十一月に島村抱月が『早稲田文学』に『ノラ結末の場』（『人形の家』）を発表。

一九〇七（明治四十）年	斎藤信策『芸術と人生』（「イプセンの『第三王国』」所収）。
一九〇九（明治四十二）年	自由劇場による『ジョン・ガブリエル・ボルクマン』の上演（小山内薫、市川左団次）。
一九一一（明治四十四）年	八月に小泉鉄《まがね》が『白樺』に「第三王国――ルウドウヰヒ・フォン・ホフマンの五十年を祝するにあたりて――」を発表。 九月に文芸協会による『人形の家』の上演（坪内逍遥、松井須磨子）。
一九一三（大正二）年	十月に『第三帝国』創刊。
一九一四（大正三）年	三月に西尾実の発言「今や我国にも「第三帝国」の声は高い」。 十一月に中島仙酔が『新評論』に『カイゼルとガラリヤ人』を発表。 十一月に中村吉蔵が評伝『イプセン』を公刊（『第三帝国』の言及）。
一九一六（大正五）年	一月に村山勇三が『新理想主義』（一月五日～二月五日）に『史劇　第三帝国　皇帝かガラリヤ人か』を発表。

斎藤信策（一八七八～一九〇九年）は、庄内藩鶴岡に生まれた日本の評論家であり、高山樗牛の弟である。筆名「斎藤野の人」で雑誌『帝国文学』[4]の編集に参加し、東京帝国大学文学部独文科を卒業した。ここで注目するのは、斎藤が一九〇七年六月二十四日に昭文堂より刊行した『芸術と人生』であり、同書に所収された三十二本中の二本、「イプセンとは如何なる人ぞ」と「イプセンの『第三王国』」である[5]。二つの論攷は、前者が一九〇六年六月、後者が八月、つまりイプセンの訃報を伝える電報がロンドンから日本に届いた直後に書かれたものであり、本格的なイプセン受容の嚆矢にほかならない。斎藤にとってイプセンは文明批評家であり、何よりも「第三王国の預言者」（三三六）であった[6]。このことはすでに「イプセンとは如何なる人ぞ」の冒頭で主張されているが、やはり表

題が示すとおり「イプセンの『第三王国』」において詳述されている。そこで斎藤信策はまずゴットホルト・エフライム・レッシング『人類の教育』（一七八〇年）にもとづいて第一の時代をユダヤもしくは旧約聖書の時代、第二の時代をキリストもしくは新約聖書の時代と見なしたうえで、「第三の時代に適すべき永しへなる新福音も亦現はれざるべからず」と言い、レッシングの「第三の時代」を単なる理想の産物と見なす（四〇四）。これに対してイプセンは、斎藤にとって、歴史劇『皇帝とガリラヤ人』を通じて「第三の時代」の出現を実際に預言した人物であった[7]。「千八百七十三年ヘンリク・イブセンは世界史劇『カイゼルとガリエール』を著はして、人類の一切文化の発展の理想に関して更に痛切に「第三王国」の出現を預言したり」（四〇五）ということである。一八七〇年、ヘーゲル誕生百年祭が行われているベルリーンを訪れた際、イプセンがヘーゲル哲学を知ったという伝記的事実を報告しながら、斎藤はイプセンの歴史劇において表明されている弁証法的歴史観に多大な関心を示す。斎藤にとって、生命肯定的な「希臘主義」による第一の時代と生命否定的な「基督教主義」による第二の時代を包含する「第三の新たる《ママ》実在」こそ「第三王国」である（四一〇）。こうした思想は結語において今一度繰り返される、「即ち知る、「第三王国」即ち「新しき理想」は誠にこれ吾等人類の尤も崇高なる王冠にあらずして何ぞ」（四一七）と。

ところで、このような斎藤の言説から読み取れる文化史的背景も確認しておこう。斎藤の唱える「第三王国」は、先の結語が端的に示すように、十九世紀後半から二十世紀にかけて哲学や芸術の分野で自然主義や実証主義の反動として展開した「新理想主義」Neuidealismus にもとづく。明治三十年代から大正期にかけての日本では、斎藤の兄であり雑誌『太陽』主宰者である高山樗牛が先鞭を付け、後に雑誌『白樺』の同人たちが、新理想主義をある種の人道主義として受け入れた。新理想主義の受け入れは、ヨーロッパの文学や思想をドイツ語の文献を通じて受容する傾向が顕著になるなかで、近代ドイツの思潮から近代日本の範を仰ごうとする意識の典型的な表れであったと言えよう。東京帝国大学文学部独文科出身者である斎藤信策の場合、そうした傾向はとりわけ顕著であり、事実、斎藤は「第三王国」の思想をフリードリヒ・ニーチェの超人思想にも認め（四一三）、カタカナによるドイツ語ルビが付された「自由なる必然《フライエ、ノートウエンデヒカイト》」、つまるところ、「世界の意志」として理解していたのである（四一六）。このような新理想主義的な「第三王国」の思想は、上述のとおり、世界史劇『カイゼルとガリエール』にもとづいて展開された。ただし、第二に指摘しておくべき点だが、現在では『皇帝とガリラヤ人』と訳されているイプセンの劇は、『芸術と人生』が刊行された一九〇七年六月の時点では、いまだ邦訳がなかったのである。この歴史劇の本邦初訳は、一九一四年十一月に公刊された中島仙酔訳の『カイゼルとガラリヤ人』であり、次いで一九一六年一月には村山勇三訳の『史劇　第三帝国　皇帝かガラリヤ人か』が出版された。以上の時系列から推察すると、斎藤信策の論考が二つの翻訳に決定的な影響をもたらしたことは間違いない。また、村山訳の題名において「第三王国」ではなく「第三帝国」として表記されている点はとりわけ見逃せない。日本においては、イプセンの死を契機に「第三の国」をめぐる言説が誕生し、流布したのである。

三　メレシコフスキー受容

一八六六年にペテルブルクで生まれ、一九四一年にパリで没したメレシコフスキーは、シャルル・ボードレールやエドガー・アラン・ポーの影響を受けてモダニズムに傾倒し、ロシア象徴主義の指導者として活躍した人物である。しかしながら、この人物は、一方でロシアにおける新しい文化意識の担い手でありながら、他方で「モスクワは第三のローマである」(8)というロシア独自の黙示録解釈を復活させ、「キリスト教の最も秘められたる、最も深遠な思想——即ち終末の思想、第一の来臨を完成し充実させる第二の来臨の思想、その王国の後に来たらんとする聖霊の王国の思想」(9)を説く人物でもあった。メレシコフスキーにおける「第三の国」とは、ロシア独自の黙示録的な三位一体説に依拠しながら(10)、異教とキリスト教、肉体と精神、旧約聖書と新約聖書などの諸対立を統合しようとする弁証法的な「第三の」局面であり、弁証法的歴史観とは異なる「最終の」局面である。昇曙夢が言う「霊肉一致

雑誌『ホトトギス』
増刊第三冊の表紙

の思想」を導きの糸とする『神々の死　背教者ユリアヌス』（一八九六年）と『神々の復活　レオナルド・ダ・ヴィンチ』（一九〇一年）と『反キリスト　ピョートルとアレクセイ』（一九〇五年）は、メレシコフスキーにおける歴史小説三部作『キリストと反キリスト』として、それぞれの歴史的な闘争過程を具体的に示す。また、メレシコフスキーの代表的評論『トルストイとドストエフスキー』（一九〇一～一九〇二年）では、霊肉一致を実現する「聖霊の王国」の到来が希求された。メレシコフスキーがノーベル文学賞にノミネートされた一九一四年と一九一五年の前後には多数の翻訳が世界各国で出されたが、日本も例外ではなかった。

日本における「第三の国」

年	関連事項
一九〇七（明治四十）年	斎藤信策『芸術と人生』（「イブセンの『第三王国』」所収）。
一九一〇（明治四十三）年	島村苳三が三月刊行の雑誌『帝国文学』にメレシコフスキーの『ジュリアンの最後』（部分訳）を、十一月刊行の雑誌『ホトトギス』増刊第三冊にメレシコフスキーの『背教者ジュリアノ』を発表。
一九一一（明治四十四）年	三月に松本雲舟がメレシコフスキーの『神々の死』を発表（「イブセンの『第三王国』の観念」に関する言及）。

	八月に小泉鉄が雑誌『白樺』に「第三王国――ルウドウキヒ・フォン・ホフマンの五十年を祝するにあたりて――」を発表。
一九一三（大正二）年	十月に雑誌『第三帝国』創刊（一九一五年十二月廃刊）。
一九一四（大正三）年	三月に西尾実の発言「今や我国にも「第三帝国」の声は高い」。 十一月に中島仙酔がイプセンの『カイゼルとガラリヤ人』を発表。 十一月に中村吉蔵が評伝『イブセン』を公刊（「第三帝国」の言及）。
一九一六（大正五）年	一月に村山勇三が「第三帝国社」の雑誌『新理想主義』（一月五日～二月五日）にイプセンの『史劇　第三帝国　皇帝かガラリヤ人か』を発表。

日本においてメレシコフスキーは一九一〇年から一九一六年にかけて集中的に訳された。一九一〇年に出た島村苳三訳『背教者ジュリアノ』と一九一一年に出た松本雲舟訳『神々の死』は、いずれも英訳からの重訳ではあるものの、当時の日本における背教者ユリアヌスに対する深い関心を示す。しかも、松本の場合、訳者序文において、メレシコフスキーの小説にも「イブセンの『皇帝とガリラヤ人』」と同じ「第三王国」の観念があることを指摘していた[11]。このように「第三の国」をめぐる言説は、イプセン受容とメレシコフスキー受容を通じて、「第三帝国」という表記であれ、「第三王国」という表記であれ、ナチスの「第三帝国」以前に、いや、それどころかメラー・ファン・デン・ブルックの『第三の国』以前に、さらに言えば、第一次世界大戦以前に、日本においてすでに流布していたと言えよう。別言すると、日本における「第三の国」は、ネオ・ヨアキム主義が十九世紀後半から第一次世界大戦期にかけていかに国境や言語を越えて展開していたかを示す重要な証左である。

四　新理想主義

一九一一年に小泉鉄が『白樺』に発表した「第三王国――ルウドウヰヒ・フォン・ホフマンの五十年を祝するにあたりて――」は、日本における「第三の国」受容と新理想主義との密接な連関を示す。そもそも白樺派の西洋美術に対する関心は日本におけるドイツ美術受容の本格的契機であったが、なかでも白樺派の画家であり、後に東京帝国大学教授となる児島喜久雄（一八八七～一九五〇年）は、観察に主眼を置く自然主義や印象主義とは異なり、文学と結びつきながら自己の内面を深く見つめるドイツ世紀末美術に深い感銘を受け、一九一〇年四月発行の『白樺』創刊号に「独逸の絵画に於けるNeuidealisten」を、一九一一年八月発行の八・九号に「ルウドヰヒ・フォン・ホオフマン」を寄稿した。また、ハインリヒ・フォーゲラー（一八七二～一九四二年）に傾倒し、六・七号に「新しき科学」を、続けて八・九号に「メチニコフの科学的人生観」を投稿した柳宗悦（一八八九～一九六一年）の科学論も見逃せない。柳は、ロシア生まれの自然科学者イリヤ・メチニコフ（一八四五～一九一六年）に依拠して「人間とはなんぞや」（第一の科学）、「物質とはなんぞや」（第二の科学）、「心霊とはなんぞや」（第三の科学）と問いながら、「新しき科学」である心霊現象を第三かつ最終の科学と見なし、「肉」と「霊」の問題を通じて近代文明の超克をめざしたのである。[12] このような霊肉二元論にもとづいて近代文明を超克しようとする意識をハインリヒ・フォーゲラー以上にルートヴィヒ・フォン・ホフマン（一八六一～一九四五年）に認めたのが児島喜久雄であり、[13] 以上の評論活動に呼応するかのように『白樺』八・九号にホフマン礼讃の文章を寄稿したのが小泉鉄であった。[14] 白樺派の理想主義が凝縮する小泉の文章では、デカダンスが否定され、理想主義的な「第三王国」が希求される。「ルウドウヰヒ・フォン・ホフマンは第三王国の建設者である。彼の第三王国は美の世界である、愛の領土である」[15] と。

以上のように、イプセン、メレシコフスキーの受容が日本で一挙に進み、それらが新理想主義と交わるなかで、一九一三年に雑誌『第三帝国』が創刊され、一九一四年三月に西尾実が「今や我国にも「第三帝国」の声は高い」と声を発し、同年十一月に中島仙酔訳のイプセン『カイゼルとガラリヤ人』が出るのであった。そして、同じく十一月に、中村吉蔵が日本で最初の本格的な評伝『イブセン』を世に問うたとき、同劇作家を読み解く鍵として「第三帝国」という言葉が繰り返されたのである。また、上記で示さなかったが、メレシコフスキーの代表的評論が桂井当之助訳『人間としてのトルストイ』ならびに森田草平・安倍能成訳『人及芸術家としてのトルストイ並にドストイエフスキー』としてそれぞれ上梓されたのも、一九一四年であった。もっとも雑誌『第三帝国』は、二人の編集主幹である茅原華山と石田友治との深刻な政治的対立によって、一九一五年に廃刊にいたる。しかし、「「第三帝国」の声」はいまだ残響を残す。茅原と決別した石田は「第三帝国社」を立ち上げ、雑誌『第三帝国』の後継誌として雑誌『新理想主義』（一九一六～一九一九年）を刊行したのであり、同誌に掲載されたのが、上記一覧が示すとおり、村山勇三による新訳『史劇　第三帝国　皇帝かガラリヤ人か』だったのである。[16]

イプセン受容、メレシコフスキー受容、新理想主義の交点から浮かび上がる「第三の国」への希求は、決して大正期の日本における特殊な一過性のものではなく、歴史的にネオ・ヨアキム主義と、そしてその母胎とも言える黙示録文化と最も深く結びついたドイツにおいてこそ、きわめて顕著であった。[17]一八六八年にドレースデンに居を移したイプセンがドイツの演劇人に強い影響を与え、一八九九年のドイツ語訳『皇帝とガリラヤ人』を通じて異教とキリスト教のジンテーゼという意味で用いた言葉「第三の国」das dritte Reich をドイツにもたらしたこと、一九〇六年から一九一九年までの間にドイツで最初のドストエフスキー全集を編纂し、一九二三年に保守主義と革命のジンテーゼを説く『第三の国』を上梓したメラー・ファン・デン・ブルックに多大な影響をメレシコフスキーがもたらしたこと、一八七〇年代から生じた新理想主義が新カント学派やルードルフ・オイケン（一八四六～一九二六年）を中心に自然主義や実証主義の反動として展開されたことは、いずれも重要な事実である。イプセン、メレシコフスキー、新理想主義の日本における結節点が雑誌『第三帝国』であったとすれば、ドイツにおける結節点となるのがトーマス・マンであった。詳しくは本書の第六章で述べるが、若い頃からイプセンならびにメレシコフスキーを愛読し、ルートヴィヒ・フォン・ホフマンの絵画《泉》（一九一三年）を一九一四年に購入し、一九二四年に上梓された『魔の山』の第六章にある「雪」の節でその絵を巧みに用い、一九三三年からの亡命生活後もその絵を手放そうとはしなかったトーマス・マン、とりわけナチス・ドイツと対峙する前のマンにとって、「第三の国」は決定的に重要な志向であったのである。

註

（1）茅原華山ほか編『第三帝国』、全十冊、復刻版、不二出版、一九八三〜一九八四年。

（2）茅原華山「序」、石田友治編『第三帝国の思想』、益新会、一九一五年、五頁。なお、茅原は、ある種の文明論的な霊肉一致の観点から、霊にもとづく「東洋の直覚生活」と肉にもとづく「西洋の理知生活」の一致合流として第三帝国を解していた。茅原華山「新第三帝国論」（『第三帝国の思想』、一〜九四頁、特に九三頁）参照。

（3）水谷悟『雑誌『第三帝国』の思想運動　茅原華山と大正地方青年』、ぺりかん社、二〇一五年、二六八頁。

（4）井上哲次郎、上田万年、高山樗牛などの東京帝国大学文科大学関係者によって、一八九五（明治二十八）年から一九二〇（大正九）年までの間に刊行された文芸雑誌。

（5）斎藤信策の著作は、その重要度にもかかわらず、中村都史子『日本のイプセン現象　一九〇六〜一九一六年』（九州大学出版会、一九九七年）において扱われていない。

（6）斎藤信策『芸術と人生』、昭文堂、一九〇七年、三三六頁。次世代デジタルライブラリー（https://lab.ndl.go.jp/dl/book/871631?page=260、検索日：二〇二四年十月三十日）より。なお、引用の際には本文中の括弧内に頁数のみを示す。

（7）ユリアヌスを主人公とした壮大な歴史劇は、すでに第一章で述べたように、第一部「カエサルの背教（五幕）」と第二部「皇帝ユリアヌス（五幕）」からなる宗教哲学的なレーゼドラマである。なかでも哲学者マクシムスは「第三帝国」に関する重要な発言を繰り返す。例えば、「第三は、いとも神秘的な帝国だ。知識の木と十字架の木を一つにしてその上に建設されるべき帝国」

（イプセン『原典によるイプセン戯曲全集　第三巻』原千代海訳、未来社、一九八九年、一九一頁以下）、あるいは「皇帝にして神、神にして皇帝、精神の王国における皇帝――そして肉の王国における神」というユリアヌスの台詞に対して「それが第三帝国です、ユリアヌス！」（同右、三三四頁）等と。

（8）　メレシコフスキー『トルストイとドストイェーフスキーIII』、植野修司訳、雄渾社、一九七〇年、一七頁。

（9）　メレシコフスキー『トルストイとドストイェーフスキーII』、同右、三一八頁。

（10）「父の黙示を子の黙示と融合させることになる聖霊（Geist）の黙示」という考えは、本書の第六章で改めて説明するが、メレシコフスキーのみならず、抽象絵画移行期のカンディンスキーにおいても大きな役割を果たす。Sixten Ringbom: Kandinsky und das Okkulte. In: Kandinsky und München. Begegnungen und Wandlungen 1896–1914. Hrsg. von Armin Zweite. München 1982, S. 85-105, hier S. 101.

（11）　メレシュコウスキー『神々の死』、松本雲舟訳、昭文堂、一九一一年、序文四頁。

（12）　佐藤洋子「柳宗悦の思想形成と民芸運動」（『早稲田大学日本語研究教育センター紀要』第十五号、二〇〇二年、四三～六一頁）参照。

（13）　九州大学文学部ホームページ内にある「アートコレクション」では、児島喜久雄《長寿吉教授像》（九州大学文学部所蔵、一九四〇年）が公開されている。そこに記された解説によれば、白樺派の画家としても知られていた児島は、一九三四年から三年間非常勤講師として九州大学文学部に招かれた際、長教授と親交を深め、一九四〇年、長教授退官の際に肖像画を依頼された。画面中央には長教授が描かれ、周囲には、教授を囲むように、左上から、ノイシュヴァンシュタイン城、ルートヴィヒ二世、不明女性（オーストリア皇妃エリーザベト?）、ヴィクトル・ユーゴー、ショパン、ナポレオン三世、ビスマルク、不明女性（ナポレオン三世皇后ウジェニ?）が配されている。いずれも、長教授の、そして児島の関心対象であり、当時の日本における理想主義的な対象でもあったのではないか（https://www2.lit.kyushu-u.ac.jp/organization/compilation/art/007.php、検索日：二〇二四年六月六日）。

児島喜久雄《長寿吉教授像》

(14) 白樺派におけるルートヴィヒ・フォン・ホフマン受容に関しては、野村優子『日本の近代美術とドイツ 『スバル』『白樺』『月映』をめぐって』(九州大学出版会、二〇一九年、一一六頁以下)にも詳しい説明がある。

(15) 『白樺』、洛陽堂・岩波ブックサービスセンター、合本四、第二巻第五号〜第八号、一九九七年、一四八頁。

(16) 一九一五年は、メレシコフスキーの『神々の復活 レオナルド・ダ・ヴィンチ』が戸川秋骨訳『先覚』と谷崎精二訳『先駆者』として刊行された年でもある。なお、石田友治は「第三帝国社」を立ち上げ、一九一六年一月五日発行の五十八号から雑誌名を『第三帝国』から『新理想主義』に改めた。水谷、前掲書、二七一頁参照。

(17) クラウス・フォンドゥングによれば、黙示録の影響はキリスト教文化圏の国々で多様に見られるが、ドイツほど黙示録的語調が声高かつ頻繁に響いた国はほかにない。Vgl. Klaus Vondung: Apokalypse in Deutschland. München 1988, S. 7 ff.

第四章　東西交点としての「第三の国」

ナチス・ドイツのプロパガンダである「第三帝国」は、反民主主義、反自由主義、反ユダヤ主義を標榜する偏狭なイデオロギーであった。このため、ドイツ帝国以降の近代ドイツ史を前提に論じられることが多い。これに対して、「第三帝国」以前の「第三の国」は、ナショナル・ヒストリーの枠内だけで論じることができない概念である。一四五三年のコンスタンティノープル陥落後、ネオ・ヨアキム主義が「西」と「東」でそれぞれ独自の展開を遂げ、十九世紀後半にいたると、ノルウェー人のヘンリック・イプセンが、ロシア人のドミートリー・メレシコフスキーが、それぞれ特異な「第三の国」を標榜し、両者の受容がドイツのみならず、前章で示したように、いわば「極東」の日本において新たな展開を遂げたからだ。第四章では、一九一三年に刊行された日本の雑誌『第三帝国』と一九二三年にドイツで上梓されたメラー・ファン・デン・ブルックの著作『第三の国』を比較検討し、両者の異同を見極めながら、「第三の国」における東西交点の問題を掘り下げていく。

一　一九二三年

二〇二三年の夏学期にベルリーン自由大学で連続講義「危機の年一九二三年におけるベルリーン　文学と学問と芸術におけるパラレルワールド」が企画された。[1] 一九二三年は、ドイツの賠償金不払いを理由にフランスとベルギーの軍隊がドイツのルール地方を占拠し、その後ドイツ国内でハイパーインフレが進行するなかで十一月にアードルフ・ヒトラーがミュンヒェン一揆を起こし、ドイツ全体が危機に陥った年だったのである。ヒトラーは、前年にイタリアでクーデターによって政権を奪取したベニート・ムッソリーニをまねて反乱を起こしたものの、すぐに鎮圧され投獄されたが、この一件でかえって「保守系右派の政治的英雄」として知名度を高め、[2] 翌年に出所して、国民社会主義ドイツ労働者党を再建したのである。ディートリヒ・エカルトを中心にドイツ労働者党が立ち上げられたのは一九一九年であり、党名がドイツ労働者党から国民社会主義ドイツ労働者党へ改称され、ミュンヒェンの「ホーフブロイハウス」でヒトラーによって二十五か条の党綱領が出されたのは一九二〇年であったが、ミュンヒェン一揆がヴァイマル共和国内で帝政支持者を勢いづかせ、首都ベルリーンにおいて右派と左派の対立を激化させた年、つまり一九二三年こそ、まさに危機の年であった。ヒトラーが一九一三年五月にヴィーンを去ってミュンヒェンに移住し、一九三三年一月三十日にベルリーンで政権を掌握したことを考えると、一九二三年はドイツにおいて本格的な危機の始まりであり、大きな転機だったとも言えよう。

一九二三年を考察対象に据える連続講義においては、十年後の一九三三年のみならず、一九二三年のベルリーンの「パラレルワールド」として同年の東京も問題になった。一九二三年九月一日、関東地方を襲った巨大地震が未曾有の自然災害であったばかりではなく、日本社会を根底から覆す大惨事でもあったことはよく知られている。日本では、第一次世界大戦前後に普通選挙運動が展開され民本主義や自由主義が高揚し、一九一八年に米騒動、一九二一年に原敬首相暗殺事件、一九二二年にシベリア出兵からの撤退が起きた後に大震災が発生し、災害対応の主役となった陸軍の影響力が高まるなかで、[3]一九二五年の治安維持法成立と一九三一年の満州事変を経て、一九三三年二月に日本は国際連盟を脱退して国際的に孤立していく。そして、同年十月にドイツが国際連盟を脱退するのであった。

ドイツの場合、一九二三年から一九三三年までは、ヒトラーによるミュンヒェン一揆からベルリーンでの政権獲得までの十年として、ナチス・ドイツの自称であり、通称であり、俗称である「第三帝国」という言説が流布した十年でもあった。[4]この言葉の使用禁止が一九三九年六月十三日付の「総統命令」で出されたこともあるが、[5]ヒトラー自身、一九四一年十二月十七日から十八日にかけての談話で「今や、ドイツという時、それは「第三帝国」以外の何ものでもない」[6]と語っていたのだ。この言説が流布する契機として知られているメラー・ファン・デン・ブルックの著作『第三の国』が刊行された年がまさに一九二三年であり、同書によって政治的イデオロギーとされた「ライヒ」Reich という言葉がドイツ民族を統一する理念としてドイツ語圏で広まったのである。同書以降の一般的な理解によれば、「ライヒ」をめぐる三段階としてあるのは、第一に神聖ローマ帝国、第二にドイツ帝国であり、第三に一九一九年成立のヴァイマル共和国を認めない保守勢力が求めた新たな政治体制であり、つまるところ、ナチス・ドイツの「第三帝国」das Dritte Reich であった。ナチスとは異なる意味合いで「第三の国」das dritte Reich という言葉を用いたエルンスト・ブロッホは、ナチスの「土地台帳」となり、ナチズムの「主著」となったメラーの著作が「運動のエリート」たちの心を捉えたと言う。[7]この「主著」が刊行された年も、ヒトラーが彼自身に決定的な政治的影響を与えたディートリヒ・エカルトとともにミュンヒェン一揆を起こした年も、ヒトラーに「第三帝国」という言葉をもたらしたエカルトがモルヒネ中毒による心臓発作で死亡した年も、すべて同年であった。その意味で、「危機の年」一九二三年は「第三の国」の年であったとも言えよう。

メラーの著作が当時のドイツ人に受け入れられた背景には、[8]リベラルな民主主義的憲法をもつヴァイマル体制に対して右派も左派も抱いていた嫌悪があり、同書が有する宗教政治性があった。(9) フェルキッシュ思想がドイツ・ファシズムにいたる過程を文化史的に追ったジョージ・ラッハマン・モッセは、一九六四年の著作『フェルキッシュ革命』で「第三帝国の知的起源」をすでに考察して「ゲルマン的信仰の復活」を指摘しており、第十六章「ドイツ的革命」でメラーを「第三の道」の予言者と見なし、フェルキッシュなドイツ的社会主義がファシズムという「国際的運動」と結びつく過程を追いながら、メラーの思想が中世のメシア信仰の諸伝統を新しい時代に移す精神的な革命であると見なしたのである。(10) モッセ以上に「第三の国」の知的起源を追ったクラウス・エッケハルト・ベルシュは、一九九八年ならびに二〇〇二年の時点でナチスのイデオロギーを宗教政治的な観点から問うた際、歴史を三分割しながらヨハネの黙示録を解釈した十二世紀イタリアの修道院長フィオーレのヨアキムにふれ、後世における影響の一つとしてエカルト、ゲッベルス、ローゼンベルク、ヒトラーの言説を分析した。(11) とはいえ、補遺一でも述べたようにこうした分析があるにもかかわらず、政治思想家のヘルマン・ブッツァーは二〇〇三年の時点でトポスとしての「第三の国」を扱う文学的・言語学的研究はきわめて少ないと言う。(12) その主張によれば、従来の研究がとかく「ライヒ」に偏りがちで、「第三の国」という言説そのものが注目されてこなかったからだ。そこでブッツァーは、「第三の国」の知的起源をさらに掘り下げるために、二世紀のモンタヌス派と十二世紀のフィオーレのヨアキムを挙げ、特に後者の影響が、フス、ミュンツァー、レッシング、シェリング、ヘーゲル、イプセンに及んだことを指摘する。ここでブッツァーは補遺一で指摘したとおり、十九世紀において「特別な契機をもたらす」besonders anstoßgebend イプセンの劇『皇帝とガリラヤ人』(一八七三年)にふれ、(13) ローマ皇帝ユリアヌスの名前を挙げながら異教とキリスト教のジンテーゼという意味で使われている「第三の国」について若干の補足を註で行う。ただし、註による補足説明にとどまったこともあり、一八八八年に独訳された『皇帝とガリラヤ人』がいかなる「特別な契機」をもたらしたのか、そして「第三の国」がそもそも背教者と称された皇帝とどのように結びつくのか、いずれも説明していない。いや、それ以上に、中世イタリアで生じた「三」の思想が、ナチスの語彙使用とはまったく異なる意味で用いられ、近代のドイツのみならず、ロシアや日本にも影響を与えたことは、ブッツァーの論攷でもその後の研究でも総括的な研究はいまだなされていないのである。別言すると、「第三の国」をめぐる考察は、ナチス研究の枠内で行われることが多いので、モッセの説明とは異なり、必ずしも「国際的運動」と十分に結びつけられていないと言えよう。

以上の欠落を埋めるべく、本書は第一章において『皇帝とガリラヤ人』における「第三の国」を扱い、一八八八年の独訳が「das dritte Reich」という言葉がドイツに流布する契機になったことを指摘し、第二章ではその言葉とドイツにおける背教者受容との結びつきを検討した。そこで本章では、一九一三年におけるヒトラーの移住先のパラレルワールドとして一九一三年の東京にも着目したい。というのも、一九二三年ベルリーンにおける「第三の国」のいわば同音異義語とも称すべき思想が一九一三年の東京において展開されていたからである。その意味で、本章は、一九二三年から十年を下るのではなく、むしろ十年を遡る試論として、「第三の国」を東西交点という新たな視点で考察を行う。

二　日本の『第三帝国』とドイツの『第三の国』

「今や我国にも「第三帝国」の声は高い」。本書の冒頭であげた言説について、三つの問いを立てておこう。「今や」とはいつのことか、「我国」とはどこの国か、「も」という助詞は何を意味するのか。この言葉が発せられたのは、ヒトラー政権掌握の一九三三年でもなければ、メラー・ファン・デン・ブルックの著作『第三の国』が出た一九二三年でもなく、むしろヒトラーがミュンヒェンに移住した一九一三年の頃だが、「我国」とはドイツのことではなかった。件の言葉は、本書の序で指摘したとおり、一九一四年三月、国文学者・国語教育学者の西尾実が発した言葉だったのである。[14] その際、西尾はヘブライズムを「中世キリスト教思想の文明」、ヘレニズムを「近世ギリシャ思想の文明」の意で用い、西洋的な二項対立を日本で克服することをめざして「第三帝国」という言葉を用いていた。つまり、das dritte Reich という表記がドイツにおいて流布する前に、日本において、いや、日本においても」流布していたのである。

西尾発言の背景として、およそ半年前にあたる一九一三年十月十日に茅原華山によって雑誌『第三帝国』[15]が創刊されたことも、すでに言及したが、ここで改めて指摘しておかなければならない。各号の上部に THE THIRD EMPIRE と記されたこの社会評論誌は、普通選挙請願運動を呼びかけ、民本主義の急先鋒となりながら帝国主義的な植民地主義を否定した雑誌である。一九一五年十二月に廃刊にいたるが、廃刊前の同年二月には同誌に掲載された主要論説が一冊の書物にまとめられて『第三帝国の思想』として刊行されており、同書に掲載された論文「新第三帝国論」によると、茅原は「一種の洪水」とされた戦争がヨーロッパで勃発するなかで「世界は民族が対立角遂《マヽ》する時代とすれば、私たちは自我主義を徹底して、世界を排除するのではない、世界を包括する民族主義に到達せねばならない」と考え、「新なる世界的帝国」としての「第三帝国」を日本で模索したのである。[16]

第一次世界大戦直前の日本で創刊された雑誌が第一次世界大戦後のドイツで刊行されたメラーの著作とまったく異なることは言を俟たない。両者の比較検討は、ドイツは言うまでもなく、日本においても見当たらないので、どの程度の違いがあるかを確認しておく必要があろう。両者ともに歴史の三分割という点で共通するが、当然のことながら三段階がまったく異なる。茅原は、明治維新までの日本を第一帝国、国家至上主義的な明治の日本を第二帝国、そして文明論的な霊肉一致の観点から霊にもとづく「東洋の直覚生活」と肉にもとづく「西洋の理智生活」の一致合流を「第三生活、第三文明、第三帝国」と解した。[17] これに対してメラーの場合、「ライヒ」をめぐる三段階として、第一の神聖ローマ帝国、第二のドイツ帝国に続いて、ドイツ史を継続する「第三の党」すなわち「第三の国」を求めたのである。[18] それは「新しい最終の国」[19]であり、しかも「永久平和の思想」[20]でもあったが、実際のところは、一九一九年成立のヴァイマル共和国を認めない保守勢力が求めた反動的な政治体制であった。メラーは

「我々の国における西側を範にした議会政治の席巻」を打破すべき現実と見なしていたのである[21]。先に用いたモッセの言葉を援用すると、日本の雑誌がめざした国際的運動は「世界の民主的大勢[22]」であり、メラーの著作が連動したそれはイタリアのファシズムであった。より具体的に言えば、日本の社会評論誌が普通選挙請願運動や民本主義を支持したのに対して、ドイツ保守革命を代表する著作は議会政治のみならず、『第三の国』第三章に添えられたエピグラフ「リベラリズムに冒されて人々は破滅する[23]」が示唆するように、政治的な自由主義を徹底的に批判するのであった。別言すると、「少数の貧乏武士が先づ覚醒し発奮して終に革新を行った[24]」後に刊行された日本の社会評論誌が西洋のリベラリズムに近づこうとしたのに対して、フェルキッシュなドイツ的社会主義を標榜するメラーの著作は「リベラリズムは諸々の文化を葬った。諸宗教を台無しにした。諸々の祖国を破壊した。それは人類の自己破壊だったのである[25]」と述べて、フランスやイギリスなどの「西側」Westen に由来するリベラリズムを断固拒否したのである。こうした拒絶があるからこそ、フリッツ・シュテルンは一九六一年の著作『文化的絶望の政治[26]』において、非政治的な不満を政治化させ、ナチスの思想的先駆となった三者として、パウル・ド・ラガルドやユーリウス・ラングベーン[27]とともにメラーを集中的に扱ったのであった。メラーは、非政治的な不満を政治化させた際、批判の矛先をマルクス主義にも向け、「どの民族も独自の社会主義をもつ。／マルクスはドイツの社会主義を根本的に破壊した。ドイツの社会主義にいかなる成長ももたらさなかった。〔中略〕彼は国民的な社会主義の芽（die Keime eines nationalen Sozialismus）を埋めてしまったのだ[28]」と言う。こうした糾弾からは「国民社会主義」Nationalsozialismus の思想的先駆が読み取れよう。一九一八年のドイツ革命を単なる「反乱」としか見ないメラー[29]は、「保守的な」革命となるナショナルな社会主義を求め、プロレタリア運動を装うインターナショナルな社会主義を徹底的に拒んだ[30]。「マルクス主義が終わるところで社会主義が始まる」と言い切るメラーによれば、始まるのは「第三の国」の基盤となる「ドイツの社会主義」であった[31]。メラーは別の言い方もしており、それによると、ドイツ的社会主義の中核を担う「反動的な人間」は非政治的な人間として「第三の国」を思い出すのである[32]。

メラーの著作に見られるマルクス主義批判は、ロシア革命以前に刊行された日本の社会評論誌から読み取ることができない。両者の根本的な相違は、日本の雑誌が、創刊号冒頭に掲載された「志を述ぶ」で主張されているように、植民地主義的な大日本主義を否定し、満韓放棄論とも称された小日本主義を支持したのに対して、ドイツ保守革命の著作が大ドイツ主義を標榜した点に行き着く。後者では「第二の国は不完全なライヒであった。この第二の国とともに第一の国の時から生き残り続けているオーストリアを取り込んでいなかったのだ。それは、大ドイツ国に行き着くために、またしても回り道としか理解できない小ドイツ国であった[33]」と書かれていた。大ドイツ主義をめざす「第三の国」は、メラー自身が序文で述べているように、「千年王国への期待[34]」と結びつく。こうした宗教政治的な思潮こそ、ドイツにおけるフェルキッシュ思想の核だと言ってもよい。ナチス・ドイツの精神史的な前史を問う研究の嚆矢となったジャン・フレーデリク・ノイロール著『第三帝国の神話　ナチズムの精神史』（一九五七年）によれば、ヒトラーに権力をもたらした「国民運動」としての「千年王国」は「十九世紀、特に二十世紀におけるドイツ民族の発展に陰に陽に伴った数々の思潮、運動、幻想、神話の帰結であり、ドイツ人のあらゆる願望の夢、悪習、退化のジンテーゼ」であった[35]。日本の社会評論誌からあまり読み取ることができない宗教政治的な思潮も、メラーの著作における特徴と言えよう。

以上のとおり、日本のリベラルな雑誌とドイツのフェルキッシュな著作は決定的な相違が数多くあるが、両者が共有する三つの共通項にも目を向けておきたい。（一）どちらにおいてもフィオーレのヨアキムの名前が挙げられていないが、歴史の三分割そのものが第一の共通項と見なせる。そうした三分割は、弁証法的な展開を示しながらも、弁証法的な歴史観とは異なり、「第三の国」を第三かつ最終の局面と見なすことで「第四の国」を想定していない。日本の雑誌では「第三帝国」以降の展開に関する言及が皆無であるし、メラーの著作は序文において「第三の国」を「我々の最高で最後の世界観[36]」と明言している。（二）第二の共通項として、メレシコフスキーにふれておかなければならない。このロシア人作家は評論『トルストイとドストエフスキー』（一九〇一～一九〇二年）の中で霊肉一致を実現する「聖霊の王国」の到来を希求し、「言葉の英雄」である作家の中から「第三かつ最終の精神の王国で人類を治める選ばれし人」が現れると主張していた。[37] しかも雑誌『第三帝国』の場合、創刊号ではイプセンが、第二号ではメレシコフスキーが話題の中心をなす。実際に、創刊号においては新劇運動に関わった島村抱月の寄稿「イブセン劇の『第三帝国』」が、「霊か肉か」という問いを巻頭から立てる第二号においてはロシア文学者である昇曙夢の寄稿「メレジユコフスキーの作物に現はれたる霊肉一致の思想」が、それぞれ耳目を引く。このように日本の雑誌において両者が重視されるのは、ノルウェーの劇作家が歴史劇『皇帝とガリラヤ人』（一八七三年）を、ロシアの象徴主義者が小説『神々の死　背教者ユリアヌス』（一八九六年）を、つまり両者ともに背教者ユリアヌスを扱う作品を世に問うていたからだ。三六一年から三六三年までの在位期間に太陽神崇拝ゆえに「背教」の道へ踏み出したこのローマ皇帝が、雑誌の表紙において太陽を指さす若者、つまり「第三の国」を体現する人物として描かれていたことは決して偶然ではない。また、ドイツ語圏の文芸評論家レーオ・ベルクが一八九七年に上梓した『現代文学における超人』で「第三の国のメシア」としてイプセンを、メレシコフスキーが論じたドストエフスキーを「人類の新しい第三の国」の先行者としてすでに論じていたことを踏まえると、[38] 日本におけるイプセンとメレシコフスキーの受容が例の西尾発言を生み出し、発言中の「我国にも」という言い回しが示唆するように、日本の雑誌が国際的動向を踏まえていたと言えよう。さらに言えば、メレシコフスキーの場合、メラーに「特別な契機をもたらす」ことになったことを忘れてはならない。メレシコフスキーはモダニズムに傾倒した象徴主義者でありながら、同時にモスクワを「第三のローマ」と見なすロシア独自の黙示録解釈を復活させた人物でもあったが、メラーは一九〇二年から一九〇六年の間にパリに滞在した際にメレシコフスキーと知り合い、一九〇六年から一九一九年までの間にメレシコフスキーの協力を得てドイツで最初のドストエフスキー全集を編纂したのである。（三）

以上の連関で、第三の共通項としてフリードリヒ・ニーチェの名前も挙げておきたい。というのも、上述のレーオ・ベルクによって一八八九年にニーチェに関する最初の資料が残されたことから始まるニーチェ受容が、新しい人間像を求める運動として、日本のリベラルな雑誌にもドイツのフェルキッシュな著作にも影響を及ぼしていたからだ。雑誌『第三帝国』の場合、舁曙夢の「メレジュコフスキーの作物に現はれたる霊肉一致の思想」、森田草平訳によるメレシコフスキーの「霊肉問題と死の恐怖」、中沢臨川の「ニーチェの片影」などでニーチェが繰り返し扱われているだけではなく、高安月郊の「近代文学に於ける『第三帝国』」では「イプセンよりもニイツチエの影響が著しい」人物としてメレシコフスキーが論じられていた。このように日本の社会評論誌では文学に重きが置かれた社会思想の中でニーチェが論じられていたのに対して、メラーの著作ではフェルキッシュな思想としてニーチェが扱われている。メラーは、一八九九年に『チャンダーラ　ニーチェ』を公刊し、先に挙げたドストエフスキー全集を通じて独自のニーチェ理解を示し、生への衝動をもつゆえに世界において優位に立つドイツ人を主張していた。[39]そのうえで『第三の国』[40]では「世紀末の精神史において別の極に立ち、マルクスに対立する」人物としてニーチェを位置づけていたのである。

本書では、ヨアキムの思想が中世や近世にもたらした宗教的な影響を「ヨアキム主義」、近代以降の社会思想史的な影響を「ネオ・ヨアキム主義」とすでに命名していた。両者は歴史を三分割し、「第三の国」を第三かつ最終の局面と見なす点で共通するが、もっとも前者が宗教的で後者が社会思想史的であると言い切れない点にも注意を要する。ヨアキムの聖霊論が中世や近世において千年王国への熱狂的な待望と化し、[41]類似の待望が近代以降において擬似宗教的に政治化して残り続けたからだ。その点を踏まえてノイロールは『第三帝国の神話』の「第三帝国と千年王国」という章において「我々はヨーロッパの長い精神史の流れの中で第三の国の夢に繰り返し出会う」と言った。[42]

ただし、この言葉にも注意しなければならない。というのもヨアキム主義に関連する数多くの出来事は確かにヨーロッパで、特にドイツでトーマス・ミュンツァーやミュンスター再洗礼派による急進的な宗教改革運動として起きたが、ネオ・ヨアキム主義に関しては必ずしもヨーロッパ、少なくとも西欧に限定できないからだ。一四五三年のコンスタンティノープル陥落後、ヨアキムの影響がロシアにおいても独自の展開を遂げ、古代ローマと第二のローマであるコンスタンティノープルがそれぞれ亡びた後、真のキリスト教信仰は「第三のローマ」であるモスクワにおいて保持されるという思想が民衆に根強く広まったのである。(43) ネオ・ヨアキム主義は、「西」と「東」でそれぞれ独自の展開を遂げ、十九世紀後半にいたると、イプセンそしてメレシコフスキーにおいてそれぞれ特異な「第三の国」を培ったのだ。ロシア人に関しては、ドイツで活躍した画家カンディンスキーが第一次世界大戦前に抽象絵画の到来を「第三の黙示」と見なしていた点も見逃せない。同大戦前にメレシコフスキーがパリに、カンディンスキーがミュンヒェンに移住したことを考えると、かつて東西に分離した「第三の国」という理念が再び出会い、新たな展開を遂げることになったのである。

事実、「第三の国」をめぐる思潮は雑誌『第三帝国』を通じて、日本においても「第三帝国」招来の声として高まったのであった。この社会評論誌がネオ・ヨアキム主義において最も重要な東西交点であると言ってもよいであろう。同誌において繰り返しイプセンとメレシコフスキーが扱われているだけではない。創刊号冒頭の「志を述ぶ」にある「「第三帝国」の名は、ヘンリック、イプセン及びパウリ、フリードリツヒの劇に取れり」(44) という説明がなによりの証左だ。もっともこの説明はかなり不十分な説明である。そう言わざるをえないのは、「パウリ、フリードリツヒ」に関する記載は、「志を述ぶ」のほかに、茅原の「新第三帝国論」における「第三帝国といへる思想は、イブセンやポール、フリイドリツヒやメレヂユコフスキイ等から来た」(45) という説明と、日本におけるイプセン受容において先駆的な役割を果たした高安月郊の記事「近代文学に於ける『第三帝国』」にしか見当たらないからだ。実際のところ、「パウリ、フリードリツヒ」という人物も、雑誌『第三帝国』の元になったと思われる同人物の作品も、日本は言うに及ばず、ドイツ本国においても今ではほとんど知られていない。そもそも、上述のとおり、(46) 「第三のライヒ」に関する文学ならびに言語の研究はきわめて少なく、この状況は今なお続く。政治思想家のブッツァーは、「ライヒ」をめぐる三段階の思想が十二世紀イタリアに実在したフィオーレのヨアキムに由来することを説明したうえで、それがレッシング、シェリング、ヘーゲル、イプセン、さらにはメラー・ファン・デン・ブルックを経て、ヨーゼフ・ゲッベルスやアードルフ・ヒトラーに行き着く過程を考察した。しかしながら、「パウリ、フリードリッヒ」を含め、ナチス・ドイツの「第三帝国」以前に出現した二十世紀初頭の「第三の国」に関する言及はなかったのである。実はこうした欠落を補う文学的かつ文化史的研究として、シュテファン・ペーガッキがすでに二〇〇二年に上梓した著作『穴だらけの私　アルトゥル・ショーペンハウアーからトーマス・マンまでの肉体性と美学』[47]があった。いわゆる文学的モデルネを扱う同書は、十九世紀末から二十世紀初頭にかけて生じた悟性や言語に関する懐疑によって精神に代わって身体が重視される変遷過程を詳細に論じ、同書の結論部にあたる「展望」において、身体の精神化と精神の身体化を統合する「第三の国」をめぐるトーマス・マンの言説に行き着き、その関連でヨハネス・シュラーフ（一八九〇年）やレーオ・ベルク（一八九七年）やヘルマン・バール（一九〇〇年）らの「第三の国」をめぐる言説を考察したが、「パウリ、フリードリッヒ」に関する言及は見当たらない。以上のような状況があるものの、東西交点という新たな視点で「第三の国」の考察を深めるためには、当該の人物がいかなる人物であり、日本の雑誌『第三帝国』といかなる関連があるかを附言しておく必要があろう。

三　パウル・フリードリヒ

一九一〇年、ライプツィヒのクセーニエン社から『第三の国　個人主義の悲劇』Das dritte Reich. Die Tragödie des Individualismus[48]が刊行された。日本は言うに及ばず、ドイツ本国においても今ではほとんど知られていないこの劇作品の著者は、パウル・オットー・フリードリヒ（Paul Otto Friedrich）、一八七七年にヴァイマルに生まれ、一九四七年にベルリーンで没したドイツの作家であり、文学史家である。フリードリヒは生前次のような主要著作を世に問うていた[49]。

パウル・フリードリヒの主要著作

発表年	著作名
一九〇一年	詩集『生の嵐の中で』Im Lebenssturm
一九〇四年	悲劇『プロメテウス』Prometheus
一九〇五年	評論『アポロンとデュオニュソス　二元論的世界観論　オットー・ヴァイニンガー追想』Apollon und Dionysos. Ein Beitrag zur dualistischen Weltanschauung. Dem Andenken Otto Weiningers.
一九〇六年	評論『抒情詩人としてのニーチェ』Friedrich Nietzsche als Lyriker
一九〇八年	評論『ヘッベル事件　芸術家問題』Der Fall Hebbel. Ein Künstler-Problem
一九〇九年	評論『シラーと新理想主義』Schiller und der Neuidealismus
一九一〇年	悲劇『第三の国　個人主義の悲劇』Das dritte Reich. Die Tragödie des Individualismus.
一九一一年	評論『ドイツのルネサンス　第一巻』Deutsche Renaissance. Bd. 1.
一九一二年	評論『パウル・ド・ラガルド　ドイツのルネサンス』Paul de Lagarde und die deutsche Renaissance
一九一三年	評論『ドイツのルネサンス　第二巻』Deutsche Renaissance. Bd. 2. 評論『フランク・ヴェーデキント』Frank Wedekind 評論『トーマス・マン』Thomas Mann
一九一六年	評論『パウル・ド・ラガルドと明日のドイツ』Paul de Lagarde und das Deutschland von morgen
一九二〇年	評論『ナショナリズムか世界市民主義か』Nationalismus oder Weltbürgertum
一九二三年	編纂『C・D・グラッベ全集　全四巻』C. D. Grabbe. Gesammelte Werke, 4 Bde.

一九二五年	小説『グラッベ　その人生の小説』Grabbe. Der Roman seines Lebens.
一九二八年	評論『レオポルト・フォン・ランケによる世界史　現代史までの増補版』Weltgeschichte nach Leopold von Ranke. Neu bearbeitet und fortgeführt bis in die Gegenwart

以上の中で、先駆的な業績として、一九三〇年代に再評価が進むグラッベ（一八〇一～一八三六年）に関する著作が、そしてそれ以上に、パウル・ド・ラガルド（一八二七～一八九一年）に関する著作が目につく。東洋学者であり、政治思想家であり、何よりもヴィルヘルム体制下での文化批判者であったラガルドは、ゲルマン精神を擁護する中心人物として、第一次世界大戦の頃から保守主義者や愛国主義者、さらにはドイツ青年運動に関わる者たちによって称賛され、その結果、一九二〇年代に「ラガルド・ルネサンス」が起こるにいたった[50]。それだけに、フリードリヒによる一九一二年の著作は先駆的であり、一九一六年の著作は時宜を得ていたと言えよう。『非政治的人間の考察』（一九一八年）でラガルドを称揚することになるトーマス・マンのことも、フリードリヒはすでに一九一三年の著作『トーマス・マン』で扱っている。その際、『ブデンブローク家の人々』（一九〇一年）や『トーニオ・クレーガー』（一九〇三年）と並んで『フィオレンツァ』（一九〇六年）も高く評価したうえで、マンの劇の主題である「享楽者と探求者の対立」のことを「私たちの時代も引き裂き、私が拙著『ドイツのルネサンス』の「私たちの時代の精神について」の対話で言い表そうとした[51]」対立だと言う。マンの『フィオレンツァ』で示されたルネサンスを「ドイツのルネサンス」として捉えていた際にフリードリヒが意識していたのは、やはりラガルドであった。フリードリヒが一九〇九年の著作『シラーと新理想主義』で「新理想主義のめざめ」を論じる際にも、ラガルドを引き合いに出していたのである[52]。ラガルドが夢みた「新しい帝国、すなわち、新しいゲルマン宗教を崇拝する信者たちの、新しい政治的共同体[53]」を、フリードリヒも新理想主義者として夢みていたと言えよう。

パウル・フリードリヒの『第三の国』は、ニーチェをめぐる史実のみならず、『第三の国』序文を援用すると

「ニーチェ神話」からも成り立つ。スイスのルツェルン湖畔の町トリープシェンに一八六六年から六年間住んでいたリヒャルト・ヴァーグナーは、一八六九年五月十七日に若いニーチェの訪問を受けた。フリードリヒの劇は、この史実にもとづく両者の対話をいわば再現しながら、劇中でマイスターと称されたヴァーグナーに対する哲学者ニーチェの礼讃を示し、劇中で示される原稿『バイロイトにおけるヴァーグナー、反時代的考察　第四編』にもとづいてニーチェの微妙な意識の変化が暗示され、一八七六年に行われた第一回バイロイト音楽祭での騒動とヴァーグナーに対するニーチェの幻滅を経て、真と美が合一する「新たな大地」の到来をツァラトゥストラの誘いによってニーチェが見る幻視を示す。この劇は、一方で、芸術に関する議論、思弁的な独白、ニーチェ哲学を示唆する「見知らぬ男」や女性的形姿の「生」とのやり取りなどを主軸とするレーゼドラマの様相を呈しながらも、他方で、ヴァーグナーの支持者や敵対者たちの罵詈雑言、人夫たちの方言、イタリア人女将やその娘のイタリア訛りのドイツ語、以上の多彩な言語使用によってビューネンドラマとしての体裁を整える。第一幕でスイスのトリプシェン、第二幕でバイロイト、第三幕でバイエルンの森、第四幕でスイスのジルス・マリアとベルニナ山脈、第五幕でイタリアのトリノを、劇は舞台として示す。つまり、フリードリヒの『第三の国』は、ニーチェをめぐる史実と「ニーチェ神話」が混淆した五幕ものの悲劇であると言えよう。

　フリードリヒが言う「ニーチェ神話」とは、『第三の国』序文によれば、「時代に先んじていた天才の悲劇」「プロメテウス的な格闘の悲劇」「あらゆる悲劇のうちで最も現代的な悲劇」であり、時代批判者としての、新しき生の予言者としてのニーチェ像と言ってもよい。こうした視角はフリードリヒが『第三の国』以前に刊行した『生の嵐の中で』『プロメテウス』『アポロンとデュオニュソス』などからも読み取れよう。また、『第三の国』の前年に刊行された『シラーと新理想主義』との関連も序文の一節に認めることができる。

　悲劇はシラーのエピゴーネンによって、近頃ではヘッベルやシェイクスピアの新たなエピゴーネンによって茶番になり下がってしまった。悲劇は自らを生み出したバラードを凌駕することもないまま、空想的な逸話であれ歴史的な逸話であれ、すっかり逸話に陥っていたが、それは、いわゆる心理学を用いて何らかの近親相姦もしくは運命の悪戯によるそれとは違う身の毛のよだつ出来事から人間の魂の破局を浮き彫りにしようとする逸話なのだ。(54)

ここから自然主義の演劇に対する批判が読み取れるだけに、フリードリヒの立ち位置が新理想主義にあったことが認められよう。十九世紀後半から二十世紀にかけて哲学や芸術の分野で自然主義や実証主義の反動として展開した思潮は、十九世紀の物質主義を強烈に批判する。こうした批判は、第一幕第四場でニーチェを相手にヴァーグナーが述べた台詞にも認められよう。

マイスター　再生だ、教授、再生なんだ！　時代精神という重しに、乱雑きわまる教養に、ただ生き埋めになっているだけなんだ、ドイツ人の心は。私の作品中にてその心は再び現れるであろう。そして物質主義を理想によって克服することになろう！(55)

フリードリヒは新理想主義の観点から序文にて「ニーチェの悲劇」を「きわめて強烈な文化悲劇」として捉えていた。このような「ニーチェ神話」は、『第三の国』以降に刊行されたラガルドに関する二冊の著作と関連づけられよう。というのも、ニーチェ自身がラガルドの思想、とりわけ一八八六年に出版された文化批判の書『ドイツの書』に関心を抱いていただけではなく、ラガルドは「ニーチェの便利な代用品」(56)として多くのドイツ人に影響を与えていたからである。こうした文化批判をもとに第五幕第三場では哲学者ニーチェが「新たな大地」、すなわち「第三の国」の到来を予感するのであった。また、「ニーチェの悲劇」がニーチェ『ツァラトゥストラはこう言った』に依拠しながら「第三の国」という理念に行き着くことは、劇の最後でも繰り返される。

ツァラトゥストラ　微笑みながら：今日、汝の機は熟した。いまや私は到来した。第三の国が自らの神を呼んでいる、汝の国に来たれ！（数歩前に進む。誘いながら）来たれ！[57]

序文で言及された「ニーチェ神話」と結末で予見される「第三の国」とを結びつけるためには、序文で名前が挙げられている「私の忘れがたい友人であり助言者でもあるレーオ・ベルク」（一八六二～一九〇八年）についてもふれておかなければならない。この人物は一八八九年にニーチェ受容に関する最初の資料を残したドイツの文芸評論家としてニーチェ研究で知られているが、ここではベルクが一八九七年に上梓した『現代文学における超人』に注目しておかなければならない。というのも、ベルクは同書において「神秘主義者たちがかつて告知し、今日では預言的な詩人たちが夢をみているものこそ第三の国[58]」であると述べながらニーチェの超人思想を論じているからだ。しかも、ベルクは「第三の国のメシア」としてイプセンを扱う[59]。つまり、十九世紀末の「第三の国」をめぐる言説を的確に押さえていた「私の忘れがたい友人であり助言者」の影響を受けて、新理想主義に立脚するフリードリヒは「ニーチェの悲劇」をめぐる文化批判と「第三の国」をめぐる新たな理想を結びつけたのである[60]。

四　東と西における「パウリ、フリードリッヒ」

最後にもう一度、日本の雑誌『第三帝国』に立ち戻ろう。高安月郊は「近代文学に於ける『第三帝国』」において「イプセンよりもニイッチエの影響が著しい」人物としてメレシコフスキーに多大な関心を示した。高安はイプセンの『帝とガリ、アン』とメレシコフスキーの『神の死』を簡単に紹介し、併せてメレシコフスキーに多大な影響を与えたニーチェの「超人」を「未来の理想」と言及し、「近代人の精神的悲劇」を描いた人物が「パウル、フリイドリヒで、其劇を『第三帝国』と名づけた」と述べたうえで引用を行っている。ここでは、当該の引用箇所を私訳で示す。

すでに私にはその世界が暗闇の中から立ち上がるのが見える、新たな大地、ああ、第三の国が！ そこでは真が美と合一して、人間の力に向けたヒュメナイオスの呼び声となる。太陽は永遠なる真昼の輝きを放ち、自由に目覚めた者たちの頭上を愛という金の王冠でことごとく飾るのだ！ 花嫁のような姿をし、思い焦がれながら、山と野は佇み……神聖なものに向かって延びている。万物の中では、一つにまとまって大きくなった新しい素晴らしい世界の祝福がまるで果実のように芽吹く。すべてが深く、神秘であり、満ち溢れた泉……そのヴェールは真珠色の露をあびてきらめく……野は輝き……谷と草地は笑い、すべての上には冥界のような静けさが漂う……過去は夢となり……深い沼の中へ、ぱっくりと開いた墓の中へ沈んだ。ただ未来と永遠の現在が……永遠の生成が実現をなおも待ち望んでいる……だが、その視線の先には時間という海が果てしなく広がっている。これらがお前を直視しているのだ、永劫よ！[61]

高安が劇『第三帝国』から比較的長めの引用を行ったのは、「近頃の文学で最も注意すべきもの」[62]と見なしたからである。しかしながら、こうした評価にもかかわらず、雑誌『第三帝国』は、「パウリ、フリードリッヒ」であれ、「ポール、フリイドリッヒ」であれ、「パウル、フリイドリヒ」であれ、件の劇作家がいかなる人物であり、その劇がいかなる作品であるかを説明していない。だが、パウル・フリードリヒの『第三の国』は、「ニーチェの悲劇」[63]として、ニーチェ『ツァラトゥストラはこう言った』に依拠しながら「第三の国」という理念に行き着く。

間違いない！　私はすでにその日を察知している。混沌が私の周囲でざわつく間、私は最後の力を振り絞って我が神性のぐらつく欄干につかまるのだ！　壊せ！　失せろ、汝、荒れ狂う荒涼とした生よ！　私は我が身を生贄にするのか。彼らは前触れを望んでいる。かつて彼は十字架に磔にされ、釘で打たれた傷痕から流れ出た血から一つの世界が芽生えた！　彼らが私のもとに刑吏を送ってくるまで、私は待つつもりもないし、ためらうことは許されない。今日というこの日からいまだ朝を引き離す裂け目の中へと、私は自ら落ちていかねばならない！　エンペドクレスだ！　エトナの火口の奥底から誘惑の歌が聞こえる……それはセイレンの歌。お前の存在と一致する要素の内へと堕ちていけ！　エウポリオンは母ペルセポネーの暗き国に沈んでゆく……私は彼についていくべきか？(64)

劇は最後に、北イタリアのトリノにある部屋で、深夜、幻視と幻聴に陥った孤独な哲学者の姿を示す。ニーチェは、「子供オリエント」Kindermorgenland(65)の出現を予感しながら、エトナ火山の火口に身を投げたエンペドクレスに、さらにはゼウスの雷に打たれて落下したエウポリオンに自らを重ね合わせたあと、ツァラトゥストラの声を聞く。劇を締めくくるその声は、ヨハネの黙示録の最後でヨハネがイエスに対して「来てください」と述べたように、「第三の国」の到来を望む。パウル・フリードリヒにおけるネオ・ヨアキム主義も自らの出自と深いつながりをもつのである。

ネオ・ヨアキム主義における東西交点をパウル・フリードリヒ『第三の国』刊行三年後に日本で展開させたのが、雑誌『第三帝国』であった。「第三の国」をめぐる言説は、一方でドイツにおいて危機の年一九二三年に一挙に政治化して一九三三年にいたったが、他方で一九二三年以前、特に一九一三年以前にすでに、ドイツ、ロシア、日本などで多様に展開していたのである。つまり、一九二三年以後の画一的な政治的動向のみならず、一九二三年以前の多様な文化史的な思潮も今後とも検討していかなければならない。それだけに、西尾発言にある小さな言葉

「も」が今なお大きく響くのではないか。

註

（1）この連続講義最終回は著者が「„Das dritte Reich“ vor der NS-Zeit in Ost und West. Von Berlin 1923 über Tokio 1913 bis nach Berlin 1900」という題目で二〇二三年七月十九日に担当した。本章は、同講義原稿にもとづく。

（2）スタン・ラウリセンス『ヒトラーに盗まれた第三帝国』（大山晶子・梶山あゆみ訳、原書房、二〇〇〇年、二〇八頁）参照。

（3）土田宏成『災害の日本近代史』（中公新書、二〇二三年、一八七頁以下）参照。

（4）事実、国民社会主義ドイツ労働者党が一九三〇年九月の国政選挙で大きく議席を伸ばし第二党となった勝因の一つとして、左翼・リベラルのデモクラシー体制でも反動的君主制でもない「第三の国家」を強力にアピールしたことが挙げられる。芝健介『ヒトラー　虚像の独裁者』（岩波新書、二〇二一年、一～五頁）参照。

（5）Vgl. Hermann Butzer: Das „Dritte Reich“ im Dritten Reich. Der Topos „Drittes Reich“ in der nationalsozialistischen Ideologie und Staatslehre. In: Der Staat. Vol. 42, Nr. 4 (2003), S. 620.

（6）『ヒトラーのテーブル・トーク　1941-1944』（上）、吉田八岑監訳、三交社、一九九四年、二二三頁。

（7）エルンスト・ブロッホ『この時代の遺産』（池田浩士訳、ちくま学芸文庫、一九九四年、九六頁ならびに六一三頁）参照。

（8）ベルリーンのリング社から初版二万部で出されたメラーの著作は、一九三〇年代半ばまでに十三万部売れた。Vgl. Butzer, a. a. O., S. 602.

（9）メラーはドイツ人の心に礼拝と宗教の響きをもたらすケルト語由来の「ライヒ」Reich という言葉を巧みに用いていた。Jean F. Neurohr: Der Mythos vom Dritten Reich. Zur Geistesgeschichte des Nationalsozialismus. Stuttgart 1957, S. 217 f.

（10）ジョージ・L・モッセ『フェルキッシュ革命　ドイツ民族主義から反ユダヤ主義』（植村和秀訳、柏書房、一九九八年、三五一頁以下）参照。英語原著も示しておく。George Lachmann Mosse: The Crisis of German Ideology. Intellectual Origins of the Third Reich. New York 1964.

（11）Claus-Ekkehard Bärsch: Die politische Religion des Nationalsozialismus. Die religiösen Dimensionen der NS-Ideologie in den Schriften von Dietrich Eckart. 2., vollst. überarb. Aufl. München 2002, S. 53 ff.

(12) Vgl. Butzer, a. a. O., S. 600.
(13) Vgl. ebd, S. 605 f.
(14) 杉哲「西尾実と道元（IX）」（熊本大学教育学部『人文科学』第六十号、二〇一一年、六九～八〇頁、特に七三頁）参照。
(15) 茅原華山ほか編『第三帝国』、全十冊、復刻版、不二出版、一九八三～一九八四年。
(16) 茅原華山「序」、石田友治編『第三帝国の思想』（益新会、一九一五年、五～六頁）参照。茅原華山ほか編『第三帝国』には頁番号が付されていないので、本章では引用の際に可能な限り『第三帝国の思想』を用いる。
(17) 茅原華山「第三帝国の思想」、『第三帝国の思想』、九三頁。
(18) Moeller van den Bruck: Das dritte Reich. Berlin 1923, S. 244.
(19) Ebd., S. 258.
(20) Ebd., S. 257.
(21) Ebd., S. iii.
(22) 煙山専太郎「史的発展の上より見たる第三帝国の意義」、『第三帝国の思想』、一一三頁。
(23) Moeller van den Bruck, a. a. O., S. 59.
(24) 煙山、前掲書、一一三頁。
(25) Moeller van den Bruck, a. a. O., S. 80.
(26) Fritz Stern: Kulturpessimismus als politische Gefahr. Eine Analyse nationaler Ideologie in Deutschland. Aus dem Amerikanischen von Alfred P. Zeller. Stuttgart 2005. 英語原著と邦訳も示しておく。Fritz Stern: The Politics of Cultural Despair. A Study in the Rise of the Germanic Ideology. University of California Press 1961. フリッツ・スターン『文化的絶望の政治　ゲルマン的イデオロギーの台頭に関する研究』、中道寿一訳、三嶺書房、一九八八年。
(27) ラングベーンはドイツ民族に深く根ざしたルターの「第一の宗教改革」と精神から出発したレッシングの「第二の宗教改革」とのジンテーゼとして、レンブラントが「第三の宗教改革」を実現すると主張した。この事例は、十七世紀のオランダ人画家が十九世紀のドイツにおいてナショナル・アイデンティティの連関で好んで受容されたことを示す。Vgl. Fritz Stern, a. a. O., S. 169.
(28) Moeller van den Bruck, a. a. O., S. 64.
(29) Ebd., S. 131.

（30）Ebd., S. 61.

（31）Ebd., S. 63.

（32）Vgl. ebd., S. 194 f. ここで一人の「非政治的人間」を思い出す。というのも、一九一二年の『『フィオレンツァ』について』の末文で「詩人は、常にいたるところでジンテーゼを、精神と芸術、認識と創造性、知性と単純、理性と魔術性、禁欲と美の和解を実現するのだ、つまり第三の国を」と述べたトーマス・マンは、本書の第六章でも述べるが、第一次世界大戦の勃発とともに自らの非政治性を政治化させ、一九一五年のアンケート回答「ストックホルムの『スウェーデン日々新聞』編集部宛」が示すように、「権力と精神のジンテーゼ」である「第三の国」をドイツにもたらすものとして戦争を理解した。しかも、マンは、一九一八年十月十五日の日記において、メラーが編纂したドイツで最初のドストエフスキー全集の序文に関心を示し、第一次世界大戦後、メラーが中心的な役割を果たした「六月クラブ」に出入りをしていたのである。

（33）Ebd., S. 257. なお、メラーは一九一八年の論文「若い諸民族の権利」で、「若い民族のための結節点となる使命」を与えられたドイツによって東方のヨーロッパ化が果たされると主張していた。Neurohr, a. a. O., S. 210 f.

（34）Moeller van den Bruck, a. a. O., S. ii.

（35）Neurohr, a. a. O., S. 7 f.

（36）Vgl. Moeller van den Bruck, a. a. O., S. iii.

（37）Dmitri Mereschkowski: Tolstoi und Dostojewski als Menschen und als Künstler. Eine kritische Würdigung ihres Lebens und Schaffens. Übers. von Carl von Gütschow. Leipzig 1903, S. 115.

（38）Leo Berg: Der Übermensch in der modernen Literatur. Ein Kapitel zur Geistesgeschichte der modernen Literatur. Paris, Leipzig u. München 1897, S. 74 u. 111.

（39）André Schlüter: Moeller van den Bruck. Leben und Werk. Köln u. Weimar 2010, S. 1 ff.

（40）Moeller van den Bruck, a. a. O., S. 141.

（41）ノーマン・コーン『千年王国の追求』（江河徹訳、紀伊國屋書店、二〇〇八年）ならびにバーナード・マッギン『フィオーレのヨアキム　西欧思想と黙示録的終末論』（宮本陽子訳、平凡社、一九九七年）参照。

（42）Neurohr, a. a. O., S. 22.

（43）栗生沢猛夫「モスクワ第三ローマ理念考」（金子幸彦編『ロシアの思想と文学』、恒文社、一九九七年、九頁以下）参照。

（44）茅原ほか編『第三帝国』、第一巻冒頭。

（45）茅原「新第三帝国論」、『第三帝国の思想』、三四頁以下。
（46）Vgl. Butzer, a. a. O., S. 600.
（47）Stefan Pegatzky: Das poröse Ich. Leiblichkeit und Ästhetik von Arthur Schopenhauer bis Thomas Mann. Würzburg 2002, bes. S. 487 ff.
（48）パウル・フリードリヒに関しては、一九六八年から刊行が開始された『ドイツ文学事典』を除くと、一九六五年刊行の『キントラーの文学事典』や一九九二年刊行のヴァルター・キリー編『文学事典』、さらには一九九五年刊行の『ドイツ伝記全書』（DBE）なども項目を欠く。Vgl. Deutsches Literatur-Lexikon. Biographisch-bibliographisches Handbuch. Begründet von Wilhelm Kosch. Bern 1977, Bd. 5, S. 718 f.
（49）Vgl. Ebd., S. 718 f.
（50）スターン、前掲書、一三四頁以下。
（51）Paul Friedrich: Thomas Mann. Berlin 1913, S. 35.
（52）Paul Friedrich: Schiller und der Neuidealismus. Leipzig 1909, S. 144 f.
（53）スターン、前掲書、八九頁。
（54）Paul Friedrich: Das dritte Reich. Die Tragödie des Individualismus. Leipzig 1910, S. IVIII.
（55）Ebd., S. 11.
（56）スターン、前掲書、一二七頁。
（57）Friedrich, Das dritte Reich, S. 99.
（58）Berg, a. a. O., S. 74.
（59）Ebd., S. 120.
（60）こうした結びつきを補う人物として、ニーチェを敬愛し、ラガルドを尊敬したドイツの詩人クリスティアン・モルゲンシュテルン（一八七一～一九一四年）の名も挙げておこう。イプセンの翻訳者でもあったモルゲンシュテルンは、ラガルドの『ドイツの書』が示す徹底したペシミズムと新たな信仰の渇望に熱狂したうえで、ラガルドとニーチェの次にイプセンが「自由放任、無拘束という近代原理に対する規律精神の第三の偉大な擁護者」であると考えていた。スターン、前掲書、一二八頁以下参照。
（61）高安月郊「近代文学に於ける『第三帝国』」、茅原ほか編『第三帝国』、一三三頁以下。ここの引用は、作品全体の本邦初訳となった私訳の一部である。Friedrich, Das dritte Reich, S. 94 f. パウル・フリードリヒ『第三の国　個人主義の悲劇』、小黒康正・橋本佳奈訳、九州大学独文学会『九州ドイツ文学』第三十五号、二〇二一年、六二頁。

(62) 高安、前掲書、四五頁。
(63) Friedrich, Das dritte Reich, S. X. フリードリヒ、前掲書、三頁。
(64) Ebd., S. 99. フリードリヒ、前掲書、六四頁。
(65) Ebd., S. 96. フリードリヒ、前掲書、六三頁。

第五章　異端の正統者ルードルフ・カスナー

近代以降のネオ・ヨアキム主義は、前近代のヨアキム主義と同様に、十二世紀イタリアに実在したフィオーレのヨアキムによる歴史を三分割する考えを出自とする。それだけに、「第四の国」は想定されていない。これまで見てきたように「第三の国」には実に多様な展開があるが、いずれの展開も、第三の時代こそ歴史における最終の局面と見なし、自分たちが「第二の国」の終わりにおり、「第三の国」の到来が近いという切迫感を抱く点で、概ね共通する。こうした展開の背景には、西洋の合理主義を培った弁証法的な意識が強く働いていたとも言えよう。だが、本章で明らかにするように、二十世紀における「第三の国」の多様な展開の一つとして、西洋の合理主義的な近代にも、弁証法的な歴史意識にも背を向けながら、「第三の国」を標榜した思想家がいた。その特異な思想において、「第三の国」は弁証法的な進展の思想ではなく、非弁証法的な回帰の思想となり、いわば内面化されていく。それを促すのが新たな観相学であった。

一　アンチポーデ

ルードルフ・カスナー（一八七三〜一九五九年）は西洋の合理主義に対する「対蹠者」Antipode である。現チェコのモラヴィアに生まれ、ヴィーンとベルリーンの大学で学んだ「観相学者」は、リルケの親友であり、ホーフマンスタール、ヴァレリー、ジッドなどとも親交を結び、パスカル、スターン、キルケゴールに自らの精神的始祖を見出し、インド思想やニーチェやベルクソンからも影響を受けながら、優れた語学能力を駆使してプラトン、ジッド、ゴーゴリ、トルストイ、ドストエフスキーなどの著作を独訳し、晩年には日本の弓術に多大な関心を示す。カスナーは、いまやドイツ語圏のみならず、日本においてもほとんど知られていない思想家であるので、まずは、主要著作ならびに邦訳文献を示しておこう。

ルードルフ・カスナーの主要著作

発表年	著作名（ならびに邦訳文献）
一九〇一年	『神秘主義と芸術家と人生』
一九〇二年	『死と仮面』（塚越敏訳、法政大学出版局、一九七〇年） 『インドの理想主義』
一九〇六年	『音楽のモラル』
一九〇七年	『モティーヴェ』（小黒康正訳[1]）
一九〇八年	『メランコリア』（塚越敏訳、法政大学出版会、一九七〇年）

一九一〇年	『ディレッタンティズム』（小黒康正訳、『九州ドイツ文学』第二十六号、二〇一二年）
一九一一年	『人間の偉大さの諸要素について』（塚越敏訳、法政大学出版会、一九七〇年）
一九一三年	『インドの思想』（小松原千里訳、『神戸大学教養部紀要論集』第四十四号、一九八九年）
一九一四年	『キメラ』
一九一九年	『数と顔』
一九二二年	『観相学の基礎』（小黒康正訳、『九州ドイツ文学』第三十三号、二〇一九年） 『エッセイ』
一九二五年	『変身』（小黒康正訳、『九州ドイツ文学』第二十五号、二〇一一年）
一九二七年	『魂の神話』（小松原千里訳、『魂の神話・ナルチス』に所収、国文社、一九八九年）
一九二八年	『ナルシス、あるいは神話と想像力』（『魂の神話・ナルチス』に一部所収、国文社、一九八九年）
一九三〇年	『観相学的世界像』
一九三二年	『観相学』
一九三六年	『想像力について』
一九三八年	『神人』 『直観と観察』 『思い出の書』
一九四六年	『第二の旅』 『変容』
一九四七年	『十九世紀』（小松原千里訳、未知谷、二〇〇一年）

一九四九年	『歳月の回転』
一九五一年	『キリストの誕生』
一九五三年	『内面の国』
一九五六年	『魔術師』
一九五七年	『黄金の竜』

多彩な精神的遍歴とヨーロッパ各地・北アフリカ・インド・ロシアへの実際の歴訪とを通じて研鑽の成果を多数上梓したカスナーは、一九五三年にオーストリア国家賞、一九五五年にシラー記念賞を受賞するなど、生前、高い評価を得ていた。また、カスナー没後十年目の一九六九年から一九九一年にかけてネスケ社より『カスナー全集』全十巻が順次刊行され、カスナーに対する評価はさらに高まったと言えよう。しかし、現在では、ウーヴェ・シュペール著『世紀転換期のドイツ文学における神無き神秘主義』(一九九七年)やゲーアハルト・ノイマンらによる論集『ルードルフ・カスナー　知の形式としての観相学』(一九九九年)があるものの、日本は言うに及ばずドイツ語圏においてもカスナーは忘れられて久しい(2)。その原因の一端はカスナーの著作がその独自性ゆえにいずれも繙きがたい点にあろう。もっともその難解さを同時代人はいかに受け止めていたのであろうか。ホーフマンスタールによれば、カスナーの「この種の作品は精神の網の目の濃い密度のためにすぐに理解されることはない。おそらくそう遠くはない、後の時代になってようやく人々は、驚嘆して思いを新たにすることだろう。新しい内容と新しい形式をあれほど求めていたわれわれの時代が、このような新しい形式に盛られた新しい内容に気づかなかったことに(3)」。

カスナーにおける「新しい形式に盛られた新しい内容」とは何であったのか。この問いに答えるためには、カスナー観相学の根幹にある特異な捻れに注目しなければならない。なぜならば、目的論的な歴史哲学とは異質なカスナーの「新しい形式」において、目的論的な思考が顕著な「新しい内容」が重要な役割を果たしていたからである。(一)「観相学者」の捻れに着目する本章は、西洋近代における目的論的思考を培ってきたネオ・ヨアキム主義、とりわけその思想的核心である「第三の国」を踏まえて、(二)歴史哲学的な体系を忌避するカスナーの新しい「試み《エッセ》」を確認し、(三)そのうえで非歴史哲学的なカスナー観相学における「第三の国」について問う。以上を踏まえて、(四)カスナーにおける観相学とネオ・ヨアキム主義とのつながりをドイツ語の「前綴り ein-」に認めたい。直観と想像力によって内外一致の変身を「顔」から読み取るカスナーにとって「第三の国」とはいかなる理念であったのか。

二　新しい「試み」

ルードルフ・カスナー『モティーヴェ』

すでに本書の序で言及したことだが、十二世紀イタリアに実在したフィオーレのヨアキムを源流とする「第三の国」の思想的潮流は、ナチス・ドイツの思想に必ずしも還元されえない志向を有していた。ヨアキムの思想が中世や近世にもたらした宗教的な影響である「ヨアキム主義」に対して、近代以降の哲学的・弁証法的な影響を「ネオ・ヨアキム主義」、とりわけその思想的核心である「第三の国」に本書は多大の関心を示す。こうした思想的潮流はルードルフ・カスナーにも多大な影響をもたらしていたのである。二十世紀前半にヴィーンで活躍したいわゆる文化哲学者の思想、とりわけ独自の観相学は、上述のとおり、西洋合理主義に対する極北に位置づけられていた。「精神の網の目の濃い密度のためにすぐに理解されることはない」言葉、例えば「観相学者はアザラシの中に入り込み、アザラシに変身せざるをえない」（Ⅳ五五）[4]といった言説が多々あるからだろうか、オーストリア本国ならびにドイツにおいても、カスナーは忘れられて久しい。そのため、「第三の国」をめぐる考察においてカスナーが考察対象になることはなかったし、逆にカスナー研究において「第三の国」が取り上げられることも皆無に近かったのである。[5] カスナーの「新しい形式に盛られた新しい内容」に思いを新たにする時はいつ来るのであろうか。

カスナーはジッドとキルケゴールをドイツ語圏でいち早く紹介し[6]、ドイツにおける新たなディレッタンティズムにいち早く気づき[7]、新たな芸術原理を確立するための「試み」を模索していた。なかでも一九〇六年刊行のエッセイ集『モティーヴェ』は、その名が示すとおり、八本のエッセイを通じて時代に新たな潮流を促す動因《モティーヴェ》であったのである。[8] 新たな潮流を自覚的に論じ、新たな意味づけを行った若きジェルジ・ルカーチにとって、その嚆矢となるのが、ゲオルク・ジンメルとともに、ルードルフ・カスナーにほかならない。[9] また、「形式としてのエッセイ」（一九五八年）の中で「エッセイの行き方は方法的に非方法的である」と述べて新たな潮流を総括したテオドール・アドルノにとっても、新たなエッセイの担い手はジンメルやルカーチやヴァルター・ベンヤミンと並んで、カスナーであった。ルカーチにとっても、アドルノにとっても、エッセイは体系や実証や方法論を重視せず、むしろ、それらを忌避しながら断片やアフォリズムを志向する。つまるところ、エッセイは新たな潮流とともに静的な「完成」ではなく、動的な「未完」をめざすと言えよう。

カスナーの『モティーヴェ』は、それぞれの考察対象を通じて、非方法的な方法を探る記念碑的な著作である。第一エッセイ「セーレン・キルケゴール」は、「キルケゴール・ルネサンス」以前に最初にキルケゴールを本格的に論じたという点で、そして第二エッセイ「ロダンの彫刻に関する覚書」（一九〇〇年）はリルケのロダン論（一九〇二年）に先んじてロダン論の先駆になったという点で、時代に先駆けていた。新たなエッセイの「試み」は、第三エッセイ「絨毯の倫理」が示すように、体系によって構築された静的な「完成」ではなく、対象との「直接性」にもとづく動的な「未完」がめざされたのである。第四エッセイ「アベ・ガリアーニ」は客観性にもとづく体系を構築することも物事の究極に直線的に遡ることもない精神を模索し、第五エッセイ「ロバート・ブラウニングとエリザベス・バレット」は十九世紀の典型的な人物と見なされた前者が非十九世紀的な後者に抱いた「うらやみ」を扱う（II二二九）。第六エッセイ「エマソン」はヨーロッパが失いかけている生の躍動を読者が体験するべく書かれ、第七エッセイ「ボードレール」は十九世紀において例外的に原罪に執拗に拘った「キリスト教詩人」としてシャルル・ボードレールを捉え、その拘りの屈折ゆえに常に他者を必要とする強烈な「〈自―他〉意識」をもつ人物、つまるところ、尺度を自らの内にもたない近代的人間の典型と見なす。このような近代的人物像は『モティーヴェ』において唯一ドイツ文学を扱う第八エッセイ「ヘッベル」においても顕著に示されるのである。

『モティーヴェ』所収の全エッセイについて言えることだが、カスナーの着眼は単に先見の明ありと称されるだけのものではない。いずれのエッセイも十九世紀の原型もしくは典型を扱い、近代とは何かを問いかけながら、現代の私たちに新たな見方を促す。その意味で『モティーヴェ』は動因《モティーヴェ》であろう。カスナー後期の代表作『十九世紀』によれば、「ドイツ人ほど自分自身にいたる場合に、長い道のりを歩む人間はいない」のであり、ドイツの帝国理念にも音楽にも「分裂と自分への最も長き道のり」がきわめて強く表現されている（VIII一六）。十九世紀は「ヒューマニティとナショナリズムとが次第に分裂し始める世紀」であり、つまるところ、「ドイツ的な世紀」であった（VIII二二）。そうした世紀が生み出した尺度なき近代人を示すべく、カスナー自身も長い道のりを歩み始めたのである。その出発点が『モティーヴェ』という新たな「試み」であった。

三　観相学的世界像

カスナーの観相学的研究は、一九〇〇年におけるアンリ・ベルクソン『物質と記憶』（一八九六年）の読了とともに本格的に始まり、『メランコリア』（一九〇八年）において礎が築かれ、『数と顔』（一九一九年）においてさらなる広さと深さが獲得され、『観相学の基礎』（一九二二年）において広く一般読者に受け入れられ、『変身』（一九二五年）において具体的な考察が進み、『観相学的世界像』（一九三〇年）と『観相学』（一九三二年）を経て、『十九世紀』（一九四七年）で総決算が図られた。以上の著作を通じてカスナーは、科学的な実証主義を忌避し、体系的な哲学を拒む。そうした傾向の中で、本章が注視する『観相学の基礎』は特異な著作と言えよう。一九二一年一月二十一日にミュンヒェンで行われた講演の原稿にもとづく同著作では、非目的論的な思考の中で目的論的な言葉が力強く働いているのである。カスナーはそこで人間存在のことを「第三の国にかかる橋」「天使の国にかかる橋」として述べた後に次のように言う。

人間の国はシンメトリーの国もしくはリズムの国でなく、尺度の国であります。それは私たちの感覚器官によって到達できない国としての第三の国ではいまだありません。人間の国は、そこへと向かうスタートの試みのようであり、手前でのせき止めのようであり、何か新しいもの、別のもの、しばしば予感されはするが決して知られてはいないものの前での渋滞のようであります。それゆえに人間はいつであれ他者という回り道をしてしか自分自身を表しません。（Ⅳ七一）

前後の文脈からすると、「人間の国」はシンメトリーという純粋空間からなるわけでもなければ、リズムという純粋時間からなるわけでもなく、感覚器官によって到達可能な時空からなり、それゆえに「尺度の国」である。しかも人間は、それも近代の人間は、他者という「回り道」をしてしか自分を計ることができないゆえ、決して自分自身と合一できず、その結果、「第三の国」の手前で踏みとどまってしまう。もっとも、『観相学の基礎』からの引用は、比較的平易に語られている講演原稿とはいえ、カスナー観相学の核心が凝縮しているだけに、理解が決して容易ではない。カスナー特有の思考の絡まりを解くためにも、尺度、回り道、第三の国、以上三点について考察が必要となろう。

三―一　尺度

カスナーの観相学はキリスト教的神秘思想を背景にもつ。カスナーは西洋合理主義に対する異端の正統者として、キルケゴールやベルクソンから多大な影響を受けていただけではない。カスナーは自らの精神的始祖をニコラウス・クザーヌスにも見出していた。一九二三年の小論「文学の最も深い意味（ボードレール『悪の華』について）」で「反対対立の合致」が言及され、一九三〇年の著作『観相学的世界像』においてフォン・クースという名で初めて名前が挙げられたが、十五世紀ドイツの思想家に関する言及はカスナーの全著作においてわずか六度にとどまる。しかしながら、カスナー観相学の思想的背景として、神を意味するギリシア語 Τέως が theoro（私は観る）に由来するというクザーヌスの語源説が挙げられよう。クザーヌスにおける視覚的営為が感覚的に「見る」にとどまらず、精神的に「観る」ことも含意し、さらに「人が神を観ること」が同時に「神が人を観ること」を意味するという神学的見解は、[10] カスナーにおいて事物をめぐる哲学的・観相学的見解に変容しているとはいえ、認識する主体と認識される客体との相互作用に痕跡をとどめる。

この結果、カスナーの著作において、主として「尺度」、文脈次第で「節度」と訳さざるをえない Maß には、カスナー観相学の「精神」的営為が凝縮する。ただし、ここでの「精神」は、クザーヌスの語源説に依拠して述べれば[11]、神から吹き込まれた精神としての spiritus ではなく、mensurare（測定する、計る）を語源とし、人間精神の主体的働きを意味する mens にほかならない。つまり、クザーヌスの「精神」は、一方的かつ受動的なものではなく、神の営為を前提とするだけに、双方的かつ能動的なものと言えよう。このような神秘主義の伝統にもとづいて、カスナー観相学は、他者ではなく自らを「尺度」Maß として自己を「計る」こと、言い換えると、「節度」Maß を通じて自己と同一化することを求める。しかし、このような同一性は、人間の成長とともに、あるいは人類の発展とともに、失われていった。自分自身を「計り」ながら自己と合一すること、そして同時に「想像力」によって内と外とを一つにすること、以上の「精神」的営為は、クザーヌスから多大な影響を受けたカスナーにとって、顔を「観る」ことから始まる。

三―二　回り道

「人間はいつであれ他者という回り道をしてしか自分自身を表しません」という言説は、カスナーが抱いていた近代以降の、とりわけ十九世紀以降の人間に対する見解を端的に示す。カスナーにとって十九世紀は「形式なき世紀」（Ⅷ三二一）にほかならない。カスナーは『モティーヴェ』において強烈な自意識をもつ人物を描き出しながら、尺度を自らの内にもたない近代的人間の典型を示した。そのことを最も明瞭に示したのが第五エッセイ「ロバート・ブラウニングとエリザベス・バレット」であろう。ロバートの詩に特徴的な劇的独白は単なる文学的手法にとどまらず、エリザベスに対するロバートの「うらやみ」は単なる嫉妬にとどまらない。十九世紀以降、ひとは他者の意志から抜け出すことができず、常に他者を必要とする。近代的人間の典型と見なされた十九世紀イギリス詩人の内面には、他者を必要としない人間に対する他者を必要とする人間の強烈な「〈自―他〉意識」が根づく。エリザベスに対するロバートの愛には「偉大な表現」（Ⅱ一三〇）が与えられている、とカスナーは言う。それは、近代の枠内に生きる存在が近代を超越していると見なされた存在に出会ったときの驚嘆であり、表現しがたいものの表現であった。

また、第八エッセイ「ヘッベル」は、上述のとおり、『モティーヴェ』において唯一ドイツ文学を扱う重要な〈例外〉と言えよう。フリードリヒ・ヘッベルは詩的写実主義の筆致で歴史物を好んで扱う十九世紀ドイツ文学を代表する劇作家であり、劇中に登場する人物たちは、ヘッベル自身の激しい性格が反映したかのように常に世界に対して否を唱える者たちである。カスナーは、『ゲノフェーファ』『ヘローデスとマリアムネ』『ギューゲスとその指輪』を扱いながら、ドイツ的な近代人の典型的な姿を徐々にあぶり出す。性格劇と運命劇を併せもつ悲劇において、個と全の峻烈な対峙が、しばしば男女の性をめぐる対立を孕みながら展開されていることの意味は大きい。カスナーは「ドイツ的な世紀」が生み出した近代人を〈例外〉において典型的に示したのである。

三―三　第三の国

ところでカスナーは、十九世紀的な「分裂」が生み出す人間像とまったく異なる存在として、エンペドクレスに強い関心を示した。問題は、古代ギリシアの哲人がエトナの火口に身を投じたこと、つまり、自らの探求対象と合一しようとした行為であろう。事実、カスナーの観相学は、内と外との乖離によって生じる「仮面」ではなく、内と外との合一によって生じる「顔」を求める。カスナーが、照応関係に終止する従来の静的な観相学を否定し、動的な世界像からなる新たな観相学を構想した際に最も重要な概念となったのが、「想像力」だった。カスナーにとって「想像力」とは、事物を通じて私たちに変身をもたらす力であり、直観によって内外合一をもたらす力であった。一九二二年の『観相学の基礎』にいたると、「想像力」という言葉はより動的な意味合いで用いられている。

もし人間がこうした想像力を事物の世界で像として取り込むことに成功しているのであれば、文学は観相学、観相学は文学となり、言葉は肉に、肉は言葉となり、人間は尺度の国から存在の国へ、同一性の国へ達していたでしょう。つまり、類い稀な数少ない作品においてですが、きわめて成熟した純粋な精神の持ち主でしたら（しばしば狂気と引き換えに）、尺度もしくは言語を通じて存在にまで突き進むことに、あるいは皆さんがお望みであれば、間仕切りの壁を打ち破ることに、成功することもあったのです。（Ⅳ七二）

カスナーにとって「想像力」Einbildungskraft とは事物を「像として取り込むこと」ein-bilden であり、認識する主体と認識される客体との合一を私たちにもたらす力である。[12] 総じてカスナーの意識は労働という人間的本質からの人間の自己疎外を批判するヘーゲル左派の思考よりも、本来的自己から疎遠となった自己を問題にするヘーゲルの思考に近い。ただし、自己疎外の問題が常に根底にあるとはいえ、カスナーの意識は顔に、それも、クレーメンス・ブレンターノとヨーゼフ・ゲレスによる一八〇七年の共作『時計職人ボークスの不思議な物語』が示すような分裂したヤヌスの相貌に、[13] つまり内と外とが乖離した近代人の顔（カスナーの言葉では「仮面」）に向かう。カスナーは直観による主客合一の力を「想像力」に認める際、ドイツ語の Gesicht が有する三重の意味に依拠する。カスナーの考察対象は、客体として見られる単なる顔や容貌だけではなく、認識主体の視覚そのもの、さらには見る行為から生じる幻視にまでも及ぶ。つまり、新たな観相学は、十八世紀のヨハン・カスパー・ラーヴァーターのそれが客体として見られる単なる顔に終始していたのとは異なり、ドイツ語 Gesicht が有する一切の次元を含むのである。

こうした全一性の「顔」はカスナー独自の歴史観によって捉えられていた。『観相学の基礎』第二十三章で「真の顔」をもつ存在として「子供のような人」を称揚したカスナーは、その三年後に『変身』で「神々の〈幸福〉は同一性であり、幸福な世界は同一性の世界ですが、これに対して個性それ自体は乱れて割れたか、もしくはプラトン哲学的だと常に見なされなければなりません」（Ⅳ九六）と言う。カスナーに依拠して言えば、人間はかつて幼年期に「同一性の世界」にとどまっていたが、しかし、成長とともに「幸福な世界」から離れ、次第に「個性」の世界で生きるようになる。同様に、総じて人間存在は、近代以降、分裂に陥ってしまった結果、古典古代の人間存在とは異なり、「仮面」の世界に生き、「同一性の世界」をもはや知らない。しかし、人間は「個性」にもとづく「仮面」の世界から「同一性」にもとづく「顔」の世界に回帰しなければならない、とカスナーは考えた。つまり、人間は「尺度の国」「仮面の国」から「存在の国」「顔の国」へと戻り、「間仕切りの壁」を打ち破って「第三の国」へ入らなければならないが、その国はただ予感されているだけにすぎない。その結果、人間は、それも近代の人間は、他者という「回り道」をしてしか自分を知りえず、なかなか自分自身に行き着くことができないのである。

ここで今一度述べておくと、『観相学の基礎』は一九二一年のミュンヒェン講演にもとづく。つまり、同講演はメラー・ファン・デン・ブルックの『第三の国』刊行以前の講演であった。それだけに、カスナーが「第三の国」という理念をどこから得たのか、確認しておかなければならない。カスナーはそのことを『観相学の基礎』で一言も言及しなかったが、一九二八年に着想を得て、『スイス新展望』の一九二九年四月号で公表され、一九三〇年刊行の『観相学的世界像』に所収されたエッセイ「三つの国」において示唆をしていた。その示唆とは「『皇帝とガリラヤ人』の序文でイプセンは、父と子の二つの国に続いて両国に取って代わることになっている第三の国、つまり精神の国について語っている」（IV三九三）という一文であり、続けてカスナーは次のように言う。

詩人によって私たちにいわば予告されている件の精神の国を、私たちはヘーゲル的な歴史解釈の結果以外の何か別物と見なしてはならない。そうした歴史解釈に潜むのは千年王国説の変種、つまり、理念の、いや、それどころか無限の千年王国説でしかないと私たちにはまたもや思えてしまうのだ。このような千年王国説に対して、観相学的世界像は、こう言ってよければ、徹底的に逆らう。それというのも観相学は、何度も説明の機会を得たように、千年王国説の信奉者が言う意味での救済説ではないからだ。（IV三九三）

カスナーは一九〇五年刊行の『音楽のモラル』においても異教とキリスト教の対立から立ち上がるイプセン流の「第三の国」(I六一八)を否定的に用いていたが、一九二二年刊行の『観相学の基礎』では自らの観相学における核心と捉えていた。ただし、カスナーの「第三の国」は、ヨアキムの思想が中世や近世にもたらした宗教的な影響とは異なり、千年王国説のような救済説でもなければ、ヘーゲルの弁証法的歴史観とは異なり、常に運動・変化する精神の発展過程でもない。ネオ・ヨアキム主義に総じて見られるように、カスナーにおいても「第三の国」は第三かつ最終の局面にほかならず、その意味で「第四の国」は存在しないと言えよう。『観相学の基礎』に限って言えば、「第一の国」は近代以前の全一性にもとづく「存在の国」「同一性の国」「顔の国」であり、「第二の国」は近代的な分裂の中で生じた「尺度の国」「個性の国」「仮面の国」であり、「第三の国」は長い「回り道」を経ていたる「自分自身」である。

もっともカスナーは、一九三七年にオーストリアが第三帝国に併合され、一九四二年にカスナー自身がナチスによって出版禁止を受けるなかで、一九三〇年刊行の『観相学的世界像』を最後に「第三の国」という言説を用いなくなった。その点でカスナーは、一九三二年にヴィーンの労働者を前にしてナチス・ドイツの誤用に対して「肉体性と精神性、自然性と人間性の統一」としての「完全な〈第三の国〉」を擁護したトーマス・マンとも、[14] 一九三〇年代に「第三の国」の理念を革命の側に取り戻そうとしたエルンスト・ブロッホとも違う。しかしながら、カスナーは一九四七年以降の私的な場で「父は息子に自分の姿を見、息子は父に自分の姿を見、両者の関係は信者にとって聖霊でありますが、私にとって第三のものとしての想像力です。父と息子のまさに鏡の、反映の核心としての想像力であります」と発言をしていた。[15] この発言を踏まえて言えば、想像力こそカスナーにとっての「第三の国」にほかならない。私たちのいわば「外」で起きるものと見なされていた「第三の国」は、私たちの「内」で展開する概念として捉え直され、ネオ・ヨアキム主義のいわば内面化が促されたのである。ネオ・ヨアキム主義的な理念は、「第三帝国」という「狂信の舞踏病」と化してからというもの、カスナーにおいて公的に表明されることが確かになくなった。しかし、カスナーにおいて、三位一体説にもとづく想像力として内在化されたのである。

四　前綴り ein-

一九二五年刊行の『変身』は事物に「精神的な意味で入り込む」eindringen im geistigen Sinn（Ⅳ九三）ことを具体例とともに示す著作であった。その三年前に刊行された『観相学の基礎』では、なかでも人間の頭蓋と地上を覆う天蓋の照応に言及する最終章では、「像として取り込まれている」ein-gebildet という表記が頻出する。観相学を「像として取り込まれている世界の形態学」（Ⅳ六九）と見なすカスナーは小宇宙としての「人間」と大宇宙としての「宇宙」とを結びつける傾向が強い。こうした神秘思想は近代科学によって退けられたが、近代的合理精神の対蹠者《アンチポーデ》であるカスナーの観相学において復活を遂げていた。その際、ミクロコスモスとマクロコスモスの照応が形態学とともに思考されている点を見逃してはならない。[16]『観相学の基礎』によれば、顔の構成要素を静的に観る「構成的な」konstruktiv 捉え方と顔の表情を動的に観る「微分法的な」differentiell 捉え方とがある。カスナーは形態学も観相学も「微分法的」であり、実際、古代の世界において両者が重ねられていたと解したが（Ⅳ三七参照）、両者の区別も忘れてはいない。「形態学は変容・遍歴を、発展を、生成（Werden）を扱います。観相学は形態の存在（Sein）を、リズムを、本質の入り交じり（Ineinandersein）を、全一性を扱うのです」（Ⅳ五四）とカスナーは言い、そのうえで、形態学者が対象を客観的に時間をかけて捉えることに終始するとすれば、観相学者は対象そのものに直観的に「入り込む」ことをめざすと考えたのである。突き詰めて言えば、観相学者は自らの存在をかけてドイツ語前綴り ein- の特殊な働きに行き着く。カスナーはアザラシとエンペドクレスを引き合いに出しながら形態学と観相学の相違を説明している。アザラシを切開して分析する形態学者に対して、観相学者はアザラシの中に入り込み、アザラシに変身せざるをえないのでしょう。従いましてアザラシを解剖することはありませんが、それはちょうど自ら自分の腹を切り開くことがないのとまったく変わりがありません。理念ゆえのこと、観相学者を支配している全体に対する最も深い感情ゆえのことです。そのように観相学者は見るために生きます。ちょうどエンペドクレスが中を見るために山の裂け目である火口に身を投じたことと変わりがありません。（Ⅳ五五）

形態学は合理的なロゴスに近づく。これに対して、観相学は神秘主義的な「本質の入り交じり」に向かう。かつて中世神学の本質が「関係」relatio にあったように、カスナー観相学の本質は「事物の中と見る者の中の間」in Ding *und* im Sehenden にある。それこそが「中心」であり、「このような想像上の中心ゆえに人間は変身するのであり、言い換えますと、変身した者であります」（Ⅳ六四）とカスナーは言う。「本質の入り交じり」による直観的な対象把握こそが「中心」としての「意味」Sinn を生み出す。対象になりきるというある種の受動を能動的に働かすことにカスナー観相学の核心があろう。しかもそこに内在化された「第三の国」が存する。他者と出会った「私」が、自己から歩み出て他者に入り込むことで、変身を遂げた「私」となる。後の「私」は初めの「私」の変身した姿と言えよう。こうした歩みは、本来ならば想像力によって直観的に果たされなければならない。しかし、自己から歩み出る自己疎外を経て再び「自分自身」へといたる歩みは、「第三の国」の顕在化であれ潜在化であれ、近代人の場合、長い「回り道」なのである。

最晩年のカスナーは、オイゲン・ヘリゲルの『弓術における禅』（一九四八年）に触発されて、一九五八年に『盲目の射手』を上梓した。日本の弓道（ならびに禅）に対する関心は、ミクロコスモスとマクロコスモスの「関係」もしくは「間」に関心を寄せたカスナーにとって、ある種の必然であったと言えよう。弓道であれ、合気道であれ、華道であれ、総じて日本における「道」がある種の主客合一をめざすものだとすれば、それはヘリゲルの著作が示すように西洋の合理主義に対する極北にほかならない。それだけに、盲目であるにもかかわらず、否、盲目であるからこそ、的に矢を射当てるという教えは、対蹠者カスナーにとって、アザラシの中に入り込むことやエトナ山の火口に身を投じることと本質的に同じである。カスナーの精神遍歴が最晩年に日本に向かったことは決して偶然ではない。イプセン受容やメレシコフスキー受容を通じて「第三の国」をめぐる東西交点となった日本は、弁証法的な進展の思想ではなく、非弁証法的な回帰の思想として「第三の国」を捉え直したカスナーにとって、西洋合理主義に対する対蹠地に位置づけられたのである。

註

（1）『モティーヴェ』所収のエッセイならびに邦訳文献は次のとおり。
一「セーレン・キルケゴール　箴言風に」（小黒康正訳、『九州ドイツ文学』第二十七号、二〇一三年）
二「ロダンの彫刻に関する覚書」（小黒康正訳、『九州ドイツ文学』第二十九号、二〇一五年）
三「絨毯の倫理」（小黒康正訳、九州大学大学院人文科学研究院『文学研究』第百十一号、二〇一四年）
四「アベ・ガリアーニ」（小黒康正訳、九州大学大学院人文科学研究院『文学研究』第百十二号、二〇一五年）
五「ロバート・ブラウニングとエリザベス・バレット」（小黒康正訳、『九州ドイツ文学』第二十八号、二〇一四年）
六「エマソン」（小黒康正訳、九州大学大学院人文科学研究院『文学研究』第百十三号、二〇一六年）
七「シャルル・ボードレール（キリスト教詩人）」（小黒康正訳、『九州ドイツ文学』第三十号、二〇一六年）
八「ヘッベル」（小黒康正訳、九州大学大学院人文科学研究院『文学研究』第百十号、二〇一三年）

（2）Uwe Spörl: Gottlose Mystik in der deutschen Literatur um die Jahrhundertwende. Paderborn 1997; Gerhard Neumann u. Ulrich Ott. (Hrsg.): Rudolf Kassner: Physiognomik als Wissensform. Freiburg im Breisgau 1999. 日本においては、田代崇人の先駆的な論攷「カスナーの観相学的世界像」（九州独仏文学研究会『独仏文学研究』第十三輯、一九六三年、四七～五九頁）や、先に示した塚越敏訳『メランコリア』、小松原千里訳『十九世紀』などの優れた翻訳がある。

（3）Hugo von Hofmannsthal: Rudolf Kassner 1929. In: Rudolf Kassner zum achtzigsten Geburtstag. Gedenkbuch. Hrsg. von A. Cl. Kensik

u. D. Bodmer. Winterhur 1953, S. 21.

（4）ルードルフ・カスナーからの引用は次のテクストを用い、本文中の括弧内に巻数と頁数を示す。Rudolf Kassner: Sämtliche Werke. Im Auftrag der Rudolf Kassner Gesellschaft herausgegeben von Ernst Zinn u. Klaus E. Bohnenkamp. Pfullingen 1969 ff.

（5）唯一の例外として、バラスンダラム・ズブラマニアンはカスナーに関する論攷でフィオーレのヨアキムに言及しているが、「第三の国」そのものを考察対象にしていない。Balasundaram Subramanian: Die Umkehr als der Maßbegriff. Kassners Entwürfe zu einer physiognomischen Geschichtsphilosophie. In: Neumann, a. a. O., S. 195–212.

（6）Vgl. Gerhard Neumann: Vorwort. In: Neumann, a. a. O., S. 176.

（7）小黒康正「孤独化するディレッタント　ブールジェ、マン、カスナーの場合」（九州大学独文学会『九州ドイツ文学』第二十六号、二〇一二年、一～二六頁）参照。

（8）モンテーニュ『エセー』を始めとするエッセイが芸術批評としての傾向を一挙に強めるのが、十九世紀末から二十世紀前半のドイツ語圏であった。Vgl. Simon Jander: Die Poetisierung des Essays. Rudolf Kassner, Hugo von Hofmannsthal, Gottfried Benn. Heidelberg 2008.

（9）ルカーチは『魂と形式』（一九一一年、『ルカーチ著作集』、川村二郎ほか訳、白水社、一九八六年）の冒頭で「エッセイの本質と形式」を論じた後、次にカスナー論を展開した。

（10）八巻和彦『クザーヌスの世界像』（創文社、二〇〇一年、一四八頁以下）参照。

（11）クザーヌス『神を観ることについて　他二篇』（八巻和彦訳、岩波文庫、二〇〇五年、三〇七頁）参照。

（12）「想像力」Einbildungskraft は、十七世紀の教育学者ヨハネス・アモス・コメニウスによるラテン語 vis imaginationis からの翻訳借用語であり、動詞 einbilden にいたってはさらに古く、中世キリスト教神秘思想の言葉として「形象を心に入れ込む」in die Seele hineinbilden もしくは「魂を形象として神に入れ込む」die Seele in Gott hineinbilden という意味で用いられた。Vgl. Hermann Paul: Deutsches Wörterbuch. 9., vollständig neu bearbeitete Auflage von Helmut Henne u. Georg Objartel unter Mitarbeit von Heidrun Kämper-Jensen. Tübingen 1992, S. 202. マイスター・エックハルト、さらにはヤーコプ・ベーメによって刻印された神秘思想の中心概念を、カスナーは主客合一をめぐる独自の観点から継承している。カスナーにおいても、人間は「想像力」を通じて事物を外から中へ引き入れることで事物を変え、同時に事物は引き込んだ人間を瞬く間に変えてしまう。このような相互作用は、事物に深く沈潜しようとした友人リルケの詩的世界にも多分に認められるだけに、カスナーが『変身』をリルケに捧げたことは決して偶然ではない。

（13）小黒康正「アンティポーデの闇　ブレンターノ／ゲレス『時計職人ボークスの不思議な物語』」（九州大学独文学会『九州ドイツ文学』第二十三号、二〇〇九年、一～二一頁）参照。

（14）Thomas Mann: Gesammelte Werke in dreizehn Bänden. Frankfurt a. M. 1990, Bd. XI, S. 897. 一九三〇年九月の国会選挙でナチスが十二議席から百七議席を獲得した一か月後、マンは講演「ドイツの呼びかけ　理性に訴える」で「狂信の舞踏病」に警告を発し、「政治は第三帝国もしくはプロレタリア的終末論という大衆の阿片となる」とも述べた。Ebd., S. 880 ff.

（15）Alphons Clemens Kensik: Narziss. Im Gespräch mit Rudolf Kassner. Sierre, 1947–1958. Zürich 1985, S. 22. クラウディア・シュメールダースは深層心理学の観点からこの発言に注目したものの、「いつものとおり謎めいている」と言及するにとどめ、踏み込んだ考察を行っていない。Claudia Schmölders: Physiognomik des Sohnes. Rudolf Kassner, eher psychoanalytisch betrachtet. In: Neumann, a. a. O., S. 176.

（16）両コスモスの照応という考えは、古代ギリシアのデモクリトスやプラトンの『ティマイオス』を思想的起源とし、新プラトン主義やヘルメス主義を経て、かつて西洋思想の根幹にあった。高橋義人『形態と象徴　ゲーテと「緑の自然科学」』（岩波書店、一九八八年、五一頁以下）が示すようにゲーテもそうした考えを有していただけに、カスナーがゲーテとの異同を常に意識しながら形態学について言及していたことは間違いない。

第六章　東方からの黙示

十二世紀イタリアで生じた歴史を三分割する「第三の国」という思想が、ナチスの語彙とは異なる意味で用いられ、第一次世界大戦時までのヨーロッパやロシア、それに日本に多大な影響を与えたことは、日本は言うに及ばず、ドイツでも十分に学術的に究明されてこなかった。実際のところ、ナチスの「第三帝国」以前に日本で「第三帝国」という言葉が流布していたという事実は、ドイツのみならず、日本においてもほとんど知られていない。そこで、本書は、未開拓領域の全容を、あるいはその大筋を明らかにすることをめざしてきた。その際、重視したのは、「第三帝国」以前の「第三の国」を東西交点という観点で捉えることである。それというのも、一四五三年のコンスタンティノープル陥落後、ネオ・ヨアキム主義が「西」と「東」でそれぞれ独自の展開を遂げ、十九世紀後半にいたると、「西」においてヘンリック・イプセンが、「東」においてドミートリー・メレシコフスキーが、それぞれ特異な「第三の国」を培ったからだ。しかも、この両者の影響は、ヨーロッパ的な視点からするといわば「極東」において「第三の国」をめぐる新たな思潮となり、ネオ・ヨアキム主義において最も重要な東西交点となる雑誌『第三帝国』を成立させたのであった。実際、同誌において、イプセンとメレシコフスキーが繰り返し扱われただけではなく、パウル・フリードリヒの劇『第三の国』が刊行三年後にして重視されていたことも、すでに本書の

第四章で検討した。

そこで、本章では、第一次世界大戦前のミュンヒェンで活躍したロシア人画家ワシリー・カンディンスキー、そして一九三三年までやはりミュンヒェンで執筆活動をしていたドイツ人作家トーマス・マン、この両者を扱うことで、ドイツにおける「第三の国」の東西交点を明らかにしたい。マッティーアス・リードルは二〇〇四年の著作『フィオーレのヨアキム』において、メレシコフスキーがメラー・ファン・デン・ブルックやその同志たちのみならず、カンディンスキーやトーマス・マンにも多大な影響をもたらしたことを指摘したが、本書の補遺一で述べたとおり、「精神史的事情の複雑さ」に特に立ち入ることはなかったのである。ヨアキムの影響がロシアにおいても独自の展開を遂げ、古代ローマと第二のローマであるコンスタンティノープルがそれぞれ亡びた後、真のキリスト教信仰は「第三のローマ」であるモスクワにおいて保持されるという思想が民衆に根強く広まったのである。こうした「第三のローマ」説を十九世紀末以降に甦らせたのが、メレシコフスキーであり、カンディンスキーであり、両者の影響をとりわけ強く受けたのが、ドイツだったと言えよう。それでは、前衛的なロシア人画家カンディンスキーが、ドイツで、それも第一次世界大戦前のミュンヒェンで、保守的な思想と見なされがちな「第三の国」の考えをどのように展開させたのであろうか。本章は、その点を明らかにしながら、自身の思想的変遷とともに「第三の国」を繰り返し用いたトーマス・マンを主たる考察対象にしていく。

一　ワシリー・カンディンスキー

カンディンスキー(1)における抽象絵画への歩みは、世紀末の雰囲気が漂うミュンヒェンに、それもミュンヒェン北部地区の「シュヴァービング」Schwabing(2)に移住したことが大きい。カンディンスキーは「シュヴァービングってなんだい?」という問いに対する答えとして、一八九六年から一九一〇年までの間に自らが住んだ北部地区を、

「純粋な」絵画に関する思考をめぐらした場所として、「広い世界の中の、ドイツの中の、たいていの場合は、ミュンヒェンそのものの中の精神の孤島」[3]と命名した。同地区が「精神の孤島」と命名される由縁は、それがミュンヒェン独特の開放性を維持しながらも、保守的で郷土色豊かな他の地区とはまったく異なる精神的空間を形成していたからであり、多様なユートピア模索の震源地だったからである。世紀末ミュンヒェンに関する記述でしばしば引用されるフランツィスカ・ツー・レーヴェントローの小説『ダーメ氏の手記』（一九一三年）では、シュヴァービングには「ヴァーン・モヒング」というユートピア的妄想を示す語（Wahn）とミュンヒェンの郷土色を示唆する語（Moching）とが合わさった名前が与えられていた。[4]こうした特異な共生空間において、母権制社会にもとづくユートピアを構想したアルフレート・シューラー、共産主義的ユートピアの実現を準備したウラジーミル・レーニンやレフ・トロツキー、バイエルン・レーテ共和国を通じて共産主義的ユートピアの実現を実際に画策したエーリヒ・ミューザムやエルンスト・トラー、国民社会主義ドイツ労働者党を通じて擬似ユートピアをめざしたアードルフ・ヒトラーなどが、ユートピア模索の群像を築いたと言えよう。[5]

こうした群像の中で、カンディンスキーは「精神の孤島」において郷土的なものとユートピア的なものとの混淆を体現した一人であった。カンディンスキーがミュンヒェン時代に竜と戦う騎士である聖ゲオルギウスもしくは聖ゲオルクを画題に選んだことはよく知られている。とりわけ南ドイツで愛好されたこの聖人は、ムルナウの守護聖人であるばかりではなく、モスクワの守護聖人であるだけに、カンディンスキーにとってドイツとロシアを結びつける東西交点の人物でもあり、郷土的なものとユートピア的なものとを結びつける人物でもあったのである。カンディンスキーによれば、私たちの魂は「物質主義の長い時代からようやく目覚めつつある」が、いまだ「物質主義的な物の見方という悪夢」[6]にうなされ続けていたのであった。抽象絵画という新領域の開拓こそ精神によるユートピアの模索であったカンディンスキーは、竜退治で有名な聖ゲオルクに物質主義克服の精神を託しながら、物質主義という竜にとらわれたフォルムによる具象画ではなく、精神の自由を保証する抽象画を模索し、主著『芸術にお

カンディンスキーの裏ガラス絵《聖ゲオルク》，1911年[7]

ける精神的なもの』（一九一一年）を「絵画における精神は、すでに始められつつある新しい精神の王国の建設と有機的に直接関わっている」という主張で締めくくったのである。[8]

私たちの魂が「物質主義の長い時代からようやく目覚めつつある」という言説は、新しい時代の直前もしくは古い時代の終わりにいるという歴史意識を示す。カンディンスキー研究者はカンディンスキーが「完全なる抽象絵画の出現を新しい終末論的パースペクティブから見ている」[9]ことをしばしば指摘してきた。抽象絵画への以降期、特に一九一一年と一九一二年に成立した絵画、裏ガラス絵、木版画には終末論的な素材が頻出しているが、オカルトへの関心もそれを裏づけており、西洋近代の主流となった物質主義や合理主義に反感をもつ当時の知識人たちの意識の表れの一つであった。カンディンスキーは、いわば物質主義という悪と戦う精神の騎士として、ロシア生まれの霊媒師ブラヴァツキー夫人による「神智学」Theosophie、そしてそこから分離独立したルードルフ・シュタイナーによる「人智学」Anthroposophie に多大な関心を示し、『芸術における精神的なもの』において二人の名前を挙げていた。[10] ロシアの「神智学」とドイツの「人智学」から影響を受けながらカンディンスキーは、終末論的パース

カンディンスキーの裏ガラス絵《太陽》，1911年[11]

ペクティブを一層展開させていく。《聖ゲオルク》と同時期に制作された裏ガラス絵《太陽》では、創世記とヨハネの黙示録に由来するいくつかのモティーフとともに、画面中央の山にある教会とその背景の山にある教会が看取できよう。この時期のカンディンスキー絵画にはタイトルや副題に「モスクワ」という言葉がしばしば見られることから、それぞれの教会はロシア正教会とローマ・カトリック教会をほのめかしていたようだ。そう指摘する西田秀穂は、この時期のカンディンスキー絵画から東方教会の優勢、つまるところ「第三ローマ、モスクワ」の思想を読み解いたのである[12]。

終末論的パースペクティブを有していたカンディンスキーは「純粋な」絵画、つまり抽象絵画の到来を「新しい精神の国」と見なしていた。カンディンスキーは、一九一三年、抽象絵画への移行を決意したとき、「今日はこの国が啓示された偉大なる日……。ここにおいて精神の偉大なる時代、精神の黙示が始まる。父―子―聖霊」という文章を記し、抽象絵画への移行を「精神の国」の到来、「第三の黙示」の始まりと理解していたのである[13]。カンディンスキーが一九一一年に世に問うた著作『芸術における精神的なもの』がすでにメレシコフスキー的な情念に満たされていたが[14]、カンディンスキーは一九一三年に『ドイツ絵画』という著作を出した美術史家フリッツ・ブルガー宛の一九一四年七月七日付の手紙でメレシコフスキーを高く評価しており、[15] 一九一四年七月十九日以前にメレシコフスキーと知己を得ていた。[16] つまり、カンディンスキーがメレシコフスキーと同様に「第三のローマ」説を有していたことは間違いない。もっともカンディンスキーが来るべき絵画の実現を「第三の国」の到来に託したことは皮肉な結果を生む。というのも、カンディンスキーは自らの前衛的な絵画ゆえに「第三帝国」によって「退廃芸術」の烙印を押され、フランスへの亡命を余儀なくされたからである。もっとも、第一次世界大戦前にメレシコフスキーがパリに、カンディンスキーがミュンヒェンに移住したことを考えると、かつて東西に分離した「第三の国」という理念が再び出会い、新たな展開を遂げることになったと言えよう。本書の補遺一で取り上げたジョージ・ラッハマン・モッセが『フェルキッシュ革命』(一九六四年)で言う「国際的運動」よりも遥かに広いトランス・ナショナルな状況において展開したのである。

二　トーマス・マン

イプセン、メレシコフスキー、新理想主義の交点から浮かび上がる「第三の国」への希求は、決して大正期の日本における特殊な一過性のものではなく、歴史的にネオ・ヨアキム主義と、そしてその母胎とも言える黙示録文化と最も深く結びついたドイツにおいてこそ、きわめて顕著であった。一八六八年にドレースデンに居を移したイプセンがドイツの演劇人に強い影響を与え、一八九九年のドイツ語訳『皇帝とガリラヤ人』を通じて異教とキリスト教のジンテーゼ(統合)という意味で用いた言葉「第三の国」das dritte Reich をドイツにもたらしたこと、一九〇六年から一九一九年までの間にドイツで最初のドストエフスキー全集を編纂し、反民主主義・反資本主義・反共産主義の立場から「保守」と「革命」の特異な結合、すなわち保守革命を説く『第三の国』Das dritte Reich(一九二三年)を上梓したメラー・ファン・デン・ブルックに多大な影響をメレシコフスキーがもたらしたこと、十九世紀

ルートヴィヒ・フォン・ホフマン《泉》，1913年[17]

後半から二十世紀にかけての思想的潮流となった新理想主義が新カント学派や新フィヒテ派やルードルフ・オイケンを中心に反自然主義的かつ反実証主義的に展開されたことは、いずれも重要な事実である。しかも、若い頃からイプセンならびにメレシコフスキーを愛読し、一九一四年に購入したルートヴィヒ・フォン・ホフマンの絵画《泉》を、一九二四年に上梓した『魔の山』第六章の節「雪」で巧みに用い、一九三三年からの亡命生活後もその絵を手放そうとはしなかったトーマス・マンこそ、ドイツにおけるイプセン、メレシコフスキー、新理想主義の結節点であった。とりわけナチス・ドイツと対峙する前のマンにとって、「第三の国」は決定的に重要な志向であったのだ。本章で述べることをあらかじめまとめておくと、マンは、第一次世界大戦の前後において政治的な立ち位置を大きく変えた人物であるだけに、『魔の山』執筆時期に「第三の国」という言葉をまったく異なる意味で用い、第二次世界大戦期にいたると「第三帝国」と対峙し、しかも亡命先のカリフォルニアで三位一体の教理を否定する宗派に近づいたのであった。ともあれ、近現代のネオ・ヨアキム主義の系譜において、「第三の国」の展開と変容に最も関わった人物であったと言えよう。

事実、黙示録文化の総決算とも称すべき小説『ファウストゥス博士』を一九四七年に世に問い、一九四九年の『ファウストゥス博士の成立』で、すでに本書の第一章で引用したとおり、「回帰する諸モティーフに満たされたきわめて濃密な伝統領域」として「黙示録文化」という言葉を使ったのは、トーマス・マンその人であった。若い頃のマンが、ルネサンスの都フィレンツェの退廃を糾弾した修道僧ジロラモ・サヴォナローラ（一四五二～一四九八年）に多大の関心を寄せていたことは知られている。マンは、一八九四年、十八歳の春に火災保険会社の無給見習社員として働くため、ミュンヒェンに移り住んだ。そして、一九三三年二月十日にミュンヒェン大学で「リヒャルト・ヴァーグナーの苦悩と偉大」という講演を終え、その翌日、講演旅行に出発するまで、すなわち、亡命生活の始まりまで、マンはバイエルン州の州都で作家活動に従事した。それは同時に、ミュンヒェンにおける世紀末の文化的爛熟、行き詰まり、戦争への熱狂、包括的な崩壊、共和国への期待、ナチスの台頭の経験を意味する。(18) 短編小説集『トリスタン』に収められた『神の剣』Gladius Dei（一九〇二年）は、冒頭において、ミュンヒェンを芸術的な祝祭的空間として描く。

ミュンヒェンは輝いていた。この首都の晴れがましい広場や白い柱堂、昔ごのみの記念碑やバロック風の寺院、ほとばしる噴水や宮殿や遊園などの上には、青絹の空が照り渡りながらひろがっているし、そのひろやかな、明るい、緑で囲まれた、よく整った遠景は、美しい六月初めの昼もやの中に横たわっている。〔中略〕芸術は栄えている。芸術は支配者の位置にある。芸術はばらを巻いた笏を、この都の上にさしのべて、ほほえんでいる。各方面の人々が、うやうやしくその隆昌に参与し、各方面の人々が、それに仕えて熱心に献身的に、技を練り宣伝に努め、線と装飾と形と感覚と美との、忠誠な礼拝を行っているのである。――ミュンヒェンは輝いていた。(19)

この冒頭部は、当時の繁栄を最もよく伝える文章として、ミュンヒェンについて論じる際に必ずと言ってよいほど引用される箇所だ。しかしながら、作品の主題は生の謳歌にはなく、繁栄する生の世界と禁欲的な精神世界との対立にある。当時のミュンヒェンに顕著であったルネサンス礼讃の雰囲気は、精神の側から見れば単なる模倣にすぎず、それを批判する主人公ヒエロニムスの人物像には、ルネサンスの都フィレンツェの退廃を糾弾する修道僧サヴォナローラの影が見え隠れしていた。模倣芸術による偽りの生の謳歌、祝祭都市の妄想に対する精神の側からの批判は、マンの場合のみならず、精神や人間性を物質主義から解放することをめざす近代の潮流の一つであったのである。十五世紀末に自らの時代を終末と見なし、黙示録からの引用を伴う説教をフィレンツェで繰り返し行い、腐敗した町に神の剣が落ちることを予言したサヴォナローラと同様に、[20]『神の剣』では、イタリア語ジロラモのドイツ語名ヒエロニムスを名前にもつ修道僧が登場し、フィレンツェの文化を模倣して反映する十九世紀末のミュンヒェンを糾弾し、歓喜の都に火の剣が落ちる幻視を見るのであった。

『神の剣』と同様の雰囲気を醸し出す『預言者の家にて』Beim Propheten（一九〇四年）では、ミュンヒェン北部地区のシュヴァービングで行われた終末論的な朗読の会に参加したマン自身の経験にもとづいて、「ダニエルの宣言」の中で黙示録的な言説が繰り返される。預言者の部屋には、ナポレオン、ルター、ニーチェ、ドイツ統一に貢献した十九世紀の軍人モルトケ、十五世紀の教皇アレクサンデル六世、ロベスピエールの肖像画のほかに、アレクサンデル六世と対立したサヴォナローラのそれも見受けられた。この短編ではその部屋を訪れた小説家を描く。「砲声とどろく戦闘において世界の征服と救済が果たされる[21]」と発せられた黙示録的な宣言に対する接近と距離こそ、黙示録文化に対する作者の姿勢であったとも言えよう。

そしてマン唯一の戯曲『フィオレンツァ』（一九〇五年）では、[22]繁栄する生の謳歌と禁欲的な精神世界との対立が再び問題となり、サヴォナローラが決定的な役割を果たすが、禁欲的修道僧を相手に芸術の庇護者であるロレンツォ・デ・メディチは両者の対立をめぐり「問題は国なのです」Es geht um das Reich と言う。[23]こうした問題意識は、すでに二年前に出ていた『トーニオ・クレーガー』Tonio Kröger（一九〇三年）において、マン文学の主題として展開していた。「自分は二つの世界の間に立っている」Ich stehe zwischen zwei Welten[24]ことを自覚する主人公は、南（トーニオ）と北（クレーガー）が合わさった名前をもち、瞑想的な青い目の父親と髪の黒い母親との間に生まれた人物として、北方的要素と南方的要素という相異なる二つの力がせめぎ合う磁場になっていたのである。『トーニオ・クレーガー』における「北」は「青い目」や「金髪」によって表される「生」や「市民」の極であり、「南」はそれに対立する「精神」や「芸術家」の極と言えよう。主人公は少年の頃から両極の揺れの中にいたが、父親の死をきっかけとする北から南への移住、芸術都市ミュンヒェンへの移住は、「生」の領域から「精神」の領域への移行を決定づける。そこでトーニオは、「生」の領域を拒絶する「精神」の作家アーダルベルトに出会う。四季の変化を呪うあまり、四季を感じることのない喫茶店に好んで入り浸る人物だ。また、両極の統合を自然に体現するロシア人女流画家リザヴェータ・イヴァーノヴナとも出会う。両者との出会いによって自己確認を促された主人公がロシア人画家にいう言葉をここでは引用しておこう。

地上では、芸術の国が増大し、健康と無垢の国が縮小していく。だから、縮小する側にまだ残っているものを、大事に、大事に、とっておかなくちゃならない。コマ送り写真入りの馬の本がずっと好きだという人たちを文学の側に唆しちゃいけないんだ！[25]

「馬の本」が好きな人物とは、主人公が幼年時代に憧れた少年ハンス・ハンゼンで、「生」の領域を代表する金髪碧眼の人物であった。トーニオ・クレーガーはそんな相手に憧れつつも、彼を何とか自分の世界に引き寄せたいと考えていたが、相手は文学などまったく関心がなく、彼の試みは生涯にわたり成功しない。それにもかかわらず、いや、それだからこそ、トーニオ・クレーガーは、歓喜の都に火の剣が落ちる幻視を見るサヴォナローラのごとく、あるいは世界の救済を宣言する預言者のごとく、「精神」の領域が「生」の領域を克服することを望む。つまり、

「芸術の国」das Reich der Kunst の勝利を希求していたのである。

三　ロシア的本質

トーマス・マンは饒舌な作家であった。自作に対する言及が実に多い。しかも、自作解説を頻繁にしただけではなく、保守的な知識人としてドイツを擁護した際も、「戦闘的なヒューマニスト」として亡命先のアメリカからナチス・ドイツを批判した際も、文学と政治を独自に結びつける「結合術」を通じて時局発言を繰り返した。マンは、ヨーロッパの文学的伝統や思想的潮流に顕著な二項対立をそれぞれの作品や状況に応じて取り入れ、同時にイロニー（もしくはアイロニー）やパロディーによって、解体していく人物でもあったのである。「国」Reich が問題とされた戯曲『フィオレンツァ』に関しては、七年後の一九一二年末に『『フィオレンツァ』について』という自作解説を刊行した。その末文において次のようにマンは明言する。「詩人は、常にいたるところでジンテーゼを、精神と芸術、認識と創造性、知性と単純、理性と魔術性、禁欲と美の和解を実現するのだ、つまり第三の国を(26)」と。

このようなマンの意識は第一次世界大戦の勃発とともに一挙に高まり、一九一五年五月十一日付アンケート回答「ストックホルムの『スウェーデン日々新聞』編集部宛」などが端的に示すように(27)、マンは「権力と精神のジンテーゼ」である「第三の国」をドイツにもたらすものとして戦争を理解した。大戦を非政治的な救済現象として迎えた多くの知識人と同様に、戦時中のマンは「黙示録を夢みる(28)」ドイツを擁護したのである。そして、一九一八年三月の『非政治的人間の考察(29)』脱稿後にドイツ敗戦が濃厚になるなかで自らの立ち位置を見失ったマンが(30)、ハインリヒ・フォン・アイケンやセルゲイ・ブルガーコフなどを精力的に読むことで自己の立て直しを図ったとき、メレシコフスキーの著作も大きな役割を果たす。マンは、一九一八年十月四日に再読したメレシコフスキーの『トルストイとドストエフスキー』に、自己の保守的理念を歴史的現実に適応させる拠り所を確認し始め、メレシコフスキーの思想に自己の過去と未来をつなぐ接点を見出し、一九二一年二月の自著『ロシア文学アンソロジー』の中では、「市民の時代だった十九世紀の息子である私に、新しい時代とのつながりをもたせてくれ、硬直と精神的な死から私を守り、私のために未来への橋をかけてくれたもの」として「ニーチェ体験とロシア的本質の体験」を挙げる。[31] マンにとって「ロシア的本質」を担う人物はメレシコフスキーにほかならず、[32] イプセンの「宗教哲学的な戯曲」にすでに見られる「第三の国」をめぐる戦い、つまり「新しい人間性と新しい宗教、精神の肉体化と肉体の精神化をめぐる戦いが、ロシア人の魂の中においてほど大胆かつ切実に行われたところはどこにもないようだ」とマンは言う。[33] さらに一九二一年二月に、マンはメレシコフスキー編著『反キリスト ロシアとボルシェビズム』を読む。[34] そして、一九二六年のパリ滞在中に「私が二十代の頃、トルストイとドストエフスキーについての本で消しがたい印象を受けたロシアの詩人」[35] の訪問を受けた際、その感動を『パリ訪問記』（一九二六年）に記す。こうしたマンの賛辞が生涯にわたって続いたことは、『トーニオ・クレーガー』（一九〇三年）から『ファウストゥス博士』（一九四七年）にいたるまで、マンがメレシコフスキーから受けた影響がいかに深甚であるかを雄弁に物語っている。

しかし、ことは決して単純ではない。マンが一九二二年十月十三日の講演「ドイツ共和国について」の中でノヴァーリスとホイットマンという一見奇妙な結びつけを行いながら共和国を支持する際、そこにはマンなりの屈折した論理が働く。つまり、「デモクラシーの中心には結局のところ宗教的要素がある」[36] という考えを両者に認めたうえで、「宗教的人間愛の第三の国」das dritte Reich der religiösen Humanität[37] としての「共和国」を擁護するのであった。この論理の根底にあるのは、自己の古い保守的な理念を新たな政治状況に適応させようとする意識にほかならない。このような意識は、『非政治的人間の考察』のために執筆を中断したが、一九一九年四月二十日から執筆を再開し、一九二四年九月二十七日に脱稿された『魔の山』にも強くかつ複雑に働く。そもそもタンホイザー伝説にもとづく短編小説として第一次世界大戦前に構想された同小説は、戦中の中断を経て戦後に脱稿された際、一方で時間とは何かを問う哲学的な「時の小説」に、他方で戦前の舞台に戦中戦後の時代状況を反映させた「時の小説」に、畢竟、二重の意味での膨大な「ツァイトロマーン」Zeitroman[38]に変貌を遂げていた。こうした変貌の際、メレシコフスキーの「第三の国」という理念が饒舌に働く。ここで言う饒舌とは沈黙ゆえの「饒舌」である。自作について語ることを常とするマンは、『魔の山』についても聖杯探求や教養小説などのモティーフ、さらにはゲーテやニーチェからの引用など、多くを語っていた[39]。しかしながら、マンは何度もメレシコフスキーを称賛しながらも、同作家が『魔の山』にもたらした影響については何も語らない。おそらくマンは世界文学の中で自作に対する言及が最も多い作家であるだけに、その沈黙は多くを語る。二十世紀初頭のドイツ語圏において、メレシコフスキーほど多くの読者を獲得したロシア人作家はそもそもおらず[40]、その影響は決してマンに限られなかった。なかでも最も強い影響を受けた人物として、上述のとおり、ドイツで最初のドストエフスキー全集を編纂する際にメレシコフスキーに助力を請い、その後、保守と革命のジンテーゼを説いたメラー・ファン・デン・ブルックが挙げられよう。マンの場合、一九一八年十月十五日の日記において『罪と罰』の主人公ラスコーリニコフに関するメラーの序文に関心を示し[41]、この保守革命の理論家が一九一九年にベルリーンで立ち上げた「六月クラブ」に出入りをしていたが[42]、一九二二年十月の講演以後は反動的な「第三の国」の理念から距離を取ろうと努めたのである。そうしたマンの姿勢に、後に『ファウストゥス博士』において徹底的に行われる「第三帝国」批判の嚆矢を認めることができよう。しかしながら、エルンスト・ブロッホが「第三の国」の理念を革命の側に取り戻そうとした一九三五年の時点とは異なり、マンが『魔の山』を執筆した時点では、共和国に託された「第三の国」も台頭しつつあった反動的な「第三の国」も、ともにメレシコフスキーにもとづく理念として、未分化であったことも忘れてはならない。

四　言葉の英雄

メレシコフスキーは『トルストイとドストエフスキー』の中で、「言葉の英雄」である作家の中から「第三かつ最終の精神の王国で人類を治める選ばれし人」が現れると主張する。[43] マンは、一九一九年四月十七日の日記によれば、『魔の山』の主人公を「新しいものを求めての戦い」に送り出すという考えにいたった。この発案は、『ドイツ共和国について』で唱えられた「宗教的人間愛の第三の国」を創作において展開する試みだったと言えよう。それは、黙示録で多用される数字の「七」で構成されている『魔の山』において、「三」に託された「新しいもの」への模索を最後に示唆する試みでもあった。確かに『魔の山』は、主人公ハンス・カストルプの結核療養所滞在七年目を描く最終章の第七章において、黙示録的な瀑布の情景によって予告された「永遠の破局」[44] へと向かう。しかしながら、主人公が戦場の場面で「七年間の眠りからさめた者」[45] としてフランツ・シューベルトの「菩提樹」を口ずさみながら突撃し、語り手が最後の最後で一つの問いを投げかけていることを忘れてはならない。黙示録的な業火の中からも「いつかは愛が生まれてくるであろうか」einmal die Liebe steigen?[46] と。つまり、最終章の最後の文の最後の一語 steigen には、疑問文とはいえ、否、疑問文だからこそ、見えざる上昇線が託されているのである。この黙示録的な破局の中で、国際サナトリウムで一九〇七年から七年間を過ごした主人公が三十歳になっており、しかも主人公の名前が「ヨハネス」Johannes の略名「ハンス」Hans であることも、決して偶然ではない。「七」という数字が頻出するヨハネの黙示録において、三十歳で磔刑にあったイエスの再臨をまさにヨハネが最後の最後で望むからだ。「来てください」[47] と。『魔の山』の最後における「愛」の問いかけは、単なる疑問文ではなく、黙示録の最後における再臨の希求と同様、絶望的な状況において発せられる希求に限りなく近づく。こうした切迫感が過度に働く状況こそ、まさに黙示録文化を培ってきたのである。

しかしながら、「宗教的人間愛の第三の国」という「新しいものを求めての戦い」に主人公を送り出す試みは、『魔の山』を解体しかねない危険性も宿していた。主人公と「菩提樹」との関係を説明する際、語り手は「かなり微妙な仕事なので、下手な説明でぶちこわしてしまわないように、慎重に言葉を選ぶ必要がある[48]」と言う。この言葉は、「菩提樹」を愛聴する主人公の描写のみならず、物語の最後で「菩提樹」を歌いながら戦う主人公の描写にも当てはまる。というのも、「宗教的人間愛の第三の国」を求める「言葉の英雄」という考えは、一方で共和国を擁護するマンの新たな所信表明でありながら、他方で従来から自身が固辞する理念の密かな継承でもあったからだ。「かなり微妙な仕事」と表記されざるをえなかった『魔の山』脱稿前後の状況を整理しておくと、一九二二年六月二十四日にユダヤ系の実業家であり、ヴァイマル共和国の外相であったヴァルター・ラーテナウ（一八六七～一九二二年）が極右テロ組織のメンバーによって暗殺された。この事件前からテロが頻発していた事態を大いに憂いたトーマス・マンは、一九二二年十月に上述の講演「ドイツ共和国について」を行い、「宗教的人間愛の第三の国」としてのヴァイマル共和国を擁護することに踏み切ったのである。翌年の一九二三年は、一月にドイツの賠償金不払いを理由にフランスとベルギーの軍隊がドイツのルール地方を占拠し、ドイツ国内でハイパーインフレが進行するなかで、十一月にヒトラーがミュンヒェン一揆を起こした年であり、同時にメラーの『第三の国』が刊行された年でもあった。同年六月二十四日、ミュンヒェンでラーテナウ追悼行事が行われた際、マンは「ラーテナウ追悼」においてヴァイマル共和国を改めて擁護する。ラーテナウは「荒れはてた八方ふさがりのアナーキー時代の犠牲者」だっただけに、マンは「共和国とは何か」と問い、そしてそれは「国家と文化の一致である」と明言する[49]。マンにとって、もはや共和国は単なる政治体制ではなく、「人間愛の政治的な名称[50]」にほかならない。こうした言説の証左として、ゲーテの『ヴィルヘルム・マイスター』は「内面性から客観的、政治的、共和国的なものへと向かうドイツ的進展の見事な先取り[51]」と見なされる。第一次世界大戦中に『非政治的人間の考察』を執筆していた頃とは違い、マンは政治と文化をもはや対立概念と見なしていない。ゲーテ、ヘルダーリン、ニーチェが「見たもの、詠んだものは、宗教的人間愛の第三の国だった」[52]と人々に訴え、マンは局面打開を図る。それだけに、マンがかつて出入りをしていたメラーの「六月クラブ」から次第に遠のき、メラーが標榜する反動的な「第三の国」から距離を取ろうと努めたことは、当然の成り行きだった。

『魔の山』は一九二四年一月に最終章である第七章が書き始められ、同年九月二十七日に脱稿され、小説が十一月末に刊行された。『魔の山』刊行前後の重要な局面でも、まるで保守反動の側から奪還しようとするかのごとく、マンは「第三の国」という理念を新たな政治的な意味合いで引き続き用いた。なかでも、小説家リカルダ・フーフ（一八六四～一九四七年）の誕生日七月十八日に合わせて一九二四年七月十七日にブタペストの新聞に発表された「リカルダ・フーフ六十歳の誕生日に寄せて」にここでは注目しておきたい。この論攷によれば[53]、「人間愛」Humanität の目標は精神と自然をめぐる「第三の国における融合」Verschmelzung im Dritten Reich である。「問題は国なのです」という言葉がある『フィオレンツァ』でも、「芸術の国」という言葉がある『トーニオ・クレーガー』でも、繁栄する生と禁欲的な精神との対立、あるいは生の世界を代表する市民的存在と精神の世界を代表する芸術家的存在との対立が問題になっていた。ヴァイマル共和国期のマンは、ロマン派を再評価したリカルダ・フーフにならい、フリードリヒ・シュレーゲル（一七七二～一八二九年）やノヴァーリス（一七七二～一八〇一年）などロマン派の考えに「第三の国」や「宗教的人間愛」を新たに認め、人間の内的なものと政治という外的なものの調和をめざしたのである。生と精神の二項対立に固執していた頃と違い、『魔の山』脱稿間近のマンはテロが頻出する政治的状況を強く危惧しながら対立の止揚をめざしていたと言えよう。

こうした意識は『魔の山』脱稿後のマンにも強く働いていた。一九二五年三月十四日にフランスの新聞にフランス語で掲載され、翌日、ヴィーンの新聞にドイツ語で掲載された「ドイツとデモクラシー」でも、マンは「民族的な異教であり、ヴォータン崇拝であり〔中略〕ロマン主義的な野蛮である」ドイツ・ファシズムを弾劾し[54]、「何十年も前に世界の果てから湧き起こり、人類の困窮する国々の彼方まで光を放つ人間愛という理念の国」、すなわち

「第三の国」を高らかに称揚する。[55] こうした言説が発せられたのは、本書の序で挙げた「今や我国にも「第三帝国」の声は高い」という日本の言説と同様に、ニーチェを意識してのことであった。この時のマンにとって、「第三の国」とは、ニーチェの「予言」にある「精神の肉体化と肉体の精神化という国、「超人」の国」でもあり、「デモクラシー」でもあった。マンは、前述のとおり、一九二一年二月の『ロシア文学アンソロジー』で、ニーチェ、メレシコフスキー、イプセンを意識して「新しい人間性と新しい宗教、精神の肉体化と肉体の精神化をめぐる戦い」に言及していたが、一九二五年三月の時点では、「第三の国」をめぐる戦いがデモクラシーをめぐる戦いになっている。そもそも「ドイツとデモクラシー」の記述は一九二五年十一月に刊行された『ゲーテとトルストイ』[56] の「教え」Unterricht に概ねもとづき、『ゲーテとトルストイ』の最後で「獣・神的なものと神人との一致によって初めていつか人類の救済がもたらされる」と告知した「東方の精神」としてメレシコフスキーの名前を挙げ[57]、「ドイツとデモクラシー」の最後で「大地と人間の新しい結びつきの予言者」としてニーチェの名前を挙げ、「ニーチェの精神はドイツのデモクラシーのイデオロギー的基盤となりうる」可能性を示唆するのであった。[58] マンは言う、「私たちドイツ人が東西の民族と一緒になって、こうした国を、もしくは少なくともこうした国への準備段階を、デモクラシーという名で呼ぶ」と。[59] マンは、第一次世界大戦勃発時に「黙示録を夢みる」ドイツを擁護するために「権力と精神のジンテーゼ」としての「第三の国」を希求したが、戦後、テロが頻出する状況にいたると、共和国を擁護するために、ゲーテやロマン派やニーチェを引き合いに出しながら「第三の国」をドイツ国民に求めた。「ニーチェ以後の最も天才的な批評家で世界的心理家」[60] であるメレシコフスキーから多大な影響を受けたマンにとって、さまざまなニュアンスを含む「第三の国」という概念には、東と西の融合、そして政治と文化の統合が託されていたのである。

ここで『魔の山』執筆期の「第三の国」をめぐるマンの発言をまとめておこう。マンは、

• 一九一二年五月から六月にかけて、妻カティヤを見舞ってスイスのダヴォースを訪れた際に『魔の山』の着想

を得たあと、

- 一九一二年末、「精神と芸術、認識と創造性、知性と単純、理性と魔術性、禁欲と美の和解を実現する」ジンテーゼとして「第三の国」を標榜し、
- 一九一三年七月から『魔の山』を書き始め、
- 一九一五年五月十一日、「権力と精神のジンテーゼ」である「第三の国」をドイツにもたらすものとして一九一四年八月勃発の戦争を理解、
- 一九一五年十月、『非政治的人間の考察』執筆のため『魔の山』執筆を中断、
- 一九一九年四月十七日、『魔の山』の主人公を「新しいものを求めての戦い」に送り出すことに決め、
- 一九一九年四月二十日、『魔の山』執筆を再開、
- 一九二一年二月、「新しい人間性と新しい宗教、精神の肉体化と肉体の精神化をめぐる戦い」を「第三の国」をめぐる戦いとして述べ、
- 一九二二年十月十三日、「宗教的人間愛の第三の国」としての「共和国」を擁護、
- 一九二三年六月二十四日、「第三の国」を政治と文化の一致と見なし、
- 一九二四年七月十七日、「第三の国」を精神と自然の融合と捉え、
- 一九二四年九月二十七日、『魔の山』脱稿、
- 一九二五年三月十四日にドイツ・ファシズムを弾劾するべくデモクラシーと融合した「第三の国」を求めたのである。

以上の流れを振り返ると、一九〇五年頃からメレシコフスキーの著作を読んでいたマンが、『魔の山』執筆期から「第三の国」という言葉を使い始め、『魔の山』脱稿前後になると、時局に対するかなりの危機意識を抱いて「第三の国」という言葉を繰り返し用いたことが確認できよう。それだけに、『魔の山』では、主人公が「新しいも

のを求めての戦い」に送り出されたにもかかわらず、「第三の国」という言葉の不使用がある意味ではとりわけ際立つ。もし『魔の山』でも「第三の国」を表明するならば、メラーとは違う意味合いで、あるいは真逆の意味合いで用いるにしても、「新しいものを求めての戦い」は前年刊行の『第三の国』が生み出した危険な思潮に取り込まれてしまうのではないか。評論や講演での言説とは異なり、小説での言説ではその恐れを否めないのではないか。そうマンは危惧したに違いない。たとえ、一九二二年十月から共和国やデモクラシー擁護の旗幟を鮮明にしていたにしても、かつて戦争支持の文脈で「第三の国」を標榜し、戦後、メラーの「六月クラブ」に出入りしていただけに、マンにおいて、危惧は深刻であり、心境は複雑であったはずだ。『魔の山』の語り手と同様に「かなり微妙な仕事なので、下手な説明でぶちこわしてしまわないように、慎重に言葉を選ぶ必要がある」、そうマンは『魔の山』脱稿時に考えたのではないか。

一九二三年から一九三三年までの十年は「第三の国」という言説が保守反動の側に取り込まれ、「第三帝国」という言説に変容していく十年であった。そうした思潮に反旗を翻すかのように、一九三〇年九月の国会選挙でナチスが十二議席から百七議席を獲得した一か月後、マンは一九三〇年十月十七日に講演「ドイツの呼びかけ　理性に訴える」[61]で「狂信の舞踏病」に警告を発し、「政治は第三帝国もしくはプロレタリア的終末論という大衆の阿片となる」と述べ、一九三二年十二月十二日にヴィーンの労働者を前にしてナチス・ドイツの誤用に対して「肉体性と精神性、自然性と人間性の統一」としての「完全な〈第三の国〉」[62]を擁護したのである。だが、そうしたマンも、ヒトラーが一九三三年一月三十日に政権を掌握すると、同年二月十一日から亡命生活に入り、スイスのチューリヒに移住、そして一九三八年九月二十四日にニューヨークに到着し、カリフォルニアに移住した。そして、一九四一年八月のドイツ向けBBC放送「ドイツの聴者諸君！」[63]で、「第三帝国」が「力つきたか、それとも力つき、息たえて死にそうになっている」と述べ、「まさに、ここに、こそすべての希望がある」と力強く述べたのである。この「希望」は実現し、一九四五年四月三十日午後三時三十分頃、ヒトラーが自殺、そして同年五月七日にナチス・ドイツは全面降伏をした。

ハインリヒ・データリングの研究によれば、マンは亡命先のカリフォルニアで三位一体の教理を否定するユニテリアン主義に近づく。[64] そのことは、マンが新理想主義の《泉》を終生手放さなかったこととは対照的に、黙示録の三位一体説的解釈にもとづく「第三の国」との訣別を意味したのであろうか。マンは一九五二年六月にヨーロッパに戻り、同年十二月から一九五五年八月十二日の逝去までチューリヒ郊外のキルヒベルクに居を構えた。そこには、《泉》のほかに、サヴォナローラの肖像画が二枚飾られており、その内の一枚はイタリア・ルネサンス期の画家フラ・バルトロメオが描いた肖像画の模写で、『フィオレンツァ』（一九〇五年）執筆の頃、つまり三十歳の頃から死にいたる八十歳までの五十年間、マンが所有していたことが確認されている。[65] ナチス・ドイツが全面降伏をしたとき、マンは「第三帝国」に、サヴォナローラのごとく、火の剣が落ちる幻視を見たのであろうか。マンの「第三の国」もナチスの「第三帝国」も、十二世紀のイタリアに思想的源流をもちながらも、ミュンヒェンをいわば出自としていた。第一次世界大戦勃発までミュンヒェンにいたカンディンスキーも、マンと同様に、三位一体の宗教を呼びかけたメレシコフスキーからともに影響を受けていたのであった。さらに言えば、メレシコフスキーと交友を得ていたメラーが主催する「六月クラブ」に、一時期とはいえ、マンが出入りをしていた事実も見逃せない。ドイツ、とりわけミュンヒェンにおいて、「第三の国」をめぐる言説が、旧と新、反動と進歩、保守と革命との間で揺れながら、人々の不安と希望を取り込む「きわめて濃密な伝統領域」を形成したのであった。それは、「第三の国」という黙示録文化のトポスが、第一次世界大戦期のミュンヒェンという時空において、歴史を三分割するクロノトポスと化したことを意味する。

註

（1）一八六六年にモスクワで生まれたカンディンスキーは、抽象絵画の創始者として、美術理論家として、知られている。モスクワ大学で経済学と統計学を学び一八九三年に博士号を得たが、絵画を学ぶために一八九六年にミュンヒェンに移住、一九〇八年の夏をガブリエーレ・ミュンターらとともに過ごしたミュンヒェン近郊のムルナウで大きな転機を迎え、一九〇九年に新ミュンヒェン美術家協会を設立し会長となるが、フランツ・マルクとともに脱退し、一九一一年に芸術家サークル「青騎士」を結成した。彼のいわゆる「ムルナウ以降」の歩みはそのまま絵画史上の抽象絵画の歩みとなる。もっとも、一九一四年に第一次世界大戦が勃発すると、チューリヒ経由でモスクワに戻り、一九二一年に再びドイツに戻って、一九二二年からバウハウスの教官になった。だが、一九三三年にバウハウスがナチスによって閉鎖されると、フランスに移住、一九四四年、パリで没したのである。

（2）シュヴァービングは、トーマス・マンが、若い頃、熱に浮かされたように引っ越しを繰り返しながら執筆活動を続けた場所であり、繁栄する市内中心部に対して、芸術的活動や精神的活動に優位が置かれた特殊空間だった。パリ、ヴィーン、プラーク（プラハ）、ベルリーンなどと同様に、ミュンヒェンにおいても、退廃と進歩、没落意識と新生への期待が奇妙に錯綜する特殊空間が作り出されていたのである。ミュンヒェンの場合、その北部地区においてこそ、世紀末文化の特異な「モデルネ」が醸成されていたと言えよう。

（3）Wassily Kandinsky: Essay über Kunst und Künstler. 2. Aufl. Hrsg. von Max Bill. Bern 1955, S. 133 f.

（4）Vgl. Walter Schmitz: Die Münchner Moderne. Die literarische Szene in der 'Kunststadt' um die Jahrhundertwende. Stuttgart 1990, S. 437.

（5）山元定祐『世紀末ミュンヘン　ユートピアの系譜』（朝日選書、一九九三年）参照。

（6）Wassily Kandinsky: Über das Geistige in der Kunst. 10. Aufl., mit einer Einführung von Max Bill. Bern 1952, S. 22.

（7）https://commons.wikimedia.org/wiki/File:Kandinsky_-_Heiliger_Georg_I,_1911.jpg

（8）Ebd., S. 143.

（9）Sixten Ringbom: Kandinsky und das Okkulte. In: Kandinsky und München. Begegnungen und Wandlungen 1896–1914. Hrsg. von Armin Zweite. München 1982, S. 100.

（10）Ebd., S. 86 ff.
（11）https://commons.wikimedia.org/wiki/File:Kandinsky_-_Mit_Sonne,_1911.jpg
（12）西田秀穂『カンディンスキー研究　非対称絵画の成立　その発展過程と作品の意味』、美術出版社、一九九三年、一五七頁以下、二五四頁以下。
（13）Christoph Schreier: Wassily Kandinsky. Bild mit schwarzem Bogen. Frankfurt a. M. u. Leipzig 1991, S. 27.
（14）Peter Anselm Riedl: Wassily Kandinsky. Hamburg 2009 (1983^1), S. 50.
（15）Jelena Hahl-Fontaine (Hrsg.): Kandinsky. Das Leben in Briefen 1889–1944. München 2023, S. 140.
（16）Ebd., S. 142.
（17）https://commons.wikimedia.org/wiki/File:Ludwig_von_Hofmann_Die_Quelle_(1913).jpg
（18）時代錯誤の築城によってバイエルン王国の財政を傾けたことで有名なルートヴィヒ二世の死後の一八八六年から一九一二年までの時代は、マクシミリアン二世の弟ルイトポルト王子が六十五歳から九十一歳の間、摂政として活躍した時代であった。それは通称「摂政宮時代」Prinzregentenzeit と呼ばれるミュンヒェンの黄金時代であり、新しい時代様式の建築が次々と建てられ、バイエルン州の財政も比較的安定し、次第に祝祭都市の様相を呈し始めた時代でもあったのだ。マンはミュンヒェンにおける「摂政宮時代」のまさに渦中の人であった。
（19）Thomas Mann: Große kommentierte Frankfurter Ausgabe. Hrsg. von Heinrich Detering u. a. Frankfurt a. M. 2002 ff., Bd. 2.1, S. 222 ff.
（20）Vgl. Girolamo Savonarola: O Florenz! O Rom! O Italien! Predigten, Schriften, Briefe. Aus dem Lateinischen und Italienischen übersetzt u. mit einem Nachwort von Jacques Laager. Zürich 2002, S. 79.　岡田温司『黙示録　イメージの源泉』（岩波新書、二〇一四年、一二一頁以下）参照。
（21）Mann, a. a. O, Bd. 2.1, S. 416.
（22）『フィオレンツァ』の場合、ニーチェとイプセン『皇帝とガリラヤ人』とメレシコフスキー『背教者ユリアヌス　神々の死』からの影響も大きく、特に背教者ユリアヌスの影が見え隠れする。マンは一八九九年にフィッシャー社版『イプセン作品集』を所有しており、『フィオレンツァ』成立期に『皇帝とガリラヤ人』を読んだと推定されている。Vgl. Mann, a. a. O., Bd. 3.2, S. 63 ff., u. Bd. 15.1, S. 341; Andreas Blödorn u. Friedhelm Marx (Hrsg.): Thomas Mann Handbuch. Leben – Werk – Wirkung. Stuttgart 2015, S. 147 ff.
（23）Mann, a. a. O., Bd. 3.1, S. 93.

（24）Ebd., Bd. 2.1, S. 317.
（25）Ebd., Bd. 2.1, S. 279.
（26）Ebd., Bd. 14.1, S. 349.
（27）Ebd., Bd. 15.1, S. 129 u. 136.
（28）Ebd., Bd. 15.1, S. 929 u. Bd. 19.1, S. 569.
（29）『非政治的人間の考察』Betrachtungen eines Unpolitischen は、トーマス・マンが第一次世界大戦中に執筆した「筆による参戦」の書であった。一九一四年七月に大戦が勃発すると、マンは民主主義の側に立った兄ハインリヒ・マンと決裂するなかで、一九一八年に同書を世に問う。マンはこのため一九一三年七月から書き始めた『魔の山』の執筆を中断したが、一九一九年四月に執筆を再開し、一九二四年九月にようやく『魔の山』を脱稿する。マンが『非政治的人間の考察』の執筆に取り組んだのは、西欧文明の政治によって非政治的なドイツが危機に立たされたとマン自身が強く意識したからであった。マンによれば、民主的なブルジョワであるフランス人が文明の領域に由来するインターナショナルな人間であるのに対して、精神的な市民であるドイツ人は文化の領域に由来するコスモポリタンであった。マンはこうした二項対立にもとづき、ラテン文明（政治と文学が結びついた国）に対するドイツ文化（非政治的な音楽の国）を擁護した。『非政治的人間の考察』は、アンチ・デモクラシーを標榜する単なる保守反動の政治論ではなく、徹底的な自己解体と秀逸な自作解説を伴う芸術論でもあったのである。
（30）Vgl. Hans Wißkirchen: Zeitgeschichte im Roman. Zu Thomas Manns Zauberberg und Doktor Faustus. In: Thomas-Mann-Studien XI. Hrsg. von Thomas-Mann-Archiv der ETH Zürich. Frankfurt a. M. 1986.
（31）Mann, a. a. O., Bd. 15.1, S. 340 ff.
（32）同アンソロジーにはメレシコフスキー『ゴーゴリ』からの引用が多い。Vgl. Mann, a. a. O., Bd. 15.2, S. 224 ff.; Urs Heftrich: Thomas Manns Weg zur slavischen Dämonie. Überlegungen zur Wirkung Dmitri Mereschkowskis. In: Thomas Mann Jahrbuch. Frankfurt a. M. 1995, Bd. 8, S. 71–91, hier S. 77 ff.
（33）Mann, a. a. O., Bd. 15.1, S. 341.
（34）その読書は『魔の山』のナフタ像に痕跡を残す。Vgl. Friedhelm Marx: »ICH ABER SAGE IHNEN ...« Christusfiguration im Werk Thomas Manns. In: Thomas-Mann-Studien XXV. Hrsg. von Thomas-Mann-Archiv der ETH Zürich. Frankfurt a. M. 2002, S. 112 f.
（35）Mann, a. a. O., Bd. 15.1, S. 1210.
（36）Ebd., Bd. 15.1, S. 542.

(37) Ebd., Bd. 15.1, S. 553.
(38) Ebd., Bd. 5.1, S. 818.
(39) Vgl. Thomas Mann: Selbstkommentare: Der Zauberberg. Hrsg. v. Hans Wysling. Frankfurt a. M. 1993.
(40) Vgl. Heftrich, a. a. O., S. 76 f.
(41) Vgl. Thomas Mann: Tagebücher 1918–1921. Hrsg. von Peter de Mendelssohn. Frankfurt a. M. 1979, S. 35.
(42) Vgl. Volker Weiß: Dostojewskijs Dämonen. Thomas Mann, Dmitri Mereschkowski und Arthur Moeller van den Bruck im Kampf gegen „den Westen". In: Völkische Bande. Dekadenz und Wiedergeburt – Analysen rechter Ideologie. Hrsg. von Heiko Kauffmann, Helmut Kellershohn u. Jobst Paul. Münster 2005, S. 90–122, bes. S. 98; André Schlüter: Moeller van den Bruck. Leben und Werk. Köln, Weimar u. Wien 2010, S. 302 ff.
(43) 著者が一九九六年にチューリヒの「トーマス・マン資料館」で行った文献調査によれば、引用箇所にはマン自身による下線と感嘆符が記されている。Dmitri Mereschkowski: Tolstoi und Dostojewski als Menschen und als Künstler. Eine kritische Würdigung ihres Lebens und Schaffens. Übers. von Carl von Gütschow. Leipzig 1903, S. 115.
(44) Mann, a. a. O., Bd. 5.1, S. 939.
(45) Ebd., Bd. 5.1, S. 1078.
(46) Ebd., Bd. 5.1, S. 1085.
(47) 『聖書　新共同訳』、日本聖書協会、一九九二年、四八〇頁。
(48) Mann, a. a. O., Bd. 5.1, S. 987.
(49) Ebd., Bd. 15.1, S. 677 f.
(50) Ebd., Bd. 15.1, S. 681.
(51) Ebd., Bd. 15.1, S. 680.
(52) Ebd., Bd. 15.1, S. 685.
(53) Ebd., Bd. 15.1, S. 772.
(54) Ebd., Bd. 15.1, S. 944.
(55) Ebd., Bd. 15.1, S. 948.
(56) マンが一九二二年九月四日にリューベックで行った講演「ゲーテとトルストイ」の原稿は、一九二二年三月刊行の雑誌『ノイエ・ルントシャウ』に掲載され、その後、大幅な改訂を経て、一九二五年十一月刊行の評論集『ベミューウンゲン』に収録された。

(57) Mann, a. a. O., Bd. 15.1, S. 936.
(58) Ebd., Bd. 15.1, S. 948.
(59) Ebd.
(60) Ebd., Bd. 15.1, S. 339.
(61) Thomas Mann: Gesammelte Werke in dreizehn Bänden. Frankfurt a. M. 1990, Bd. XI, S. 880 ff.
(62) Ebd., S. 897.
(63) Ebd., S. 1012.
(64) Vgl. Heinrich Detering: Thomas Manns amerikanische Religion. Theologie, Politik und Literatur im kalifornischen Exil. Mit einem Essay von Frido Mann. Frankfurt a. M. 2012.
(65) Vgl. Mann, a. a. O., Bd. 3.2, S. 237.

第七章　ユーリウス・ペーターゼンの憧憬

「第三の国」は、本書がこれまで見てきたとおり、さまざまな地域で多様な展開をしてきた。だが、この理念は一九二三年頃から一九三三年にかけて複数の地域にまたがる多様性を失い、ドイツに限定された画一的なプロパガンダへと変わり果てていく。ナチス・ドイツ台頭の十年は「第三の国」が「第三帝国」へと変容をしていく時期であった。ナチスの精神史的な前史を扱う研究においてこうした変容に関する考察がなかったことは、本書の補遺一で確認したとおりである。だが、多様な「第三の国」から画一的な「第三帝国」への変容は必ずしも一挙に進まない。事実、一九三〇年前後においても、「第三の国」に対する失われた信仰の再獲得や、ナチス・ドイツの誤用に対する「第三の国」の擁護や、「第三の国」をまさに「革命」の側に取り戻そうとする奪取の試みなどがあったのである。とはいえ、これらの抵抗があったにもかかわらず、「第三の国」の理念はプロパガンダとしてナチス・ドイツに取り込まれ、「第三帝国」へと変容していく。この潮流を決定づけた人物はそもそも誰であったのだろうか。いかなる著作がそうした流れに寄与したのであろうか。こうした問いに答えるべく、本書の最終章にあたる第七章は、『ドイツの伝説と文学における第三の国への憧憬』という著作を扱う。著者のユーリウス・ペーターゼンは、現在、ドイツの文学や思想の研究においても、まず顧みられることがないが、一九三〇年前後のドイツにおいて、当代きってのドイツ文学研究者であったのである。

一　問題の書の問題性

ユーリウス・ペーターゼンは、一八七八年、当時ドイツ帝国領であったシュトラースブルクに生まれ、一九四一年に南ドイツのムルナウで没した。ローザンヌ、ミュンヒェン、ライプチヒ、ベルリーンで美術史と独文学を学び、一九〇九年に教授資格を取得後、ミュンヒェン大学、イェール大学、バーゼル大学、フランクフルト大学の教壇に立ち、一九二〇年からベルリーン大学で近現代ドイツ文学の教授として活躍した。加えて一九二七年から一九三七年までゲーテ協会の会長職を務めながら、ゲーテ、シラー、ハイネ、レッシング、フォンターネなどに関する数々の業績を世に問い、優れた教育者としても名高い。ペーターゼンの講筵に連なった者として、リヒャルト・アーレヴィーン、ヴォルフガング・カイザー、フリッツ・マルティーニ、エーリヒ・トルンツなど錚々たる研究者が挙げられる。以上の略歴からも分かるように、(1) ペーターゼンが当代きっての近現代ドイツ文学研究の碩学であったことは間違いない。ただし、「当代」の中に一九三四年も含まれるだけに、同年に上梓された『ドイツの伝説と文学における第三の国への憧憬』が問題となる。国民社会主義ドイツ労働者党は、一九三〇年九月の国政選挙で大きく議席を伸ばし第二党となった。その際、左翼・リベラルのデモクラシー体制でも反動的君主制でもない「第三の国家」を強力にアピールしたこと、それが勝因の一つと言われている。そして、ヒトラーは一九三三年一月にベルリーンで政権を掌握したのであった。こうした経緯もあり、「第三帝国」という呼称は、戦後、ナチス・ドイツを批判的に検証する場合でも、今なおナチス・ドイツに単に言及する場合でも、使われ続けている。しかしながら、ナチス・ドイツに関する研究は多岐にわたるにもかかわらず、「第三帝国」という言説そのものを掘り下げて考察を行う論攷は今なお少ない。従来のナチス・ドイツ研究において、「第三帝国」という言説をめぐり何がどの程度明らかにされ、そして明らかにされていないかは、すでに本書の補遺一で示したとおりである。その際、ペーターゼンの『ドイツの伝説と文学における第三の国への憧憬』についてふれた。ペーターゼン以前の研究は言うに及ばず、戦後のナチス・ドイツ研究においても、同書以上に「第三の国」という言説を詳細に考察したものがいまだ見当たらないからだ。しかしながら、「第三の国」の系譜をナチスのプロパガンダとして取り込むことに詳述の狙いがあったこともあり、ペーターゼンの著作がいかなる書物なのかがいまだ明らかにされないままになっているが、問題の書の問題性を明らかにすることこそ、ナチス・ドイツの精神史的な前史を掘り下げることになるのではないか。以上を踏まえて本章は、『ドイツの伝説と文学における第三の国への憧憬』がいかなる著作であるかを解明するために、七つの章からなる同書の前半部にあたる第四章までと後半部にあたる第五章以降を分けて内容を検討し、最後にフェルキッシュ思想の連続性における同書の位置づけを行いたい。

二　『ドイツの伝説と文学における第三の国への憧憬』（前半）

ペーターゼンによれば、メラー・ファン・デン・ブルックは一九二二年の時点で「ライヒ」刷新のために「第三の党」を主張し、オスヴァルト・シュペングラー(2)はその数年前に「第三の国」を「ゲルマン的理想」と呼んでいた（P一）(3)。これらの言説を踏まえ、しかもフリードリヒ・ニーチェの超人思想を意識して、ペーターゼンは「最終目標が現在の視野に入ってきた」のであり、過去の夢はいまだ空間的にも時間的にも制約を受けているものの「永劫回帰をめぐる革命的な保守思想」（P一）を通じて実現しつつあると言う。ペーターゼンの歴史認識は、一方でドイツの保守革命や国民社会主義をめぐる「現在」の思想と結びつき、他方で数千年にわたってヨーロッパで多様に展開してきた「過去」の救済思想にもとづく。ただし、それは、シュペングラーと同様に直線的とは言えない歴史観であり、その意味で『ドイツの伝説と文学における第三の国への憧憬』はペーターゼンなりの「世界史の形態学」であった。同書は第一章において救済思想をめぐる六つの異なる形態の概略を述べ、続く各章で六類型の説明を行う。

第一は、太古の楽園を人間の自然状態とする神話的な（mythisch）イメージであり、現実に対する完全な対立物として美的人間によって持ち出された詩的イメージである。第二は、黄金時代を未来に投影する神権政治的かつ宗教的な（theokratisch-religiös）イメージであり、メシアや千年王国に対する期待として宗教的人間の信仰において現れた。第三は、宗教的理念を世俗化した英雄的かつ帝国主義的な（heroisch-imperialistisch）イメージである。権力的人間の活動によって全人類が一つの王笏のもとにまとまることですべての対立解消をめざす。第四は、人間愛的かつ哲学的な（humanitär-philosophisch）イメージであり、理論的人間の理性的思考にもとづく神権政治と帝国主義の対立解消が人類の教育目標となる。第五は、実際的かつ連邦的な（praktisch-föderativ）イメージであり、世界経済における実務調整によって問題の解決をめざす。その際、経済的人間が中心的な役割を担う。第六は、無政府的（anarchistisch）もしくは共産主義的な（kommunistisch）イメージであり、社会的人間の調整によって、対立抗争を永遠に引き起こす私有財産の解消がめざされた。

以上の六類型には、最後と最初が結びつくことで、ある種の永劫回帰がある。これらのイメージ群を次頁のように並べることで、神権政治的イメージと共産主義的イメージとの間、帝国主義的イメージと連邦的イメージとの間にある並行関係も明瞭になる、とペーターゼンは言う（P三）。

以上の類型は、相互に依存しつつ、第一から第六のイメージまで漸進的に展開しながら、ある種の永劫回帰に行き着く。六番目の共産主義的イメージはギリシアの思想家によって予示され、旧約聖書の中で預言され、古代キリスト教の中で培われ、ルネサンス・ユートピアの中で再び受け入れられ、独仏の歴史意識において強化され、ロシア革命以前にドストエフスキーやトルストイによって内的に体験されていたのである。また、五番目の連邦的イメージは隣保同盟の考えをもつ古代ギリシアにとって異質ではなかったし、近代のフランスでもアングロサクソン

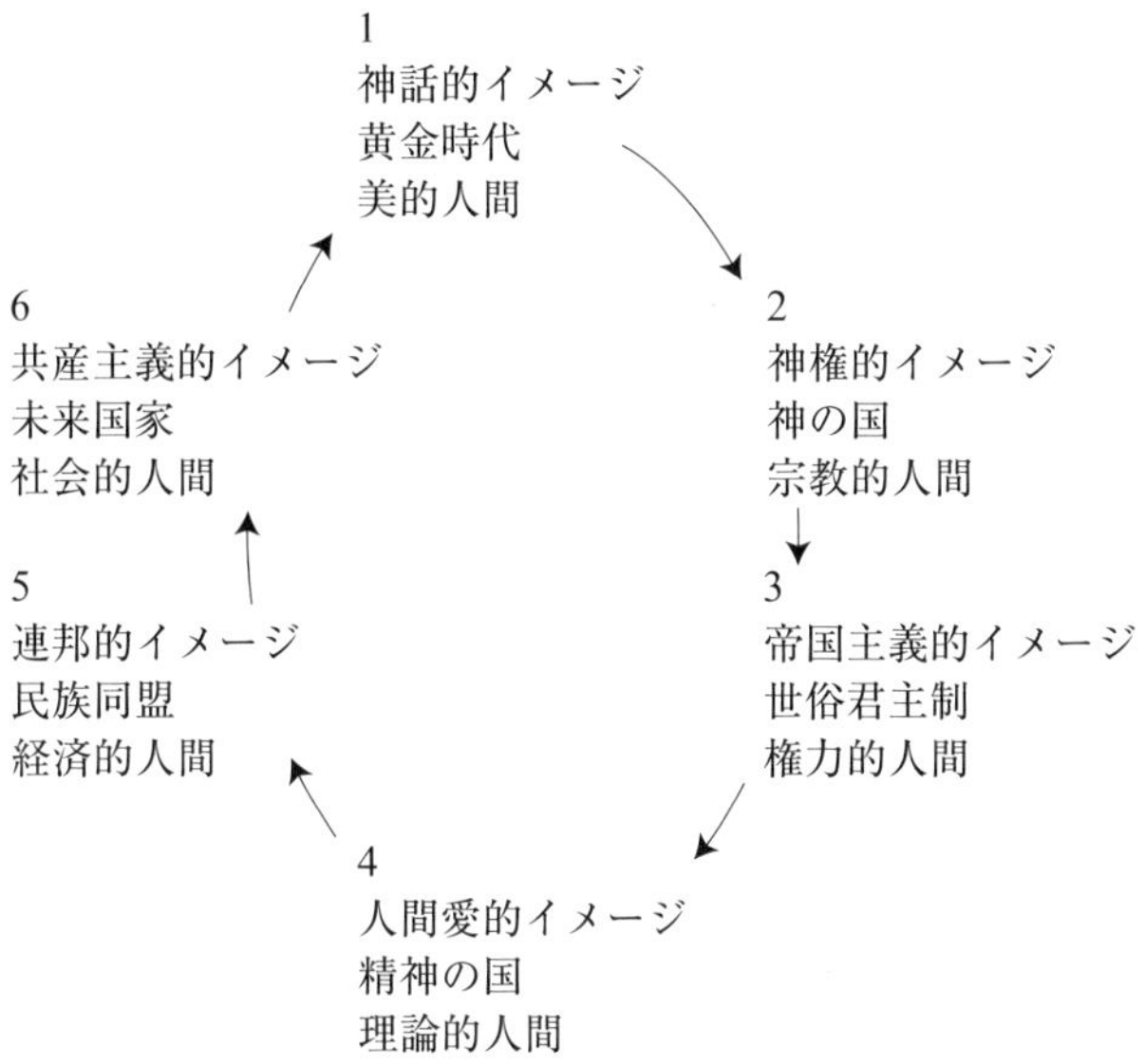

救済思想の六類型

系の新旧世界でも平等原理としてあった、とペーターゼンは言う（P四）。ドイツ観念論において頂点を迎える第四の人間愛的イメージは、神秘主義に起源をもつ。事実、ニコラウス・クザーヌスからライプニッツを経てフィヒテやヘーゲルに見られる「対立物の一致」concordantia oppositorum は、歴史哲学の目標を示す。なお、ペーターゼンの附言によれば（P四以下）、ドストエフスキーの見解にあるように、中間の国ドイツは東西対立に調停をもたらす地勢にあった。こうした見解は、トーマス・マンの『非政治的人間の考察』や『魔の山』にも認められる地勢学的観点であり、東西融合という点で「第三の国」の系譜においても重要であるが、ペーターゼンは附言にとどめ、これ以上、掘り下げようとしない。むしろ、こうした深掘りをしない点にこそ、「第三の国」をプロパガンダ化しようとする志向が強く働いているのではないか。

　導入部にあたる第一章の考察に続いて、第二章「黄金時代」はフリードリヒ・フォン・シラー『素朴文学と情感文学について』からの引用で始まる。「歴史をもつ民族はすべて、楽園、無垢の状態、黄金時代を有する。いや、それどころかいずれの人間も自身の楽園、自身の黄金時代を有し、自らの本性にある詩的なものの多少に応じて、黄金時代を想起する際の感激も多くなったり少なくなったりする」（P五）と。ペーターゼンは、ドイツの古典文献学者であるヘルマン・ディールス（一八四八～一九二二年）とヘルマン・ウーゼナー（一八三四～一九〇五年）によって「原初の人間の根源的な最終数字」（P六）と名づけられた神話的な数としての「三」を踏まえて、「黄金時代」を「第三の国」と結びつけようとする。もっとも「第三の国」として立ち戻ってくる黄金時代というイメージが純粋にゲルマン的なのか、あるいはどの程度それにキリスト教的な彼岸のイメージが入っているのかは判断が難しいものの、しかしながら歴史を三段階で捉える見方はどの自然宗教においても見られ、黄金時代のイメージに由来するモティーフはドイツのメールヒェンにおいて生き続けている、とペーターゼンは言う（P八参照）。もっとも、ペーターゼンの喩えによれば、「古い幹は中世の説話形成によるキヅタにあまりにも巻きつかれてしまっているので、根や元の姿はもはや求められない」（P九）。

北欧神話詩の『巫女の予言』Völuspa は、ペーターゼンによれば、ゲルマンの宇宙進化論を三段階で示し、同時にキリスト教の教えで満たされている。エッダ歌謡が成立した同時期に、ヴァイセンブルクの修道僧オトフリート（七九〇頃～八七五年）は天上の故郷へと心が向かう郷愁を表現した。人間の故郷は自らが追い出された楽園であり、此岸の生は難儀な遍歴を経て再び故郷へ向かう。これはヘレニズムを介したプラトンの魂不死説である。ローマ教皇グレゴリウス一世（在位五九〇～六〇四年）は、東方三博士の帰還を寓意的に解釈することで三からなる構成をキリスト教的に体系化した。人類が東方三博士のように楽園から来てイエスと知り合ったのちに故郷へ帰還するという思想は、九世紀に古高ドイツ語で『福音書』を著述したオトフリートに受け継がれていく。此岸に対するこうした軽蔑は、人間がこの世で抱く永続的な幸福の希望を拒む。黄金時代・戦い・最後の世界刷新という三つの時期をもつゲルマン神話と同様に、キリスト教も三つの時代の中間に対して否定的な見解を示す。このように思考の枠組みが一致するゆえに、ペーターゼンによれば（P一〇参照）、ゲルマン人によるキリスト教受容は容易になった。つまるところ、黄金時代をめぐる神話的イメージにおいて、「原初の人間の根源的な最終数字」の役割は大きい。以上が第二章の内容であるが、「黄金時代」をめぐる表象を「第三の国」と結びつけた「原初の人間」がなぜ「美的人間」なのだろうか。ペーターゼンはこの説明を特段行っていない。こうした肝心な説明がない点にこそ、「第三の国」という言説の拙速なプロパガンダ化があると言えよう。

続く第三章「神の国」は宗教的人間が抱く神権的イメージを扱う。それは、ペーターゼンによれば（Ｐ一一参照）、黄金時代の更新、楽園の再発見、新しいエルサレムの確立であり、神権的な平和思想であり、キリスト教を通じて民族的な限定から全人類に及ぶ普遍的な世界平和へと広がった。旧約聖書偽典および新約聖書外典に含まれているシビュラの預言は、古代ギリシアとユダヤと初期キリスト教の世界観を一つにまとめ、人類の創生からクロノスの黄金の時代を経て世界の没落と最後の審判にいたるまでの世界の発展を発達史的な順序で述べている。そこに組み込まれている千年王国は、ヨハネの黙示録が最後に示す新しいエルサレムとは異なる此岸の王国にほかならない。しかも、それはキリストの死とともに始まっており、信者たちの精神的な共同体の内にあり、この不可視の共同体は世俗の国による外的な可視の支配と対立している。「地上の平和」pax terrena は見せかけにすぎない。

もっとも、神の国の思想は現世の権力を必ずしも拒まない、とペーターゼンは言う（Ｐ一二以下参照）。それは、義のための戦いとして、十字軍や教皇教会の権力要求や異端審問をあらかじめ正当化する。征服欲にもとづく権力国家を非難しているにもかかわらず、神権支配の拡大を目的とするキリスト教的支配者は認められていた。『神の国』を愛読書としていたカール大帝は、理想的な支配者像を自身に認め、自ら「平和者」pacificus を名乗ったが、キリスト教中世において徹底的な平和主義などはありえなかったのである。

ペーターゼンは中世イタリアで深められた「三」の思想を次に扱う。十二世紀末、カラブリアの修道院長フィオーレのヨアキムはヨハネの黙示録第十四章第六節にもとづいて「永遠の福音」Evangelium aeterum を立て、人間の宗教的生における三段階を三位一体に準じて示した。これは二世紀のモンタヌス派の運動によって先取りされており、すでにパウロもローマ人への手紙において時代の三分割を「自然の律法、モーセの律法、福音の律法」（P一三）で表していたのである。ヨアキムによれば、旧約による父の時代に代わって新約による子の時代が続く。そして聖霊の時代に地上における神の国を実現する。こうした約束と要請は教会の世俗化に向けられ、後に民間の信仰に引き継がれた。希望は聖フランチェスコ再来の信仰と結びついたこともあったが、こうした考えは既存の教会や社会、教皇職や世俗権力者への批判を含む限り、迫害され、弾圧されたのである。

だが、十七世紀になって初めて、千年王国の信仰に戻ることがドイツの敬虔主義に認められ、それが次第に市民的形式に移行し、啓蒙主義ユートピアの実現へと向かっていった。ただし、その試みはまったく異なるところから企てられたのである。それは、本書の第二章でも扱ったとおり、カール・シュミットが「高次の第三のもの」への待避として特徴づけた政治的ロマン主義の試みであった。ペーターゼンによれば、ノヴァーリスが有した敬虔主義的土壌からはキリスト教再統一の思想が生じ、アーダム・ミュラーは神権的な新たな国家建設に共鳴し、フランツ・フォン・バーダーはキリスト教の兄弟愛に満たされた社会的な融和思想を打ち出したのである。

第三章の最後で挙げられたバーダーの思想は、王政復古の反動的発展の中で蔑ろにされた。それだけにペーターゼンはそれを神の国の実現を世俗的手段でめざす歴史上最後の試みと見なす。これに対して、第四章「世俗の国」は帝国主義的イメージを抱く権力的人間による世俗君主制を扱う。神に遣わされた支配者の王笏のもとで全人類が一つになるという、特に西側で根を下ろした考えにふれる。こうした考えは、第三の国という宗教的期待と結びつくことで、反キリストの伝説において生じた、とペーターゼンは言う（P一六参照）。そもそも、ヨハネの黙示録第二十章によれば、反キリストの支配と最後の審判の間に千年王国が存在し、反キリストを崇拝しなかったすべての殉教者や信仰を変えなかった者たちは第一の復活に与る定めにあり、ほかの者は千年後の最後の審判を待つ。キリスト紀元で千年が近づくにつれて終末への期待がひどく高まり、第三の国到来への期待はシュタウフェン朝と十字軍の歴史と結びつき、フリードリヒ・バルバロッサと同じくフリードリヒという名の息子が第二回十字軍で倒れた後に、第三のフリードリヒの出現が期待された。フリードリヒという名前には、最後の偉大な平和の招来者への期待がドイツにおいてことごとく託されたのである。

終末を意味する聖なる数字としての三は、ドイツの王冠に象徴的な意味をもたらした。それだけに、ドイツ皇帝と結びついた平和思想は神権主義的な動機に貫かれていた。そうしたなかで社会改革の思想が民衆に押し寄せたとき、宗教的な土台はヨアキムの思想と新たに結びつくことで強固になったのである。三十年戦争初期の一六二二年には、熱狂的な宗教家であるフィリップス・ツィーグラーが『聖なる第三者もしくは聖霊の書』を出し、一六二七年のローマ崩壊を予言し、プファルツ伯フリードリヒに十三国の支配を認めた。グリンメルスハウゼンの『阿呆物語』（初版一六六八年）は救済の告知をさらに高揚させることになったが、もっとも皮肉な描写ゆえにそうした告知を再び疑問視したのである。古代の黄金時代を聖書の黙示録やドイツの皇帝伝説やヨアキムによる神の国などと結びつける予言のモティーフは、狂人が語るものだけに、真面目に受け取る必要がなかったのであろう、とペーターゼンは言う（P二〇参照）。対立する諸宗派を一つにまとめようとする動きはすでにニコラウス・クザーヌスの『普遍的和合論』（一四三二年）に、その後、トマス・モアの『ユートピア』（一五一六年）やスピノザの『神学・政治論』（一六七〇年）に見られ、ライプニッツの『ドイツ諸侯の主権および使節権について』（一六七七年）にいたると、普遍的な世界宗教としてのキリスト教が仲裁の力をもつ世界帝国の構想を打ち立てていたということだ。啓蒙主義やロマン派にも言及がなされ、初期ロマン派は黄金時代の夢へと逃れ、後期ロマン派はドイツ民族再興の基盤を求め、その活気づいた力をドイツ体操の父と称されるフリードリヒ・ルートヴィヒ・ヤーンが呼び起こし、神聖同盟の国際政策は神聖政治的な光輪で周囲を固め、思弁的な歴史哲学のみが人類の最終目標となる理想国に目を向けた、とペーターゼンは言う（P二二参照）。その際、「神の奇跡を起こす者として民衆の奥底から出現する総統」（P二二）という言葉が示すように、一九三〇年代初頭の時局を意識した言説がペーターゼンにおいて次第に増し始めるのである。

三　『ドイツの伝説と文学における第三の国への憧憬』（後半）

ペーターゼンは宗教と世俗の対立解消をめざした作品として一八七三年に刊行されたヘンリック・イプセンの劇『皇帝とガリラヤ人』を引き合いに出す。一八八八年のドイツ語訳を契機に「第三の国」das dritte Reich という言葉がドイツに流布する契機を作った作品だ。「勝利するのは誰か、皇帝かガリラヤ人か」という問いに、劇中で若き背教者ユリアヌスを前にして哲学者マクシムスが重要な見解を示す。皇帝もガリラヤ人も没落し、精神の国でも世俗の国でもあり、認識と十字架の木の上に建てられる第三の国が到来するとマクシムスは言う。それだけに、この歴史劇は異教とキリスト教のジンテーゼをいわば「憧憬」する作品と言えよう。イプセンは「ドイツの精神生活のもとでこの作品を書いた」（P二四）とペーターゼンは述べる。マクシムスが示すジンテーゼの考えは、ルネサンス期にまで遡り、ドイツとイタリアの婚姻というイメージ世界に由来するものの、より直接的には、ヘーゲルの歴史哲学が有する三のリズムやレッシングによる目的論的な段階構成にもとづく。このように考えたペーターゼンは「ドイツの精神生活」にもとづく近代ドイツの「第三の国」を第五章において扱う。

同章導入部でペーターゼンがいくつか重要な指摘をしていることも見逃してはならない。その一つが、十四世紀ローマの政治家コーラ・ディ・リエンツォに関する指摘だ。この改革者はヨアキム的イメージを宗教の領域から人文主義の領域に転用することで、そのイメージに政治的な意味をもたらした。皇帝の帝国による支配と教皇の宗教的な支配に続いて、第三のアポロン的な帝国が続き、古代の黄金時代が復活するなかで、普遍的な人類共同体というキリスト教理念が実現するということだ。聖と俗との再統一という考えは、旧約聖書における祭司王メルキセデクの記述や聖杯王の物語を介して、中世においてなじみ深いものであった。実際、十五世紀の神聖ローマ皇帝マクシミリアン一世は皇帝と教皇を一つにすることで世界に平和をもたらす可能性を自らの人となりに見出したとペーターゼンは言う。一四九四年に『阿呆船』を世に問うたゼバスチアン・ブラントの場合、霊的な剣と世俗的な剣とが結びつけられ、ローマとギリシアの国が合わさると考えていた。さらにペーターゼンは同時代の作家エルヴィーン・グィード・コルベンハイヤーの名前を挙げる。ペーターゼンと同じく一八七八年に生まれたコルベンハイヤーが一九一八年から一九二六年にかけて刊行した三部作『パラケルスス』の第三部が『パラケルススの第三の国』だったからだ。十六世紀の医師であり錬金術師であったパラケルススは、中世の神秘主義と近世の新プラトン主義との間をつなぐ自然哲学的な仲介者であった。ペーターゼンによれば、パラケルススの教えは薔薇十字団やヤーコプ・ベーメや十七世紀のパンゾフィー（汎知学）において生き続け、こうした集団の中からユーリウス・シュペルバーが登場し、夜間に見た幻視にもとづいて『三つの時代についての秘話』を世に問い、「第三かつ最終の時代」（P二七）が間近に迫っているとシュペルバーは述べる。

　このように幻視や錬金術などを通じて黄金時代の確立や第三の時代の到来をもくろむ者たちがいた。とはいえ、三十年戦争を体験しそれを乗り越えねばならなかったドイツにおいては、神秘的な憧憬のみならず、実践的な意志も強く働き、普遍的な教育問題とともに学問の進歩が求められた、とペーターゼンは言う。なかでもレッシングは『賢者ナータン』（一七七九年）を世に問い、相争う三宗派が人類愛の理念や互いに共通する愛の思想を通じて和解にいたる流れを示し、『人類の教育』において世界における三つの時代という考えを受け入れていたのである。ただし、「ヴォルフェンビュッテルの冷静な啓蒙主義者」と称されたレッシングによる「第三の国」の告知は、黙示録的な兆候を含め、聖書的な言い回し、数の神秘、占星術、彗星や流星、その他の前兆に依拠することがない。「第三の国」の到来はレッシングにとってあくまで理性による証明にもとづかなければならない（P三〇参照）。これに対して、「純粋理性の限界内にある宗教」（一七九四年）において「哲学的な」千年至福説と「神学的な」千年至福説とを区別したイマーヌエル・カントは、ペーターゼンによれば（P三〇参照）、プラトンから近世までの国家ユートピアをすべて「甘い夢」としながらも、それに近づくことを、道徳律と共存しうる限りにおいて国家元首の義務と見なす。

続いてペーターゼンは、古典主義的な理想主義やロマン主義的な自然哲学からサン・シモン主義に規定された若きドイツにいたる展開に、レッシングによる「第三の国」思想の影響を概観する。「世界は夢となり、夢が世界となる！」と考えたロマン派の思想に、宗教的・倫理的な要請から美的・人類愛的な教育要求へと変わった「第三の国の約束」die Verheißung des Dritten Reichesを認めるのだ（P三〇以下参照）。さらにペーターゼンは、フィヒテやシュライアーマハーの著作や講義にレッシング的な予言の口調を読み取り、テュービンゲンで友人同士であったシェリングとヘーゲルとヘルダーリンは各々がそれぞれのやり方で「神の国」をめざしたが、めざし方の違いゆえに袂を分かつことになったと言う。シェリングはイェーナ講義「超越論的な理想主義の体系」（一七九九／一八〇〇年）において歴史を三つの段階に分け、『啓示の哲学』（一八四二年）にいたると、三位一体説にもとづいてペテロを父なる神の使徒、パウロを子なる神の使徒、ヨハネを聖霊教会の使徒と名指し、この教会が第三の時代において実現されると述べ、ヘーゲルの場合、世界史全体が絶対精神の自己発展として捉えられ、どの瞬間においても神の成就を認め、ヘルダーリンは自由と法の対立が自由による法としての第三の国において支配の座に着くように、平和の担い手であるキリストを古代の神々の仲間に加えたのである。さらに、ヘルダーリンの場合、キリストとデュオニソスのジンテーゼという捉え方をノヴァーリスと共有した。ペーターゼンは後者の『キリスト教もしくはヨーロッパ』（一七九九年）にもレッシングを思わせる箇所を読み取り、「後ろ向きの予言者」と称されたフリードリヒ・シュレーゲルが希求した永遠のオリエント、ドイツ中世、神と祖国という理念の一致、階級と帝政の対立解消にも未来を約束する姿勢を認めたのである。

ペーターゼンによれば、レッシングの場合、カントと同様に、見かけの後退や回り道にもかかわらず、歴史はいわば上昇する前進であった。これに対して、次の世代の思想家たちはルソー的な自然信仰を始めに、文化悲観主義を中間段階に置くことで、人類の進歩を三段階に組み込む。神学的には堕罪に、道徳的には自然からの乖離に、審美的には神不在の荒廃と魂不在の物質主義に楽園喪失を見たにしても、次世代の思想家たちは進歩を否定する。ただし、ここで否定されたのは直線的な進歩観であって、改善の見込みが完全に否定されたわけではない。もし目標が始点と一致するのであれば、運動は弧を描いて始点を求める円環を描くことが想定されていたのである。こうした捉え方は、例えば、ハインリヒ・フォン・クライストが『マリオネット劇場について』で歴史の最終章として示したもので、「それゆえ、我々はもう一度認識の木の実を食さなければならないのだろうか。無垢の状態に戻るためには」（P三三）となろう。つまるところ、ロマン派の「約束」はルソーの自然信仰の影響下にあったとペーターゼンは考えた。

ペーターゼンはシラーにおける「世界の若返り」にも注目し、「人類の上昇が盲目の欲求から理性の自由へと高められた」なかで再発見された自然こそがシラーにとっての「第三の国」だと言う（P三四参照）。その際、「古代」と「自然」、そしてそれらと「近代」のジンテーゼが問題になる。ヴィルヘルム・フォン・フンボルトの著作『古代研究について』（一七九三年）に対してシラーが行った書き込みには、「人間文化の進歩」が三段階の思想として示されており、『素朴文学と情感文学について』（一七九五年）では、古代と近代の区別から現実と理想の性格学的な対置にいたって、人間的かつ芸術家的全体性における対立のジンテーゼが志向された（P三四参照）。次いでペーターゼンは『人間の美的教育について』（一七九三／一七九四年）における三分割にも注目する。三つの国は自然（physisch）と美（ästhetisch）と道徳（moralisch）の領域に分かれていたが、美的状態が自然状態を道徳状態へと導くことで一連の流れの中に置かれたのであった。ヘルダーとレッシングから受け継がれたシラーの宗教的・倫理的な教育思想がフランス革命を受けて美的・政治的な教育思想へと置き換えられていくと、これまで橋渡しの役割を担っていた美の領域が頂点となっていく。シラーにおける「第三の国」はもはや道徳状態ではなく、自然状態と道徳状態との対立軸を一つにする美的状態にある。ここでペーターゼンは個人の自由と国家の問題にも目を向けながら、「自由は夢の国にしかない」と言う後期シラーにおける「諦念」を扱う。黄金時代への信仰も高貴な者たちの幸福や真理の認識への信仰も「妄想の言葉」（Ｐ三六）として同時に表明されていたが、しかしながら、こうした「諦念」には崇高な信仰が隠されており、卑俗な現実に対する抵抗を高める力があったとのことである。

続けてペーターゼンがロマン派を扱う際、「第三の国は理念の中にあり、そのかすかに漏れる像は文学という鏡の中で現れた」（Ｐ三六）と言う。問題となるのは美的人間の主観主義や想像力や感情的思考であり、失われたアルカディアとして表象された黄金時代のイメージが内的な現実として再び甦ったのだ。こうした内的現実傾向の先駆者としてヘムステルホイスとヘルダーの名が挙げられており、ハーグのプラトンと称された後者は『アレクシス』（一七八二年）において黄金時代の再来を自然哲学的に証明しようとし、『ティトンとアウローラ』（一七九二年）において人間の内に眠る若返りの力を朝焼けという自然象徴の内に見ていたが、それをヘルダーは神による最古の啓示として称えていたのである。しかし、黄金時代は単なる信仰の言葉としてあり続けただけではなかった。それは「現前しないものの現前化に再現（Repräsentation）を求めた」（Ｐ三六）のだ。さらに、ノヴァーリスの場合、神と国家という概念ですら、ただ再現を通じてしか理解されないことを『断章』において望んだのである。

ペーターゼンによれば（Ｐ三七参照）、ロマン派において、虚構の奇跡的な力は魔術的な観念論へと高められ、虚構を現実化する力をもつ。ロマン派の創作メールヒェンには「むかしむかし」という過去形を「いつか起こるだろう」という未来形に変えるだけではなく、現実を寓意的に捉え直すことで現在形に変える力があるのだ。ノヴァーリス『青い花』に所収された「クリングゾールのメールヒェン」は、散文的な悟性支配をもくろむ書記が没落した後に、アルクトゥールのまどろみの世界を第三の国として示す。このメールヒェンは小説第二部の予告にすぎず、第二部は時間と運命の克服、歴史の国からの救済、詩的創世における無限の調和を「永遠の国」の成就として示すはずだったのである（Ｐ三七参照）。

ペーターゼンは、ノヴァーリスの「魔術的な観念論」の行き着く先に第三の国を措定しただけではなく、第三の国に行き着くまでの時間そのものが解消されている事例を示す。問題となるのは、Ｅ・Ｔ・Ａ・ホフマン文学に顕著な深層構造である。芸術家にしかたどり着けない空間をとかく扱うホフマンは、『騎士グリュック』ですでに「内的なロマン的冥府」に言及しており、『黄金の壺』で学生アンゼルムスとゼルペンティーナの結ばれるアトランティスを第三の国として示し、『不気味な客』で中間王国における戦慄を幽閉された精神によるものと見なし、『ブランビラ王女』で直観から思考を経て自己認識にいたる円環の道筋を示し、現実意識へ導く。それだけに、ペーターゼンによれば（P三八参照）、ここで夢の世界は早くもまた現実的な幻滅に押し入られてしまう。ハイネの『アッタ・トロル』（一八四一年）が示す妖精の島は此岸的成就の第三の国ではなく、すべてのしがらみから放たれた対蹠地にすぎない。そこはロマン派的空想のみならず、異教的官能の産物でもある。キリスト教徒であるナザレの人々の唯心論と美を享受する古代ギリシア人の感覚論という二項対立は、ハイネに多大な影響を及ぼしたサン・シモン主義によって精神と肉体のジンテーゼとして調和が試みられた。この試みを物質と世界魂の再婚と呼び、この新たな福音の予言者をレッシングと見なしたハイネは、サン・シモン主義のもとで「第三の教会」の建設をめざしたのである。

我らがこの岩の上に建てる
教会は第三の
第三の新しい契約の教会
苦しみは消え去った（P三八）

ペーターゼンはレッシング『人類の教育』が翻訳を通じて諸外国にもたらした影響についても言及する。同書はフランスでウジェーヌ・ロドリゲスの翻訳によってサン・シモン主義と合流し、イタリアでは熱狂的なダンテ崇拝者で、ペーターゼンがファシズムの先駆者と見なすジュゼッペ・マッツィーニによって紹介された。マッツィーニが主張する国民国家としての「第三のローマ」が「第三の国」というドイツの考えに重ね合わされたとき、すでにレッシングの思想内容とはかけ離れていたのである。ロマン主義者のアーダム・ミュラーとなると、レッシングの思想を祖国救済の思想に導こうとしていたとペーターゼンは言う（P四〇参照）。マッツィーニの「若きイタリア」はドイツの「若きドイツ」に対応するが、イタリアにおけるようなナショナリズムはドイツにおいてほとんど見られない。ハインリヒ・ラウベの場合、小説のタイトルが『若きヨーロッパ』になっていたし、リヒャルト・ヴァーグナーにおいても民衆と結びついた政治的思想になっておらず、カール・グツコーの小説『聖霊の騎士』も単なるフリーメーソン的な熱狂を展開したにすぎなかったのである。また、この頃のフランスではサン・シモン主義がオーギュスト・コントの実証主義に取って代わられており、コントは人類発展の「三段階の法則」として、神学的もしくは虚構の段階、形而上的もしくは抽象的な段階、科学的もしくは実証的な段階、以上の段階に人類の歴史を分割していた。第三の国はもはやはるか遠方にあるのではなく、自然法則という科学的認識とともにすでに始まっていたのである。とはいえ、ロマン主義は残り続けた。人類がメシアになるのに何を必要としたのかという問いに対して、ペーターゼンは「人類そのものが神となることだ」（P四二）と答えることで、次章の内容を先取りする。

以上のとおり、第五章では、レッシングによる「第三の国」思想の前史が中世末期から近世において探られ、啓蒙主義期の同思想そのものが論じられ、同時代の哲学や思想にレッシング的な口調を読み取り、自然哲学の刻印を受けたロマン主義を経て、サン・シモン主義に規定された若きドイツにいたる展開に同思想の影響が探られたのである。

ペーターゼンの著作第五章が示したように、レッシングを基軸に展開した近代の「第三の国」は理論的人間による「精神の国」Geistesreich であった。これに対して「諸民族の春と人間の降臨」と称された第六章では、経済的人間による「民族同盟」が問題となる。ペーターゼンによれば（P四二参照）、世界平和という連邦的理想と人類の共産主義的連帯は、精神文化よりも経済や技術的なものにもとづきながら、地上の楽園に通ずる段階として出現した。第六章はそうした段階を経て出現する最後の国に対する文学的な期待を扱う。こうした「期待」をめぐる記述は、ドイツ語圏における重要な思潮を「第三の国」に関連づけようとする恣意的な試みを加速化させ、一挙にナチスのイデオロギーに近づいていく。

アーダム・ミュラーが一八一九年に国家学全体に「神学的基盤」を与え、ヨーロッパ的均衡という力学に諸国家の有機的関係を民族同盟という宗教的な理論において対置した頃、自由思想をもつフランスのシャンソン作者ベランジェは「諸民族の神聖同盟」（一八一八年）を歌い、アーデルベルト・フォン・シャミッソーがそれをドイツ語に翻訳した。「列をなして大いなる民族連盟を完成させよ、／兄弟のように手を取り合うのだ」（P四三）と。来るべき民族間の和合を視野に入れていたドイツの文学は、さしあたり神権政治的な傾向を維持した。こうした傾向はカール・インマーマンの『千年王国のソネット』（一八二八年）からアナスタージウス・グリューンの『五つの復活祭』（一八三五年）、ゲーオルク・ヘルヴェーグの『呼びかけ』（一八四一年）に見られる。政治的な抒情詩人たちがヘルヴェーグを引き合いにして最終戦争を呼びかけたとしても、最終的な平和願望に掻き立てられ、その反響はゴットフリート・ケラーの第一詩集において「春の信仰」として響いていた。コスモポリタン的な啓蒙主義にもとづく一つの人間概念は、新たな世紀において複数の民族に分裂していたが、アルフォンス・ド・ラマルティーヌは『平和のマルセイユ』（一八四一年）において激しい緊張関係を共通の起源を引き合いに出すことによって調停しようとし、この呼びかけを翻訳したフェルディナント・フライリグラートは一八三六年にすでに『軍旗の言葉』において、すべての民族が生命の木のもとに集められると言う。風刺作家ハインリヒ・ホフマンは宗教的熱狂ゆえに現実感覚を欠きがちとされたドイツ人の遺伝的欠陥を嘲りながらも、一八四八年に千年王国的な熱狂的希望を自ら抱いたのである。もっとも、ビスマルク時代の鉄血政策は時代の思潮を変えてしまった。そうした事例としてペーターゼンが挙げたのは（P四四参照）、『新ドイツ帝国の歌』（一八七一年）において平和と真理の国を称えたオスカー・フォン・レートヴィッツや『オリエントの夜』（一八七四年）を新帝国への讃歌で閉じたグラーフ・フォン・

シャックなどである。

しかも、ヘーゲルの楽観的な歴史哲学も、ショーペンハウアーのペシミズムも、意志と成長を同一視したニーチェのダイナミズムも、理由は異なるとはいえ、戦争の必然性を擁護した。ペーターゼンによれば（P四五参照）、唯物論哲学と発生学は経済帝国主義の征服衝動を正当化したのである。こうしたなかでデートレフ・フォン・リーリエンクローンは無力な平和の天使を嘲る言葉で戦いを歓迎したのであった。これに対して、十九世紀後半の民主的な平和主義はレフ・トルストイやベルタ・フォン・ズットナーの例に倣い従って反戦に傾き、「戦争と戦え！」がスローガンとなったのである。千年王国的な熱狂から組織的な闘争への変化は共産主義にもあった。マルクスの教えにもユダヤの唯心論によって培われた千年王国的な要素が潜んでいる。封建主義、市民的資本主義、プロレタリアートが一連の発達史にあるとすると、一八四八年までは三段階の思想が基盤になっていた。しかし、唯物論的世界観が発展させられ、エンゲルスが『空想から科学にいたる社会主義の発展』（一八八三年）を発表すると、サン・シモンやヘーゲルに由来する千年王国的な希求は貧困をめぐる理論と階級闘争の実践のもとで消えてしまったのである（P四五以下参照）。その後に登場して低級酒場を好んで描く自然主義文学も、マックス・クレッツァーの小説に認められるキリスト教的な社会主義も、ペーターゼンにすれば、人類という概念が大衆という概念に置き換えられたときの文学的潮流であった。

ここでペーターゼンは第五章冒頭で挙げたイプセン『皇帝とガリラヤ人』を再び扱う。背教者ユリアヌスが樹立を果たせなかった大いなる神秘の国は、力と精神、異教とキリスト教、ヘレニズム的な官能とナザレ的な禁欲のジンテーゼであるばかりではなく、新たな気高い人間存在も意味する。自分自身に達する個人という問題は、ゲルマン的な良心の葛藤から社会主義とともに成長し、そして社会主義に抗って成長した、とペーターゼンは言う（P四七参照）。一八四三年にカール・マルクスがパリに移住したとき、一方で個人と大衆をめぐる問題提起が各地で起こり、他方でセーレン・キルケゴールが『あれかこれか』においてキリスト教の大衆伝導に反対し、個人の自由意志にのみキリスト教の使命を認めたのである。また、翌年、マックス・シュティルナーが『唯一者とその所有』において人類の幼年期と青年期に続く唯一者による第三期を立て、「あれかこれか」に対して「あれでもこれでもない」を対置した。イプセンの劇が社会主義的な大衆狂気に対する取り組みとして理解されるなかで、個人と大衆の間に生じた緊張からの出口として「第三の国」が文学的スローガンとなる時期が来たのである。

このことの証左としてペーターゼンは二つの物語を示す（P四八以下参照）。ヨハネス・シュラーフの小説『第三の国』（一九〇〇年）は、物質主義とダーウィン主義に浸りながらシュティルナーとニーチェを通じてヨハネの黙示録とヨハネの福音書に導かれる哲学者を示す。この主人公は新しい宗教感情を抱きながら新しい国をもたらす精神を求めるが、最終的に自ら命を絶ってしまう。次に扱われたフェーリックス・ホレンダーの小説『トーマス・トルックの歩み』（一九〇二年）は、唯一者を期待しつつ孤独な人生を歩もうとする人物を描きながら、国家絶対主義やマルクス主義においてではなく、個人の自由において「第三の国」の獲得をめざす。ペーターゼンの言及は、ホレンダーやハルト兄弟がめざした「新しい共同体」にも及ぶ。兄ハインリヒは「成就の国」（一九〇〇／一九〇一年）と名づけられた結社ビラで「新たな生」による「喜びの国」を待望し、弟のユーリウスは一八九九年に「新しい神」について語り、「新しい一日がすべての丘を越えていき、ゲルマン的世界が始まる。ヘラスでもナザレでもないのだ」（P四九）と述べた。兄ハインリヒは『人類の歌』という大部の詩で民衆に熱狂的に呼びかけたが、その文学的な熱狂は民衆とかけ離れたままであった。そもそも「新しい共同体」には、ペーターゼンに言わせれば（P五〇参照）、「グスタフ・ランダウアーやエーリヒ・ミューザムのような不穏なユダヤ人文士」も属しており、二人が起こした「ならず者たちのレーテ共和国」によって「聖霊降臨の奇跡の代わりに大喀血が生じた」のである（P五〇）。文士の精神からはいかなる「第三の国」も作り出すことはできなかった。ペーターゼンはそう言いながら、「第三の国」をめぐる言葉が文学の中で新たに復活することも見逃さない。若い頃からベルリーンの文学サークルに所属していたメラー・ファン・デン・ブルックが「第三の国」を標榜しながら、個人と人類の間にある統一

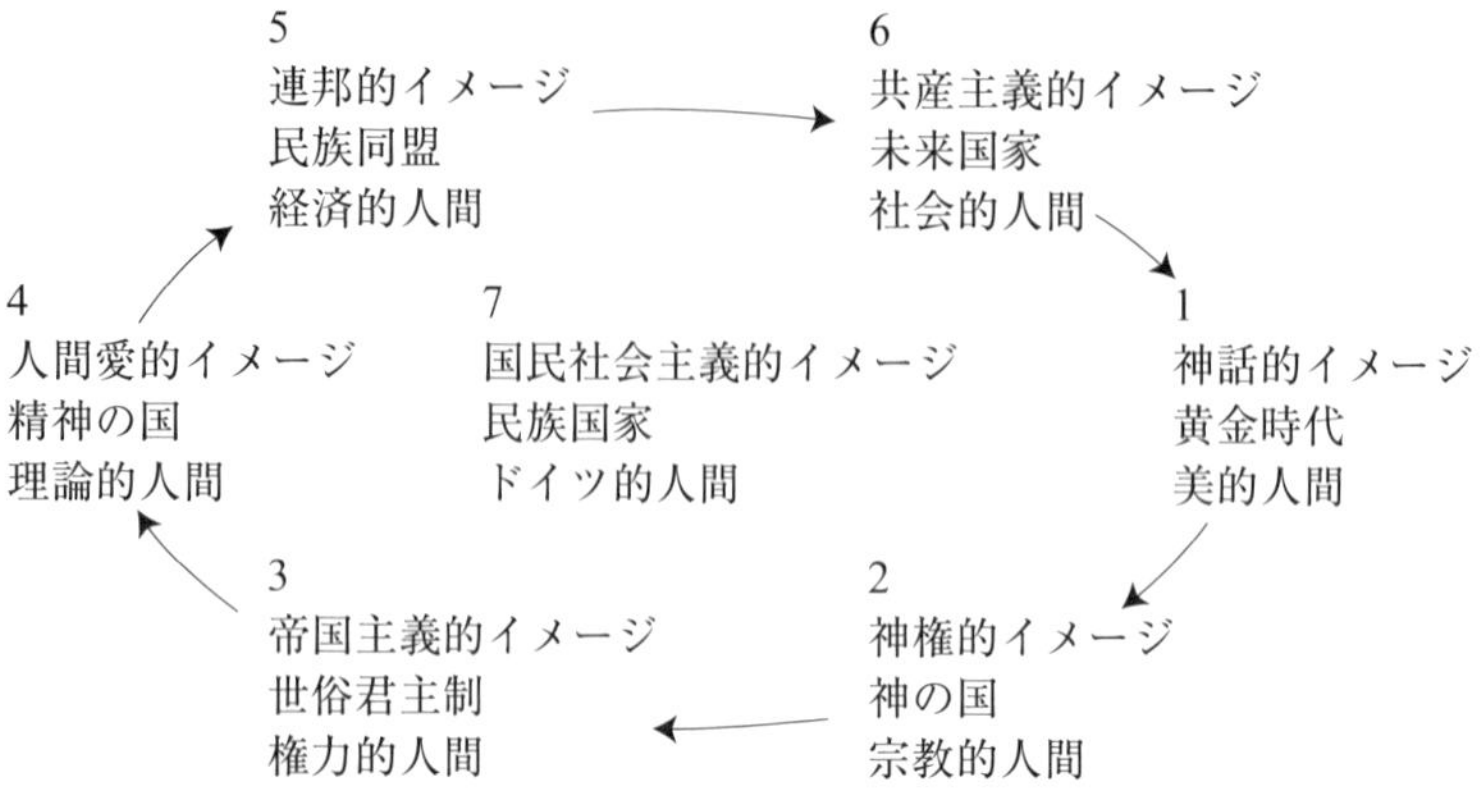

救済思想の七類型

としてドイツ民族の個性に行き着いた、とペーターゼンは言うのである（P五〇参照）。

　最終章として総括を行う第七章は、歴史的な「第三の国への憧憬」と現実的な「第三帝国への期待」との間で大きく揺らぐ。その意味で、一九三四年の時局と関わる問題箇所と言えよう。ペーターゼンは第一章で扱った説明図をもう一度示す。ただし、ヨーロッパの歴史や地勢に対応させるために、全体を時計回りに二つ回し、加えて、ドイツにおける当時の状況を組み込んでのことだ。ペーターゼンによれば（P五一参照）、黄金時代の神話的イメージと精神の国の人間愛的イメージは終末論的な彼方に漂い続けるが、神権的な思想と共産主義的な思想は東側で、帝国主義的な思想と連邦的な思想は西側で、政治的現実と一時的に接している。どの民族にとっても自らの本質的特性からその完成意志が生じると見るペーターゼンにとって、今日のドイツは民族国家の国民社会主義的イメージに自らの救済を見出す。国民社会主義に対する支持はこれまで示唆にとどまっていたが、ここで明確に支持が標榜されるなかで、ドイツの立ち位置は七番目のイメージとして上図のとおり組み込まれる。

　当時の多くのドイツ人と同様にペーターゼンが抱いた歴史認識においては、古代の北方人が抱いた黄金時代が再び理想となり、神の望みでこの世に送り出された「総統」Führer への信仰が宗教的確信になっていたのだ。『ドイツの伝説と文学における第三の国への憧憬』が刊行された一九三四年は、ヒトラーが「総統」という称号を公に使い始めた年であった。それだけに、ペーターゼンの著作はここにきて一挙に「第三帝国」のプロパガンダに近づく。「人道的な理想」としての総統信仰において、すべての民族同士は内面において平等となり、すべての人たちは博愛的に結びつく。美的人間、宗教的人間、権力的人間、理論的人間、経済的人間、社会的人間は、ドイツ的人間において一つになりながらも、ドイツ人の内的本質によって定められた独自色をもたらされる。その際、「憧憬」に代わって「成就」への意志が働く。国民的努力と社会的努力が対立を超えて一致するのは、ペーターゼンによれば、ドイツの歴史において悪しき役割を果たしてきた「王侯的な権力意志のエゴイスティックな内輪政治、常軌を逸した宗教をもつアルプス以南の教会政治、理論的人間に見られる外国風を吹かせた教養のひけらかし、国際的資本主義の財政的関心、プロレタリアートのインターナショナル」（P五二）という桎梏からドイツが解放されることによってだ。

こうした成就の意志を明らかにするために、ペーターゼンはドイツ精神史における国民社会主義的理念について最後に記す。民衆語だった「ドイチュ」によるドイツ的統一に着目し、十七世紀の国語協会の頃に「第三の宗教改革」（P五三）が要求されていたと言うペーターゼンは、言語や文化の共同体としての民族を発見したヘルダーをはじめ、ユストゥス・メーザー、クロップシュトック、シラー、ゲーテ、ヘルダーリンを一連の先駆者として扱い、一九〇七年に出版されたフリードリヒ・マイネッケの『世界市民主義と国民国家』において十九世紀文学における国家思想の意味の増大が引き合いに出されたことを指摘したうえで、フリードリヒ・ルートヴィヒ・ヤーンが一八一〇年に世に問うた『ドイツの民族性』の命題を引き合いに出す。「民族のいない国家は無である、魂を欠く芸術作品だ。国家のない民族は無である、世を逃れるジプシーやユダヤ人のような肉体を欠く浮ついた亡霊だ。国家と民族は一体となることでまずは「国」Reichをもたらし、それを維持する力は民族性のままだ」（P五五）と。国民族と国家の融和のために組織されたドイツ的運動としては、フィヒテの影響が色濃い「自由な男性たちの同盟」、ハインリヒ・フォン・クライストやアヒム・フォン・アルニムやクレーメンス・ブレンターノやアーダム・ミュラーが属していたベルリーンの「ドイツ円卓会」、ヤーンの体操会、大学の学生組合などがあり、強力な結束手段として利用された民謡や民衆劇の事例も挙げられていたのである。精神的枯渇と物質主義から世界を救済するドイツ的使命は、フィヒテとフンボルトとヘーゲルの哲学、そしてシラーやヘルダーリン、それにシュテファン・ゲオルゲの文学に代表されており、未来の芸術家と見なされたリヒャルト・ヴァーグナーや永劫回帰の教えに「第三の国」を見出すと信じたニーチェにも話が及ぶ。ペーターゼンによれば（P五八参照）、英雄的な自然淘汰はダーウィンの進化論にもアルテュール・ド・ゴビノーの歴史観にも関係しており、人種論を提唱したゴビノーはゲルマン人の理想を、純粋人種を終末に置こうとしたニーチェはヨーロッパ人の理想を、それぞれ告知していた。ヴィルヘルム・ラーベとテオドール・フォンターネにおいて都市と地方の区別が主題となったように、ペーターゼンのいう近年の文学においては、アスファルトと土塊、大都市自然主義と郷土芸術、デカダンスと建設、ヨーロッパ的方向とドイツ的方向の対立が認められる。このような二項対立の図式にもとづいてペーターゼンは、『土の恵み』でノーベル文学賞を一九二〇年に受賞したノルウェーの作家クヌート・ハムスンのことを確固たる大地の代表者であるばかりではなく、「第三の国」の道先案内人とも見なし、第一次世界大戦後のドイツ文学を神経衰弱に陥れた表現主義に対して厳しい評価を下す。表現主義に同調した大半の者たちが共産主義の陣営に組み込まれたからだ。さらにペーターゼンは平和主義的な民族連合思想に対しても、それが「フランス的演出のもとでジュネーブの猿芝居によって喜劇になった」（P六〇）という理由で、嫌悪を示す。

このような状況の中で、ペーターゼンにすれば、「鋼のような新しい総統像を待望する機運が立ち上がってきた」（P六一）のである。かつてヘルダーリンが描いた帰郷するヒュペーリオンは、愛によって世界が生み出される第二の時代のために英雄墓と土塊になることを望む。そして第三の時代において、規律が作り出す若い世代によって神々が呼び出され、呼び出されたアポロンと北欧神話の光の神バルドゥルとキリストが犠牲の後に再び甦った神々として「偉大なる三位一体」（P六一）になると言う。以上を述べたペーターゼンは、ゲオルゲが一九一七年に発表し、一九二八年の詩集『新しい国』Das neue Reich に所収された「戦争」の最終三行「戦いはすでに星々の上で決定づけられている。たえず勝者は／守護の像を自らの国境地帯に宿す者／未来の主は変転しうる者」（P六一）とともに、『ドイツの伝説と文学における第三の国への憧憬』全体を締めくくる。それだけに、「待望され予言された総統は出現した」（P六一）と述べるとき、ペーターゼンがゲオルゲの「新しい国」と一九三四年に公にされた言葉「総統」をともに意識していたことは間違いない。つまるところ、「第三の国」はもはや「憧憬の夢」ではなく、「生成の国」として「新たに生まれつつあるドイツ人に課せられている課題」となり、同時に「人類のための自己教育」となるとペーターゼンは結論づけるのであった（P六一）。

四　連続の中の不連続

ユーリウス・ペーターゼンは、一九三三年以降、ナチス・ドイツのイデオロギーを日和見主義的に支持した。[4] その何よりの証左が、一九三四年の『ドイツの伝説と文学における第三の国への憧憬』にほかならない。もっとも、ペーターゼンは、同書の第六章で「不穏なユダヤ人文士」を示しているものの、ナチス・ドイツのイデオロギーに背いてユダヤ人の学者に対して援助をし、ナチスから彼らを守っていたという報告もある。[5] ペーターゼンの日和見主義に関しては、諸資料を収集したうえで、その内実を今後とも探る必要があろう。ペーターゼンの没後まもなく出された追悼集では、[6] ナチス政権下の一九四一年刊行にもかかわらず、ナチスに直接関係する文言は一切ない。戦後に刊行されたペーターゼンの文献一覧においても、[7] さまざまな配慮が働いているからだろうか、ペーターゼンに対する短絡的な評価は避けられている。だが、その一方で、フェルキッシュ思想そのものがかなり過小評価された戦後のみならず、ナチス・ドイツの精神史的な前史を冷静に問うことができる現代においても、本書の補遺一で述べたように、フリッツ・シュテルンの『文化的絶望の政治』において書名が註であげられるにとどまり、『ドイツの伝説と文学における第三の国への憧憬』が軽視もしくは排除されてきたのであった。この結果、ナチス・ドイツの精神史的な前史を戦後に問う際に、フェルキッシュ思想の連続性を解明することが重視されながらも、ある種の不連続が生じることになってしまったのである。

同書は、ドイツ語圏の精神史をことごとく「第三の国」に関連づけようとする試みゆえにあまりにも恣意的であり、その恣意性ゆえに著者の博覧強記はナチス政権に対する迎合と化したのであった。本書がこうした著作にあえて取り組んだのは、単なる好奇心に駆られての分析でもなければ、言うまでもなく、「新しい総統像」を再び待望することでもない。むしろ、そうした待望の危険性にいち早く気づくことにあり、この著作の問題性、そしてこの著作をめぐる問題性に気づくことにある。事実、『ドイツの伝説と文学における第三の国への憧憬』の分析を通じて、私たちは「憧憬」の内実を知り、「第三の国」の理念がイデオロギーに取り込まれていく過程を目の当たりにした。それは多様な展開を見せた「第三の国」の系譜が画一的な「第三帝国」のイデオロギーへと変質していく過程でもあったのである。

件の過程を、今一度、十年単位で確認しておこう。一九一三年はカンディンスキーが「第三の国」を希求して抽象絵画へ移行を決意した年であり、トーマス・マンが『魔の山』を執筆し始めた年であり、日本でリベラルな社会評論誌『第三帝国』が創刊された年であった。まさに「第三の国」の理念が西でも東でも新たに展開した年だったのである。実際に、本書の序で扱ったとおり、この頃の日本では「今や我国にも「第三帝国」の声は高い」と称されたのであった。だが、一九一三年は、ヒトラーがヴィーンを去ってミュンヒェンに移住した年であったことも忘れてはならない。そして、その十年後の一九二三年は、ヒトラー体制を予告するようなメラー・ファン・デン・ブルックの『第三の国』が刊行された年であり、実際にヒトラーが同志とともにミュンヒェン一揆を起こした年でもあった。この反乱はすぐに鎮圧され、ヒトラーは投獄されたが、かえって英雄視されるなかで出所して、翌年に国民社会主義ドイツ労働者党を再建したのである。その意味で、一九二三年は第三帝国の礎が築かれた年と言えるのではないか。この年にメラーが熱望した「新しい信仰、新しい共同体、新しい帝国」[8]は、さらに十年後の一九三三年一月三十日に、ペーターゼンの意識からすると、ヒトラーの政権掌握によって実現されたのである。

一九三〇年九月十四日、ナチスが国会選挙で十二議席から百七議席を獲得し、第二党に躍進すると、トーマス・マンは、その一か月後の十月十七日にベルリーンで行った講演「ドイツの呼びかけ　理性に訴える」で、「プロレタリア的終末論」と称された「第三帝国」を徹底的に非難する一方で[9]、一九三二年十月二十二日にナチス・ドイツを糾弾する立場から「完全な〈第三の国〉」[10]を擁護したのであった。そのマンが一九三三年九月二十七日に『ヨセフとその兄弟たち』の第一部『ヤコブ物語』を世に問う。この四部作小説は、「ファシズムの手から奪還され、言葉の隅々にいたるまで人間的なものに転換された」神話として、「神話の機能転換」[11]をめざす物語であったが、これとは逆に、ペーターゼンは『ドイツの伝説と文学における第三の国への憧憬』を通じて「第三の国」の理念をファシズムの手に委ね、いわば「第三の国」の機能転換をめざしたのである。つまり、一八七五年生まれのマンと一八七八年生まれのペーターゼンは、「第三の国」をめぐり真逆の立場にあった。

マンは、『ヤコブ物語』刊行前の一九三三年二月十日にミュンヒェン大学の講堂で講演「リヒャルト・ヴァーグナーの苦悩と偉大」を行い、ヴァーグナー音楽を第三帝国のイデオロギーに組み込んだナチスを徹底的に批判した。[12]本章の最後に、マンが一九三〇年に行った講演「ドイツの呼びかけ　理性に訴える」にもう一度注目しておきたい。この講演はナチスの妨害を受けるなかでマンが命がけで行った講演として知られているが、マンは、国民社会主義を徹底的に批判するだけではなく、その運動を精神的に支えた大学教授たちも糾弾していた。批判の矛先は、一九三〇年の時点でナチスの御用学者と堕した者たちに向けられており、一九三四年に『ドイツの伝説と文学における第三の国への憧憬』を出したペーターゼンに向けられたものではない。しかし、次の一節は、「第三の国」を第三帝国のイデオロギーへと変容させたペーターゼンに向けられた批判として、本書の読者であれば読み替えることができるのではないか。

私たちが話題にしている政治運動、つまり、国民社会主義的な運動を精神面から強化するために徒党を組んでいるのは、まだあるのです。そのひとつが大学の教授たちの間から生まれたある種の文献学イデオロギー、すなわちゲルマン学者のロマン主義であり北欧神話であります。これは、人種、民族、結社、英雄といった語彙を交えながら、神秘を装う愚直と常軌を逸した悪趣味からなる慣用句を振りかざして一九三〇年のドイツ人に吹き込み、教養を装った熱狂的野蛮という要素を件の政治運動に加えているのです。しかも、私たちを戦争へと導いた世事に疎い政治的ロマン主義よりも危険であり、さらなる疎さをもたらしては、頭脳をもっと悪い方向に押し流し、膠着状態にしてしまうものであります。(13)

ヒトラーが一九三三年に政権を掌握し、一九三四年に公の場で自らを「総統」と称し始めるなかで、「慣用句」と化した「第三の国」の理念は「教養を装った熱狂的野蛮」を通じてファシズムの手に委ねられていったのである。ペーターゼンが果たした「機能転換」はあまりにも大きかった。

註

(1) Vgl. Walter Killy u. Rudolf Vierhaus (Hrsg.): Deutsche biographische Enzyklopädie. München 1998, Bd. 7, S. 619.

(2) シュペングラーは、「世界史の形態学」という副題がつけられた『西洋の没落』(第一巻、一九一八年)において西洋中心的な直線的歴史観を批判する際、その批判対象の根底に「第三の国」の理念があることを見抜く。シュペングラーが批判的に「近代」という概念を持ち出すとき、それは古代と中世に続く「第三の時代」であり、両者を超えたところにある最終的なものであり、頂点であり、目標である「第三の国」であった。そうした「ヨーロッパ的自己感情」をもつ者として、フィオーレのヨアキムがおり、レッシングがおり、イプセンがいる。「西洋の知性は未来を創造しようと欲する」と述べるシュペングラーにとって、フィオーレのヨアキムからニーチェおよびイプセンにいたる「あらゆる偉大な人間」は、「ゲルマン的理想」である「第三の国」を「永遠の明日」として心に抱いているのであった。シュペングラー『西洋の没落I』（村松正俊訳、中央公論新社、二〇一七年、三二二頁以下および二八六頁以下）参照。なお、村松訳における das dritte Reich の表記は「第三帝国」であって、「第三の国」ではない。

（3）Julius Petersen: Die Sehnsucht nach dem Dritten Reich in deutscher Sage und Dichtung. Stuttgart 1934, S. 1. ペーターゼンの著作から引用ならびに参照する際は、略号Pとともに括弧内に頁数を示す。

（4）Vgl. Killy u. Vierhaus, a. a. O., S. 619.

（5）Vgl. ebd.; Petra Boden u. Bernhard Fischer: Der Germanist Julius Petersen (1878–1941): Bibliographie, systematisches Nachlaßverzeichnis und Dokumentation. Marbach 1994, S. 23.

（6）Julius Petersen zum Gedächtnis. Leipzig 1941.

（7）Boden u. Fischer, a. a. O.

（8）Moeller van den Bruck: Das dritte Reich. Berlin 1923, S. 249.

（9）Thomas Mann: Gesammelte Werke in dreizehn Bänden. Frankfurt a. M. 1990, Bd. XI, S. 880.

（10）Ebd., S. 897.

（11）Ebd., S. 658.

（12）二月十三日はヴァーグナー没後五十周年にあたることもあり、二月十一日からオランダに向けて出発した講演旅行を機に、マンは亡命生活を余儀なくされた。

（13）Ebd., S. 878.

結び　「第三の国」の行方

本書の序と第一章で考察したフィオーレのヨアキム、始原と終末の枠構造、ヨアキム受容、「第三」と「国」、以上は「第三の国」という言説のみならず、ナチス・ドイツのプロパガンダである「第三帝国」を成立させた要因でもあった。もっとも、「第三帝国」が一九二三年から一九三三年までの間にナチス・ドイツの自称、通称、俗称として定着し、一九四五年のドイツ無条件降伏まで、いや、それどころか、現在にいたるまで広く知られた名称であるのに対して、「第三帝国」以前の「第三の国」はかつてヘンリック・イプセンやドミートリー・メレシコフスキーを通じて国際的に流布し、トーマス・マンが繰り返し使用し、「第三の国」という理念そのものを革命概念としてナチス・ドイツから奪還しようとした試みがあったにもかかわらず、今ではその多様な内実がほとんど知られていない。「第三帝国」は、反民主主義的、反自由主義的、反ユダヤ主義的な偏狭な思想であり、多様性を有しない国粋主義的な思想の極みだった。これに対して思想としての「第三の国」には、「第三帝国」とは真逆のベクトルが総じてあったと言えよう。「第三帝国」は大ドイツ主義ゆえの偏狭なナショナルな思想であったが、「第三の国」はドイツのみならず、ノルウェーやロシア、さらには日本にも広まったいわばトランス・ナショナルな思想であったのである。もっとも、「第三帝国」以前の「第三の国」をめぐる多様な展開は、日本のみならず、ドイツでも一般に知られておらず、また、学術の領域でも総括的な研究はいまだなされてこなかった。それだけに本書は多様な「第三の国」の実相を一覧表にまとめたうえで、最後に総括しておきたい。

「第三の国」一覧

名　前（生没年）	第一の国	第二の国	第三の国
フィオーレのヨアキム（一一三五年〜一二〇二年）	父に帰属する第一〈段階〉	子に帰属する第二〈段階〉	聖霊に帰属する第三〈段階〉
ゴットホルト・エフライム・レッシング（一七二九〜一七八一年）			第三の時代、新しい永遠の福音の時代
ヘンリック・イプセン（一八二八〜一九〇六年）	父の国（古代ギリシアの世界）	子の国（キリスト教の世界）	精神の国
ヨハネス・シュラーフ（一八六二〜一九四一年）			新しい個性、新しい男と新しい女、第三の人
ドミートリー・メレシコフスキー（一八六六〜一九四一年）	異教、肉体	キリスト教、精神	聖霊の王国、第三のローマ
ワシリー・カンディンスキー（一八六六〜一九四四年）		物質主義	新しい精神の国、第三の黙示、抽象絵画
茅原華山（一八七〇〜一九五二年）	明治維新までの日本	明治の日本	日本人による世界的帝国
ルードルフ・カスナー（一八七三〜一九五九年）	顔の国	仮面の国	自分自身

トーマス・マン（一八七五〜一九五五年）			宗教的人間愛の第三の国としての共和国
メラー・ファン・デン・ブルック（一八七六〜一九二五年）	神聖ローマ帝国	ドイツ帝国	第三の党、新しい最終の国
パウル・フリードリヒ（一八七七〜一九四七年）		物質主義	ツァラトゥストラが呼びかける「汝の国」
斎藤信策（一八七八〜一九〇九年）	希臘主義	基督教主義	第三の新たなる実在
ユーリウス・ペーターゼン（一八七八〜一九四一年）			「総統」に導かれた「新しい国」
オスヴァルト・シュペングラー（一八八〇〜一九三六年）			永遠の明日
エルンスト・ブロッホ（一八八〇〜一九五九年）			社会主義革命にもとづく「第三の国」

ゴットホルト・エフライム・レッシングは、『人類の教育』（一七八〇年）において、三位一体説にもとづいて三つの時代に歴史を分割したフィオーレのヨアキムの黙示録解釈、特に十三〜十四世紀におけるその熱狂的受容を批判的に継承しながら、啓蒙にもとづく人類の普遍的な教育という観点から第三の時代を「新しい永遠の福音の時代」として捉えた。こうした考えは、ヨアキムの影響が大きいとはいえ、もはや前近代的な宗教的思考とは言えない点で、「第三の国」は近代におけるネオ・ヨアキム主義の嚆矢となる。[1]

イタリアからドイツへと伝播したヨアキム思想の影響は、十九世紀後半にさらに北上し、ノルウェーのイプセンにおいて、近代的な弁証法的思考と融合して汎ヨーロッパ的に展開した。一八七三年に上梓された歴史劇『皇帝とガリラヤ人』において、「知識の木」にもとづく古代ギリシアの世界と「十字架の木」にもとづくキリスト教の世界との確執、つまり、異教とキリスト教の確執を経て、「知識の木と十字架の木を一つにしてその上に建設されるべき帝国」の到来が、[2] つまり、両者を弁証法的に統合した「第三の国」の到来が求められている。しかも、ルードルフ・カスナーの指摘によれば、イプセンは序文において、[3]「父の国」と「子の国」に続いて両国に取って代わることになる「第三の国」としての「精神の国」の到来を明言していた。そしてこの世界史劇は、一八八八年に出た独訳を通じて、ドイツ語圏において「das dritte Reich」というドイツ語を流布させる役割を果たす。[4]

こうした役割の証左、そして、ネオ・ヨアキム主義のトランス・ナショナルな展開は、レーオ・ベルクの著作『現代文学における超人』（一八九七年）に認められよう。というのも、同書では「神秘主義者たちがかつて告知し、今日では預言的な詩人たちが夢をみているものこそ第三の国」[5]であると述べられ、「第三の国のメシア」としてのイプセンと「人類の新しい第三の国」の先行者としてのドストエフスキーが論じられていたからだ。[6] ロシアの象徴主義者であるメレシコフスキーは、「モスクワは第三のローマである」[7]というロシア独自の黙示録解釈を復活させ、一八八四年（独訳、一九〇三年）公刊の小説『背教者ユリアヌス　神々の死』などの著作を通じて、異教とキリスト教、肉体と精神などの対立を統合する「第三の国」を求めた思想家であり、小説家であった。異教とキリスト教のジンテーゼとしての「第三の国」は、「キリスト教の最も秘められたる、最も深遠な思想――即ち終末の思想、第一の来臨を完成し充実させる第二の来臨の思想、その王国の後に来たらんとする聖霊の王国の思想」[8]として唱えられていたのである。[9]

十九世紀末のドイツ語圏において、ネオ・ヨアキム主義の思想的展開をレーオ・ベルクの次に果たしたのが、作家ヨハネス・シュラーフであった。徹底的自然主義の代表者であるシュラーフは、一八九八年に友人のアルノー・

ホルツと訣別し、次第に自然主義からある種の神秘主義に移行するなかで、ベルリーン小説として『第三の国』を一九〇〇年に上梓したのである。物質主義とダーウィン主義に浸る主人公リーゼガングは、マックス・シュティルナーとフリードリヒ・ニーチェの思想を通じて、ヨハネの黙示録とヨハネの福音書の記述に新しい宗教感情を探り、「世界都市」で「新しい人間」像を求めていた。(10) もっとも主人公は、画一的な空気の支配するベルリーン市内中心部から逃れるかのように都市の外れに行き、クロイツベルク地区のヴィクトーリア公園へ向かい、公園の頂に聳えるネオ・ゴシック様式の記念碑を見て安堵の息をもらす。千年王国をめぐる神秘思想を信奉していた主人公は、それ以来、「第三の契約！」「新しい個人！　新しい個性！——新しい男と新しい女！」「第三の人」を意識して求めることになる。シュラーフの場合、イプセンやメレシコフスキーの場合と異なり、「第三の国」やそれをめぐる比喩表現が多々あっても、「第一の国」や「第二の国」に関する言及は見当たらない。とはいえ、ネオ・ヨアキム主義における他の記述と同様、自分たちが「第二の国」の時代の終わりに位置し、その中である種の切迫感をもって「第三の国」が求められている。

上述のメレシコフスキーがワシリー・カンディンスキーやメラー・ファン・デン・ブルックやトーマス・マンに多大な影響を与えたことは、ネオ・ヨアキム主義の多様な展開を端的に示す。第一次世界大戦前にミュンヒェンで活躍したロシア人画家は、終末論的パースペクティブのもとで、「純粋な」絵画の到来を「新しい精神の国」と見なしていた。カンディンスキーによれば、私たちの魂は「物質主義の長い時代からようやく目覚めつつある」が、いまだ「物質主義的な物の見方という悪夢」(11) にうなされ続けていたのである。カンディンスキーは、一九一二年、抽象絵画への移行を決意したとき、「今日はこの国が啓示された偉大なる日……。ここにおいて精神の偉大なる時代、精神の黙示が始まる。父—子—聖霊」(12) という文章を記し、抽象絵画への移行を「精神の国」の到来、「第三の黙示」の始まりと理解したのであった。(13) このようにカンディンスキーは「第三のローマ」説にもとづく「第三の国」を自らの抽象絵画に託したが、皮肉なことに、「第三の国」の理念が込められた絵画に「退廃芸術」の烙印を押したのが「第三帝国」だったのである。もっとも、第一次世界大戦前にメレシコフスキーがパリに、カンディンスキーがミュンヒェンに移住したことを考えると、かつて東と西に分離して、それぞれ独自の展開を遂げた「第三の国」という理念が再び出会い、新たな展開を遂げることになったと言えよう。二十世紀においてネオ・ヨアキム主義はトランス・ナショナルな展開を遂げたのである。

　こうした展開の証左は、ドイツと同様にイプセンとメレシコフスキーの作品を通じて「第三の国」という言説が流布した日本にも認められよう。事実、イプセン没後の翌年である一九〇七年にイプセンが「第三王国の預言者」と称され、一九一三年に雑誌『第三帝国』が創刊され、一九一四年に「今や我国にも「第三帝国」の声は高い」と言われたのであった。しかも、雑誌『第三帝国』は、イプセンやメレシコフスキーが繰り返し扱われている点で文芸誌でもあるが、同時に、植民地主義的な大日本主義を否定し、満韓放棄論とも称された小日本主義や民本主義や普通選挙の施行を支持した社会評論誌でもあった。同誌を刊行した茅原華山によれば、第一帝国は明治維新までの日本、第二帝国は国家至上主義的な明治の日本であり、日本人による「新なる《ママ》世界的帝国」が第三帝国と解されたのである。第一次世界大戦後にナチス・ドイツの別称となっていく「第三帝国」とは異なり、同名称が大戦前の日本において植民地政策を認めないデモクラシーと結びついていたのである。こうした潮流は、一方でナチス・ドイツの「第三帝国」とかなり真逆の志向を示すが、他方でイプセンやメレシコフスキー受容という点でドイツにおけるネオ・ヨアキム主義と重要な共通点があったと言えよう。[14]

　雑誌『第三帝国』のタイトルは、創刊号冒頭の「志を述ぶ」によると、「ヘンリック、イプセン及びパウリ、フリードリツヒの劇[15]」に由来した。また、茅原の「新第三帝国論」には、「第三帝国といへる思想は、イブセンやポール、フリイドリツヒやメレヂユコフスキイ等から来た[16]」という説明がある。もっとも、「パウリ、フリードリツヒの劇」がいかなる作品であり、「ポール、フリイドリツヒ」はいかなる人物であるかという問いに答える説明は雑誌『第三帝国』に見当たらないばかりではなく、ナチス・ドイツの精神史的な前史を扱う研究においても見当たらない。件の人物は、雑誌『第三帝国』の刊行三年前にあたる一九一〇年に『第三の国　個人主義の悲劇』を刊行したパウル・フリードリヒであった。ドイツ本国においても今ではほとんど知られていないフリードリヒの劇作品は、その序文によると、十九世紀の物質主義を強烈に批判する「フリードリヒ・ニーチェ神話」[17]にほかならない。劇の最後では、北イタリアのトリノにある部屋で、深夜、幻視と幻聴に陥った孤独な哲学者ニーチェがツァラトゥストラの声を聞く。「第三の国が自らの神を呼んでいる、汝の国に来たれ！」[18]と。劇を締めくくるその声は、ヨハネの黙示録の最後でヨハネがイエスに対して「来てください」と述べたように、「第三の国」の到来を望む。パウル・フリードリヒにおけるネオ・ヨアキム主義も自らの出自と深いつながりをもつのである。新理想主義に立脚するパウル・フリードリヒは「ニーチェの悲劇」をめぐる文化批判と「第三の国」をめぐる新たな理想を結びつける際、劇の序文によると、レーオ・ベルクの影響を受けていた。一八九七年にドイツにおいて『現代文学における超人』を世に問うた前述の文芸評論家である。ここにおいても「第三帝国」以前の「第三の国」における多様な展開と深いつながりが認められるのである。[19]

こうした思想的潮流は、二十世紀前半にヴィーンで活躍した思想家ルードルフ・カスナーにも多大な影響をもたらしていた。西洋の合理主義に対する対蹠者《アンチポーデ》であったカスナーは、リルケの親友であったこともあり、リルケ研究者に言及されることがあるものの、オーストリア本国ならびにドイツにおいても、カスナーは忘れられて久しい。そのため、自らの特異な観相学を通じてネオ・ヨアキム主義と深い関わりをもっていたにもかかわらず、「第三の国」をめぐる考察においてカスナーが考察対象になることはなかったし、逆にカスナー研究において「第三の国」が取り上げられることも皆無に近かったのである。カスナーにとって、「第一の国」は近代以前の全一性にもとづく「存在の国」「同一性の国」「顔の国」であり、「第二の国」は近代的な分裂の中で生じた「尺度の国」「個性の国」「仮面の国」であり、「第三の国」は長い「回り道」を経ていたる「自分自身」である。人間は「尺度の国」「仮面の国」から「存在の国」「顔の国」へと戻り、「間仕切りの壁」を打ち破って「第三の国」へ入らなければならないが、その国はただ予感されているにすぎない。人間は、それも近代の人間は、他者という「回り道」をしてしか自分を知りえず、なかなか自分自身に行き着くことができないとカスナーは考え、西洋の合理主義的な近代を批判した。それだけにカスナーにおける「第三の国」は、近代におけるネオ・ヨアキム主義の弁証法的な思想と根本的に異なり、いわば回帰の思想であったと言えよう。しかも、私たちの外ではなく、私たちの内で展開する概念として「第三の国」を捉え直し、ネオ・ヨアキム主義のいわば内面化を促したのである。ただし、他の思想家たちと同様に「第四の国」を想定しておらず、「第三の国」を第三かつ最終の局面と見なしていた点を忘れてならない。

以上のような多岐にわたる展開の中で、第一次世界大戦の前後から「第三帝国」以前の「第三の国」を政治的な言説として用いる者も出始めた。その嚆矢の一人となるのが、一九一九年の「ドイツ労働者党」の設立に関わり、アードルフ・ヒトラーと出会った後、一九二〇年に「国民社会主義ドイツ労働者党」を立ち上げたディートリヒ・エカルトであろう。劇作家であり、イプセンの翻訳者でもあったこの政治思想家は、自ら編集する新聞『一刀両断』Auf gut Deutsch の一九一九年七月五日版で「第三帝国」という言葉を反ユダヤ思想的な文脈で用いていたが、一九二三年十一月、エカルトはヒトラーとともにミュンヒェン一揆を起こしたものの、鎮圧され、同年十二月、モルヒネ中毒による心臓発作で死亡するのであった。もっとも、この年こそ、「第三の国」の系譜において重要な転機となる。というのも、「第三の国」という言葉をヒトラーにもたらしたのはエカルトの死亡年であるのみならず、[20]ナチズムの「主著」となり、「運動のエリート」たちの心を捉えた著作、[21]すなわち、メラー・ファン・デン・ブルックの『第三の国』が刊行された年だからである。この国粋主義的なイデオローグは一九〇四年に刊行した八巻本の著作『ドイツ人　我々の人類史』で歴史の三分割をすでに行っていたが、一九一九年成立のヴァイマル共和国を認めない反動的な潮流の中で、「我々の国における西側を範にした議会政治の席巻」[22]を打破すべきであると考えるにいたり、「ライヒ」をめぐる三段階として、第一の神聖ローマ帝国、第二のドイツ帝国に続いて、ドイツ史を継続する「第三の党」すなわち「第三の国」を求めたのである。[23]それはメラーにとって「新しい最終の国」[24]であり、「永久平和の思想」[25]でもあった。もっともこうした特異な政治思想も、「第三の国」の系譜と深いつながりをもつ。というのも、一九〇二年から一九〇六年の間にパリに滞在した際にメレシコフスキーと知り合い、一九〇六年から一九一九年までの間にメレシコフスキーの協力を得てドイツで最初のドストエフスキー全集を編纂したのも、メラーだったからだ。[26]「第三帝国」以前の「第三の国」は多種多様な展開を示しながらも、国境を越え、言葉を越えて、思わぬつながりを有するのであった。

こうしたつながりを自身の思想的変遷とともに最も複雑に示すのは、トーマス・マンである。マンは「第三帝国」といわば戦った作家として知られるが、マンこそ生涯にわたり「第三の国」という言葉を標榜した思想家でもあった。マンは自作解説『『フィオレンツァ』について』（一九一二年）をこう締めくくる。「詩人は、常にいたるところでジンテーゼを、精神と芸術、認識と創造性、知性と単純、理性と魔術性、禁欲と美の和解を実現するのだ、つまり第三の国を」[27]と。このような意識は第一次世界大戦の勃発とともに一挙に政治化し、一九一五年のアンケート回答「ストックホルムの『スウェーデン日々新聞』編集部宛」などが端的に示すように[28]、マンは「権力と精神のジンテーゼ」である「第三の国」をドイツにもたらすものとして戦争を理解し、「黙示録を夢みる」[29]ドイツを擁護した。そして、ドイツ敗戦が濃厚になるなかで自らの立ち位置を見失ったマンは、一九一八年十月に再読したメレシコフスキーの『トルストイとドストエフスキー』に自己の保守的理念を歴史的現実に適応させる拠り所を確認し始め、一九二一年二月の自著『ロシア文学アンソロジー』の中で、イプセンの「宗教哲学的な戯曲」にすでに見られる「第三の国」をめぐる戦い、つまり「新しい人間性と新しい宗教、精神の肉体化と肉体の精神化をめぐる戦いが、ロシア人の魂の中においてほど大胆かつ切実に行われたところはどこにもないようだ[30]」と言う。メレシコフスキーを念頭においての発言であった。そして、一九二六年のパリ滞在中にメレシコフスキーの訪問を受けた際、その感動を『パリ訪問記』（一九二六年）に記す。こうしたマンの賛辞が生涯にわたって続いたことは、マンがメレシコフスキーから受けた影響がいかに深甚であるかを雄弁に物語っている。[31]しかし、ことは決して単純ではない。マンは、一九二二年十月の講演「ドイツ共和国について」で「宗教的人間愛の第三の国」[32]としての「共和国」を擁護し、一九二五年の講演「ドイツとデモクラシー」でもドイツ・ファシズムを弾劾するべくデモクラシーと融合した「第三の国」[33]を主張していた。こうした文脈を踏まえると、一九一三年七月から執筆され一九二四年九月に脱稿された『魔の山』にも「第三の国」の理念が強く働いていたと推測できよう。事実、「言葉の英雄」である作家の中から「第三かつ最終の精神の王国で人類を治める選ばれし人」が現れると主張するメレシコフスキーの影響を受けて[34]、マンは、一九一九年四月十七日の日記によれば、『魔の山』の主人公を新しいものを求めての戦いに送り出すことにした。この発案は『ドイツ共和国について』で唱えられた「宗教的人間愛の第三の国」を創作において展開する試みだったと言えよう。だが、「第三の国」という言葉は『魔の山』に認められない。この事実を問題にする際、メラーが主催していた政治団体が問題になる。ドイツで最初のドストエフスキー全集を編纂する際にメレシコフスキーに助力を請うたこの人物は、保守と革命のジンテーゼを説いた反動的な思想家でもあった。マンは、一九一八年十月十五日の日記において『罪と罰』の主人公に関するメラーの序文に関心を示し[35]、この保守革命の理論家が中心的な役割を果たす「六月クラブ」に出入りしていたが[36]、一九二二年十月の講演以後は反動的な思想から距離を取ろうと努めたのである。こうしたマンの姿勢には、後に『ファウストゥス博士』において徹底的に行われる「第三帝国」批判の嚆矢が認められよう。だが、『魔の山』に限って言えば、「第三の国」に対するいわば距離のパトスが複雑に潜在化されたと言えよう。マンは世界文学の中で自作に対する言及が最も多い作家であるだけに、その沈黙は多くを語る[37]。

一九二三年から一九三三年までの十年は、ナチス・ドイツ台頭の十年であるだけに、「第三帝国」という言説が流布した十年でもあった。政治的な概念使用のすえ、「第三の国」が「第三帝国」へと意味の変容をしていく十年とも言える。こうした潮流に抗うように、ヘルマン・ヘッセは一九二七年の『荒野の狼』や一九三二年のエッセイ『神学断章』や『東方巡礼』などで「第三の国」に対する失われた信仰を再び得ようと試み[38]、トーマス・マンは、一九三〇年九月の国会選挙でナチスが十二議席から百七議席を獲得した一か月後、講演「ドイツの呼びかけ　理性に訴える」で「政治は第三帝国もしくはプロレタリア的終末論という大衆の阿片となる」と警告を発し、一九三二年にヴィーンの労働者を前にしてナチス・ドイツの誤用に対して「肉体性と精神性、自然性と人間性の統一」としての「完全な〈第三の国〉」を擁護した。[39]　また、エルンスト・ブロッホは一九三五年の『この時代の遺産』[40]において「第三の国」の理念をまさに「革命」の側に取り戻そうとしたのである。このマルクス主義哲学者にとって、フィオーレのヨアキムやレッシングが示したような旧約と新約にそくして歴史を三分割する思想はあまりにも古くさい。「けれども、その最後、つまり第三の時代は、社会主義革命が陽光と細密性とのなかでめざそうとしているのと同じ人間性の状態を、霧と一般性とのなかで提起したのだ」と言い、ブロッホは社会主義革命にもとづく「第三の国」を新たに継承しようとする。思想としての「第三の国」は、かつて「ブルジョアジーの勝利とともに消え失せ」たものの、その後、メラー・ファン・デン・ブルックの著作『第三の国』を通じて政治的に、そしてメラーが編纂したドイツ語版ドストエフスキー全集を通じて「文学的にも」甦った。しかし、甦ったものは「燃えるような闇」「血と悪魔ばかりにみちみちた夜」にすぎず、フィオーレのヨアキムやレッシングのそれと違うだけではなく、イプセンの劇で皇帝ユリアヌスがもたらすはずであった「陽気な貴族的人間の第三の国」とも違う。このように考えたブロッホは「第三の国」をめぐるこれまでの言説を批判し、ナチス・ドイツの「第三帝国」を徹底的に断罪しながら、「第三の国」の理念を革命の側に取り戻そうとしたのである。[41]

しかしながら、以上のような奪還の試みが複数あったにもかかわらず、その後、「第三の国」から「第三帝国」へと意味的変容は決定的になっていく。こうした潮流を決定づけたのは、『この時代の遺産』刊行前年にあたる一九三四年に刊行された『ドイツの伝説と文学における第三の国への憧憬』である。同年はヒトラーが「総統」という称号を公に使い始めた年であっただけに、同書はナチス・ドイツのプロパガンダである「第三帝国」にナチス・ドイツ以前にあった「第三の国」の系譜を取り込む決定的な学術書となった。著者のユーリウス・ペーターゼンは、ニーチェの超人思想を意識して言う。「最終目標が現在の視野に入ってきた」、そして、過去の夢はいまだ空間的にも時間的にも制約を受けているものの「永劫回帰をめぐる革命的な保守思想」[42]を通じて実現しつつあると。ペーターゼンの歴史認識は、一方でドイツの保守革命や国民社会主義と結びつき、他方で数千年にわたってヨーロッパで多様に展開してきた救済思想にもとづいていた。ナチスのプロパガンダに近づいたペーターゼンによれば、「鋼のような新しい総統像を待望する機運が立ち上がってきた」のであり、「待望され予言された総統は出現した」[43]のである。件の著作が締めくくられる際、シュテファン・ゲオルゲの詩集『新しい国』Das neue Reich（一九二八年）に所収された「戦争」の最終三行「戦いはすでに星々の上で決定づけられている。たえず勝者は／守護の像を自らの国境地帯に宿す者／未来の主は変転しうる者」[44]が引用された。このようにしてペーターゼンはゲオルゲの詩と一九三四年に公にされた言葉「総統」をともに意識して「総統」に導かれた「新しい国」を「第三の国」として待望したのである。

「第三の国」をめぐるいわば争奪が一九三〇年前後にあったなかで、「第三の国」の理念はプロパガンダとしての「第三帝国」へと決定的に取り込まれていった。そうした「取り込み」を学術的に保証したのが、ペーターゼンであった。この碩学にはナチス・ドイツのイデオロギーに背いてユダヤ人の学者に対して援助をした面もあり[45]、その点は今後とも慎重に事実確認をする必要があろう。とはいえ、『ドイツの伝説と文学における第三の国への憧憬』はペーターゼンがナチス・ドイツのイデオロギーを学術的に支持した何よりの証左となる。その結果、フェルキッシュ思想そのものがかなり過小評価された戦後状況の中で、ペーターゼンの著作はナチス・ドイツの精神史的な前史を探る研究において排除されてきた。しかしながら、「第三の国」という言説を同書以上に広く深く考察したものは、ペーターゼン以前の研究は言うに及ばず、戦後のナチス・ドイツ研究においても見当たらない。その結果、「第三帝国」を扱う研究が多数あるにもかかわらず、「第三帝国」以前の「第三の国」を扱う研究はきわめて少なくなってしまったのである。ペーターゼンの著作に取り組む現代的な意義は、ペーターゼンのように「新しい総統像」を再び待望するためではなく、むしろ、新たな「待望」の危険性にいち早く気づくことにあり、また、「第三帝国」以前の「第三の国」に取り組むことは、「第三帝国」を社会思想史的に相対化することでもない。むしろ、「第三帝国」が受け入れられた反理性主義的な潮流を理性的に見極めるために行わなければならないのだ。過去におけるフェルキッシュ思想の「取り込み」をあえて検討することは、将来におけるそうした「取り込み」の阻止に、さらには新たなファシズムや「新しい総統像」の台頭阻止に必ずつながる。フェルキッシュ思想の連続性をめぐる研究に不連続があってはならない。

註

（1）Vgl. Marcus Conrad: Teleologie und Systemdenken. Geschichtsauffassungen der Spätaufklärung und die Wechselbeziehungen zwischen Geschichtstheorie und Literatur. In: Neue Beiträge zur Germanistik. / Heft 2. Hrsg. von der Japanischen Gesellschaft für Germanistik. München 2016, Bd. 15, S. 40–62.

（2）イプセン『原典によるイプセン戯曲全集』第三巻、原千代海訳、未来社、一九八九年、一九一頁以下。

（3）Vgl. Rudolf Kassner: Sämtliche Werke. Im Auftrag der Rudolf Kassner Gesellschaft herausgegeben von Ernst Zinn u. Klaus E. Bohnenkamp. Pfullingen 1969 ff., Bd. 4, S. 393.

（4）小黒康正「第一次世界大戦期の日本とドイツにおける「第三の国」イプセン、メレシコフスキー、トーマス・マン」（日本独文学会『ドイツ文学』第一五四号、二〇一六年、一〇三〜一二一頁）参照。

（5）Leo Berg: Der Übermensch in der modernen Literatur. Ein Kapitel zur Geistesgeschichte der modernen Literatur. Paris, Leipzig u. München 1897, S. 74.

（6）Ebd., S. 111 u. 120.

（7）メレシコフスキー『トルストイとドストイェーフスキーIII』、植野修司訳、雄渾社、一九七〇年、一七頁。

（8）同右、三二八頁。

（9）Vgl. Yasumasa Oguro: Der Kampf um das Dritte Reich vor dem Ersten Weltkrieg. Die Dmitri Mereschkowski-Rezeption in Deutsch-

land und Japan. In: Tagungsband der «Asiatische Germanistentagung 2016 in Seoul» - Bern 2022, Bd. 1, S. 113–122.
（10）Vgl. Johannes Schlaf: Das dritte Reich. Ein Berliner Roman. Berlin 1900.
（11）Wassily Kandinsky: Über das Geistige in der Kunst. 10. Aufl., mit einer Einführung von Max Bill. Bern 1952, S. 22.
（12）Christoph Schreier: Wassily Kandinsky. Bild mit schwarzem Bogen. Frankfurt a. M. u. Leipzig 1991, S. 27.
（13）Vgl. Yasumasa Oguro: Neo-Joachismus auf der „geistigen Insel“ in München. Kandinsky, Mereschkowski und Thomas Mann. In: Publikationen der internationalen Vereinigung für Germanistik (IVG). Akten des XII. internationalen Germanistenkongresses Warschau 2010. Vielheit und Einheit der Germanistik weltweit. Hrsg. von Franciszek Grucza. Frankfurt a. M. 2012, Bd. 14, S. 451–457.
（14）小黒康正「ネオ・ヨアキム主義における東西交点としての「第三の国」　メラー・ファン・デン・ブルック、日本の雑誌『第三帝国』、パウル・フリードリヒ」（慶應義塾大学藝文学会『藝文研究』第一二五号、二〇二三年、二六～四三頁）参照。
（15）茅原華山ほか編『第三帝国』、全十冊、復刻版、不二出版、一九八三～一九八四年、第一巻冒頭。
（16）茅原華山「新第三帝国論」、益新会同人編『第三帝国の思想』、一九一五年、三四頁以下。
（17）Paul Friedrich: Das dritte Reich. Die Tragödie des Individualismus. Leipzig 1910, S. IX.
（18）Ebd., S. 99.
（19）小黒康正「パウル・フリードリヒ『第三の国　個人主義の悲劇』について　訳者解題として」（九州大学独文学会『九州ドイツ文学』第三十五号、二〇二一年、七一～八一頁）参照。
（20）Vgl. Claus-Ekkehard Bärsch: Die politische Religion des Nationalsozialismus. Die religiösen Dimensionen der NS-Ideologie in den Schriften von Dietrich Eckart. 2., vollst. überarb. Aufl. München 2002, S. 57 f.
（21）エルンスト・ブロッホ『この時代の遺産』、（池田浩士訳、ちくま学芸文庫、一九九四年、九六頁ならびに六一三頁）参照。
（22）Moeller van den Bruck: Das dritte Reich. Berlin 1923, S. iii.
（23）Ebd., S. 244.
（24）Ebd., S. 258.
（25）Ebd., S. 257.
（26）Vgl. Yasumasa Oguro: „Das dritte Reich“ vor der NS-Zeit in Ost und West. Von Berlin 1923 über Tokio 1913 bis nach Berlin 1900. In: Berlin im Krisenjahr 1923: Parallelwelten in Literatur, Wissenschaft und Kunst. Würzburg 2023, S. 253–267.
（27）Thomas Mann: Große kommentierte Frankfurter Ausgabe. Hrsg. von Heinrich Detering u. a. Frankfurt a. M. 2002 ff., Bd. 14.1, S. 349.

（28）Ebd., Bd. 15.1, S. 129 u. 136.
（29）Ebd., Bd. 15.1, S. 929 u. Bd. 19.1, S. 569.
（30）Ebd., Bd. 15.1, S. 341.
（31）Vgl. Urs Heftrich: Thomas Manns Weg zur slavischen Dämonie. Überlegungen zur Wirkung Dmitri Mereschkowskis. In: Thomas Mann Jahrbuch. Frankfurt a. M. 1995, Bd. 8, S. 71–91.
（32）Mann, a. a. O., Bd. 15.1, S. 553.
（33）Ebd., Bd. 15.1, S. 948.
（34）Dmitri Mereschkowski: Tolstoi und Dostojewski als Menschen und als Künstler. Eine kritische Würdigung ihres Lebens und Schaffens. Übers. von Carl von Gütschow. Leipzig 1903, S. 115.
（35）Vgl. Mann, a. a. O., Bd. 15.2, S. 161.
（36）Vgl. Volker Weiß: Dostojewskijs Dämonen. Thomas Mann, Dmitri Mereschkowski und Arthur Moeller van den Bruck im Kampf gegen „den Westen". In: Völkische Bande. Dekadenz und Wiedergeburt – Analysen rechter Ideologie. Hrsg. von Heiko Kauffmann, Helmut Kellershohn u. Jobst Paul. Münster 2005, S. 90–122, bes. S. 98; André Schlüter: Moeller van den Bruck. Leben und Werk. Köln, Weimar u. Wien 2010, S. 302 ff.
（37）小黒康正『黙示録を夢みるとき　トーマス・マンとアレゴリー』（鳥影社、二〇〇一年）、小黒「第一次世界大戦期の日本とドイツにおける「第三の国」　イプセン、メレシコフスキー、トーマス・マン」参照。Vgl. Oguro: Neo-Joachismus auf der „geistigen Insel" in München. Kandinsky, Mereschkowski und Thomas Mann.; Oguro: Der Kampf um das Dritte Reich vor dem Ersten Weltkrieg. Die Dmitri Mereschkowski-Rezeption in Deutschland und Japan.
（38）Vgl. Theodore Ziolkowski: Hermann Hesse's Chilisastic Vision. In: Monatshefte. Vol. 53, Nr. 4 (1961), University of Wisconsin Press, pp. 199–210.
（39）Thomas Mann: Gesammelte Werke in dreizehn Bänden. Frankfurt a. M. 1990, Bd. XI, S. 880 ff. u. 897.
（40）同書からの引用は、ブロッホ、前掲書、六一〇頁以下にもとづく。
（41）吉田治代「黙示録、ユートピア、遺産　ブロッホにおける「（第三の）ライヒ」論」（日本独文学会『ドイツ文学』第一五四号、二〇一六年、八二～一〇二頁）参照。
（42）Julius Petersen: Die Sehnsucht nach dem Dritten Reich in deutscher Sage und Dichtung. Stuttgart 1934, S. 1.

(43) Ebd., S. 61.

(44) Ebd.

(45) Vgl. Petra Boden u. Bernhard Fischer: Der Germanist Julius Petersen (1878–1941): Bibliographie, systematisches Nachlaßverzeichnis und Dokumentation. Marbach 1994, S. 23.

補遺二　日本におけるナチス研究の躓き

ユーリウス・ペーターゼンの『ドイツの伝説と文学における第三の国への憧憬』は、ナチス・ドイツの精神史的な前史を探る研究において排除されてきた。ナチスのイデオロギーに迎合した同書の内容、著者の日和見主義が、問題になったのである。第二次世界大戦後は、本書の補遺一で述べたように、ナチス・ドイツを徹底的に糾弾するあまり、ドイツの哲学や文学を含め、ドイツ人やドイツ文化を一律に断罪する傾向がしばらく続いた。ナチス・ドイツの精神史的な前史を冷静に探るには、一九五七年に刊行されたジャン・フレーデリク・ノイロールの著作『第三帝国の神話』を待たなければならなかったのである。第一次世界大戦からヴァイマル共和国期にかけてのドイツの国民感情にナチズムの前史を初めて本格的に探った同書によって、「理性の崩壊」がようやく理性的に考究されたた。しかしながら、ペーターゼンの著作はイデオロギー的にいまだ看過され続けている。実際、フリッツ・シュテルンが一九六一年に刊行した『文化的絶望の政治』でも、ペーターゼンの著作は、いかなる思想的内容であるか一切ふれられないまま、参考文献として註で挙げられたにすぎない。しかしながら、ナチス・ドイツの精神史的な前史を問題にし、その克服をめざすのであれば、むしろペーターゼンの著作と向き合わなければならないはずだ。

本書は、ドイツ語ではなく、日本語で書かれている。それだけに、私たちは、ペーターゼンをめぐる問題も、

「第三帝国」をめぐる問題も、日本語を介して、自分たちの問題として向き合わなければならない。ただし、過去にドイツ語で書かれた著作を現代の私たちが日本語で批判する場合、時間的隔たり、言語的隔たりがあるゆえに、とかく一方通行になりがちである。もし自分がドイツ語母語話者として「第三帝国」の時代にいたら、どのような判断をし、どのように振る舞っていただろうか。そうした自問がない限り、ペーターゼンに対する批判も、ナチス・ドイツに対する断罪も、いわば空転してしまう。「第三の国」が「第三帝国」に変容する過程は決して他人事ではない。私たちは二重の隔たりを介して安全地帯にとどまっていてはならない。『ドイツの伝説と文学における第三の国への憧憬』のイデオロギー的偏重も、ペーターゼンの日和見主義も、私たちの問題として考えることが大事である。さらに言えば、百年前の「過去」を今の視点で批判する場合、同時に、百年後の「未来」の視点で「現在」の私たちを検証しなければならない。私たちの過誤に気づかないのも、私たちの過誤を想定できないのも、私たち自身である。もちろん、「未来」のまなざしを私たちは断定できない。しかし、私たちは「過去」との向き合い方を言葉によって「未来」に伝えることができる。繰り返しになるが、本書の使用言語は日本語だ。本書は、単なる他者批判の書に終わらないためにも、自己省察にもとづく補遺二を置く。他者に対する批判は、自己批判を含まなければならない。

一　Nationalsozialismus をめぐる訳語問題

ナチス・ドイツは、アードルフ・ヒトラーが一九二〇年二月二十四日にミュンヒェンの「ホーフブロイハウス」で二十五か条の党綱領を出した時点から始まり、一九三三年一月三十日の政権掌握、一九四五年四月三十日午後三時三十分頃のヒトラー自殺を経て、同年五月七日における全面降伏をもって終焉を迎えた。ナチスをめぐる問題は、一九八〇年代後半のドイツにおいて歴史家論争に火をつけたエルンスト・ヘルマン・ノルテの言葉を援用すると、「過ぎ去ろうとしない過去」[1]としていかなる問いを私たちに今なお突きつけ、そして今後とも突きつけるのであろうか。ドイツ国内は言うに及ばず、世界各地でさまざまな研究が今なお数多く世に問われ続け、ナチス研究は西洋現代史研究において最も層の厚い分野になっている。いずれの研究からも「ナチスの犯罪は相対化しうるのか」という問いが通奏低音のように聴き取れよう。別言すると、終戦直後のドイツ人集団犯罪論において顕著であったように、ドイツ人だからこそホロコーストを起こしたのであろうか。やはり、ナチズムはドイツ特有のイデオロギーだったのか。それとも西洋近代が生み出した（たとえ傍流であるにしても）一つの思想的な帰結なのか、いや、それどころか世界各地で起きた大量殺戮の一つにすぎないのだろうか。

ナチスをめぐる問題は、私たち日本人にとっても決して他人事ではない。日本の戦中のみならず、戦後や現代の政治や社会を考えただけでも、ナチス研究の「機能派」が重視したナチス・ドイツの政治的かつ経済的な権力構造も、ナチス研究の「意図派」が重視したヒトラーという特異な人物も、ヒトラーのカリスマ的支配を支えた「総統神話」や「シンボル政治」などに顕著なナチスの疑似宗教性も、いずれも特殊ドイツの問題として片付けることができないからだ[2]。そのうえで、私たちはナチスをめぐる問題をどのように捉え、どのように後世に伝えていくべきなのであろうか。日本においてナチスもしくはナチズムに関して多様な研究があるにもかかわらず、私たちは一つの問題でいまだ躓いてしまう。それは日本特有の問題と言ってもよいかもしれない。端的に言えば、Nationalsozialismus の訳語をめぐる問題である。このドイツ語を、カタカナで「ナチズム」と表記するのではなく、漢字を用いて日本語に置き換えようとした場合、どのように表記したらよいのであろうか。同様の問題が政党名である Nationalsozialistische Deutsche Arbeiterpartei の訳語をめぐってもあると言えよう。前者に絞って言えば、一九三〇年代から現代にいたるまで、「国家社会主義」「国民社会主義」「両者の併記」「その他」といった概ね四つの表記がある。ナチス・ドイツが日本で注目されるようになったのは、一九三〇年九月におけるドイツ国会選挙の際、ナチス・ドイツが第二党になったときであった。この躍進した政党のことを、『読売新聞』一九三〇年九月十六日朝刊は「国粋社会党」と、『大阪毎日新聞』の同日朝刊は「国民社会党（ファシスト党）」と呼び、一九二九年から一九三一年までの間にドイツに留学してナチス・ドイツの動向を批判的に日本に伝えた新明正道《しんめいまさみち》は同党を「国家社会主義独逸労働者党」と訳したうえで「国家社会党」とも、さらには「国民社会党」とも呼び、ナチス・ドイツに多大な関心を寄せたうえで一九三四年三月に大日本国家社会党を設立した石川準十郎は件の政党名を「国民社会主義独逸労働者党」と訳した(3)。

こうした訳語の不統一は一九三〇年代にとどまらず、現代においても続いており、事態はほとんど改善していない。この問題に関する近年の重要な見解をいくつか示そう。すでに一九九四年の時点で佐藤卓己は「Nation を国家と訳す（悪しき！）慣習」があるために生じる「弊害」を以下のように指摘していた。

そのため「ナショナリズム（国民主義）」を「国家主義」、ナチズム（国民社会主義）を「国家社会主義」と訳す弊害が生じている。奇妙なことに、ナチ党が唱えた「国民革命」は「国家革命」と訳すことなく、「国民社会主義」を「国家社会主義」と呼ぶ人々が残存している。この訳語は、これまで何度か訂正するように提起されており、さすがにドイツ史研究者が使うことは稀になったが世間一般では（特に辞書の責任は重大！）しばしば使用されている(4)。

さらに佐藤は二〇一〇年四月に行った講演で「なぜ、日本ではナチズムを国民社会主義と訳さずに国家社会主義と訳す人がいるのか」という問いを立て(5)、メディア史の観点からファシスト的公共性を論じた二〇一八年の著作では「今なお我が国で国家社会主義と誤訳され続ける理由」として「そこには全体主義論でソ連共産主義と一括りにしたいという反共的な思惑とともに、「国家」責任のみ追及して「国民」責任を問おうとしない心性が見えかくれしている(6)」と喝破する。また、ドイツ近代史、とりわけナチズム研究の専門家である石田勇治は、二〇一七年の共著において、ナチズムを国家よりも国民・民族を優先する思想と見なしたうえで、やはり「国民社会主義」という訳語が原意を正しく表していると見なす。[7] さらにナチズムに関する著作が多いドイツ文学者の池田浩士も、二〇二二年の著作において、ヒトラーが「「インターナショナリズム」にもとづく社会主義革命ではなく、「ナショナリズム」に根ざした社会主義のための革命、つまり「国民革命」を目指そうとした」[8] こともあり、同時代の日本では「国民社会主義」が当然の訳語であったにもかかわらず、戦後民主主義の日本において肯定的なニュアンスをもつようになった「国民」ではなく、大日本帝国のイデオロギーを想起させる「国家主義」の「国家」や「民族主義」の「民族」こそが「悪の権化であるナチズム」と結びついたことを指摘したうえで、ヒトラーの政党が「国家社会主義ドイツ労働者党」もしくは「民族社会主義ドイツ労働者党」と呼ばれるようになったと言う。[9] ドイツ現代史の専門家であり、ドイツ義勇軍運動に詳しい今井宏昌は、近年のドイツ現代史研究では Nationalsozialismus を正式名称で訳す際、フェルディナント・ラッサールやソ連の「国家社会主義」Staatssozialismus と区別するという意味も込めて、「国民社会主義」とするのが一般的であると認めつつも、例外としてジェフリー・ハーフ『ナチのプロパガンダとアラブ世界』[10] を挙げ、同書では「民族社会主義」で統一されている点を指摘する。同書の訳出に加わった今井自身によれば、Nationalsozialismus が国民国家の枠内におさまる「ドイツ国民」「本国ドイツ人」のみならず、その枠外の「ドイツ民族」「民族ドイツ人」をも対象とする思想・運動・体制であることが重視された結果であった。[11]

このように Nationalsozialismus の訳語不統一に関連する指摘、いや、それどころか「国家社会主義」という訳語に対する批判が近年相次ぎ、「国民社会主義」が社会に定着しない現状を嘆く声すらある。[12] こうした状況の中で、近年、Nationalsozialismus は実際のところどのように訳出されているのであろうか。このようにあえて問うのは、「国家社会主義」という訳語に対する批判が相次ぐにもかかわらず、訳語不統一に関する調査がこれまでなされてこなかったからだ。そこでこの補遺二は、Nationalsozialismus をめぐる訳語不統一の現状を明らかにするために、二〇〇一年以降に日本で刊行された関連出版物においてNationalsozialismusというドイツ語が実際のところ日本語にどのように置き換えられているか、（一）まずは独和辞典で、（二）次いでNationalsozialismusに対応する各国語の訳語をドイツ語以外の外国語辞書で確認し、さらに「ナチス」や「ナチズム」の項目でNationalsozialismusの訳語が、（三）国語辞典、（四）百科事典、（五）教科書や学習参考書、（六）「ナチズム」や「ナチス」を扱う書籍などでそれぞれどのように表記されているのか、重要文献をできるだけ多く示したうえで考察を深めていきたい。ただし、訳語を決定する際に外国語系の辞書が大きな役割を果たすので、（一）と（二）に関しては二〇〇〇年以前に出版されたものも示す。

二　国家社会主義か国民社会主義か

ヒトラーは一九一九年一月に設立された「ドイツ労働者党」Deutsche Arbeiterparteiを一九二〇年二月に改称して、Nationalsozialistische Deutsche Arbeiterparteiを立ち上げ、一九二一年七月に第一議長に就任し、次第にカリスマ的支配を確立していった。この新たに改称された党のイデオロギーであるNationalsozialismusは、日本語に訳出された場合、通常「ナチズム」とカタカナ表記されるが、漢字ではどのように表記されるのであろうか。先に述べた一九三〇年代前半の新聞報道の党名記述にもとづいて言えば、「国粋社会主義」「国家社会主義」「国民社会主義」という三通りの訳語が想定されるが、池田浩士は「民族社会主義」「国家社会主義」「国民社会主義」という三通りの訳語があると述べており、ナチス・ドイツの時代に日本では「国民社会主義」と訳すのが圧倒的主流だったと言う。[13] それでは、Nationalsozialismusを訳出する際の基本的な拠り所となってきた独和辞典において、どのように表記されてきたのであろうか。日本で出版された代表的な独和辞典におけるNationalsozialismusの項目表記を「二〇〇〇年まで」と「二〇〇一年以降」とに分けて示そう。[14]

二―一　独和辞典

二―一―一　二〇〇〇年まで

番号	辞典名・版	書誌情報	項目表記
1	『雙解獨和大辭典』第六版	片山正雄著、南江堂、一九二九年	Nationalsozialismus の項目なし
2	『雙解獨和小辭典』	片山正雄著、南江堂、一九二九年	Nationalsozialismus の項目なし
3	『袖珍獨和辭典』	片山正雄監修、南江堂編輯部編、一九三一年	Nationalsozialismus の項目なし
4	『大獨日辭典』	登張信一郎著、大倉書店、一九三三年	国家社会主義
5	『雙解獨和大辭典』第一次改訂十二版	片山正雄著、南江堂、一九三二年	Nationalsozialismus の項目なし
6	『雙解獨和小辭典』第一次改訂	片山正雄著、南江堂、一九三二年	Nationalsozialismus の項目なし
7	『雙解獨和小辭典』第一次改訂第十一版	片山正雄著、南江堂、一九三五年	Nationalsozialismus の項目なし
8	『コンサイス獨和辭典』第七版	山岸光宣編、三省堂、一九三六年	Nationalsozialismus の項目なし
9	『獨和言林』	佐藤通次著、白水社、一九三六年	国家社会主義
10	『ゴンダ獨和新辭典』第五版	權田保之助編著、有朋堂、一九三七年	国家社会主義
11	『雙解獨和大辭典』改訂增補十八版	片山正雄著、南江堂、一九三九年	Nationalsozialismus の項目なし

12	『木村・相良獨和辭典』	木村謹治・相良守峯共著、博文館、一九四〇年	国民（民族）社会主義
13	『明解獨和辭典』	石原質編、南山堂、一九四〇年	Nationalsozialismus の項目なし
14	『雙解獨和小辭典』改訂第十九版	片山正雄著、南江堂、一九四一年	Nationalsozialismus の項目なし
15	『研究社獨和辭典』	相良守峯編、研究社、一九四七年	国民社会主義
16	『木村・相良獨和辭典』第五版	木村謹治・相良守峯共著、博友社、一九五一年	国民（民族）社会主義
17	『研究社新獨和辭典』増補第一版	相良守峯編、研究社、一九五二年	国民社会主義
18	『三省堂独和新辞典』	三省堂編修所編、三省堂、一九五四年	国家社会主義
19	『研究社新々獨和辭典』	相良守峯編、研究社、一九五五年	国家社会主義、ナチズム
20	『大独和辞典』	相良守峯編、博友社、一九五八年	（ドイツの）民族社会主義
21	『新独和小辞典』第四版	片山正雄著、片山泰雄改訂、南江堂、一九五九年	国家社会主義
22	『独和小辞典』	佐藤新一編、研究社、一九六〇年	国家社会主義、ナチズム
23	『独和言林』改新版	佐藤通次著、白水社、一九六一年	国家社会主義、ナチズム（Nazi の項目では「ナチ、国家（国民・民族）社会党員」）
24	『独和辞典』新訂	相良守峯編、博友社、一九六三年	民族社会主義

25	『独和新辞典』新訂版	三省堂編修所編、三省堂、一九六三年	国家社会主義、（ドイツの）ナチス
26	『標音独和辞典』第六版	佐藤通次・森永隆編、白水社、一九六四年	国家社会主義
27	『新修ドイツ語辞典』	矢儀万喜多ほか編、同学社、一九七二年	国家社会主義、国民社会主義、ナチズム
28	『新撰独和辞典』	杉山産七・板倉鞆音編、三修社、一九七四年	国家社会主義（ヒトラー Hitler の唱えた）、ナチズム
29	『新独和言林』第四版	佐藤通次著、白水社、一九七七年	Nationalsozialismus の項目なし
30	『大学一年生の初級独和辞典』	杉山産七・板倉鞆音編、三修社、一九八二年	国家社会主義（ヒトラー Hitler の唱えた）、ナチズム
31	『独和大辞典』	国松孝二ほか編、小学館、一九八五年	国家社会主義、ナチズム
32	『独和辞典』	冨山芳正ほか編、郁文堂、一九八七年	国家社会主義
33	『クラウン独和辞典』	濱川祥枝ほか編、三省堂、一九九一年	国民（民族）社会主義、ナチズム
34	『マイスター独和辞典』	戸川敬一ほか編、大修館書店、一九九二年	国家社会主義、ナチズム
35	『プログレッシブ独和辞典』	小野寺和夫編、小学館、一九九三年	国家社会主義、ナチズム
36	『アポロン独和辞典』	根本道也ほか編、同学社、一九九四年	国民（国家）社会主義、ナチズム
37	『独和中辞典』	菊池慎吾・鉄野善資編、研究社、一九九六年	国家社会主義、ナチズム
38	『クラウン独和辞典』第二版	濱川祥枝ほか編、三省堂、一九九七年	国民（民族）社会主義、ナチズム
39	『新アポロン独和辞典』第三版	根本道也ほか編、同学社、二〇〇〇年	国民（国家）社会主義、ナチズム

40	『ポケットプログレッシブ独和・和独辞典』	中山純編、小学館、二〇〇〇年	国家社会主義、ナチズム

独和辞典は日本のゲルマニスト、とりわけドイツ語学やドイツ文学の研究者によって編纂され、ドイツ語を日本語に訳出する際の尺度となってきた。しかしながら、ナチス・ドイツの実体があまり知られていなかった一九三〇年代と同様に、ナチス・ドイツの実体がかなり知られるようになった戦後の日本においても、ナチス・ドイツのイデオロギーに関する訳語は必ずしも統一されていない。一九三〇年代の場合、Nationalsozialismus の項目が独和辞典に記載されるにはそれなりの時間がかかったようで、一九三三年の『大獨日辭典』（4番）[15]や一九三六年の『獨和言林』（9番）などを待たなければならず、当初より「国家社会主義」という表記が主流であった。つまり、ナチス・ドイツの時代に日本の新聞報道などでは「国民社会主義」と訳すのが「圧倒的主流」[16]だったが、独和辞典においては事情がいささか異なり、「国民社会主義」もしくは「国民（民族）社会主義」の表記は、一九四〇年の『木村・相良獨和辭典』（12番）、一九四七年の『研究社獨和辭典』（15番）、一九五一年の『木村・相良獨和辭典』第五版（16番）、一九五二年の『研究社新獨和辭典』増補第一版（17番）でようやく採用されるにいたる。そして、第二次世界大戦後の独和辞典では、一九五八年の相良守峯編『大独和辞典』（20番）や一九六三年の『独和辞典』新訂（24番）において「民族社会主義」という訳語が採用されていることを除くと、「国家社会主義」という訳語が圧倒的に多い。そうしたなかで佐藤通次による一九六一年の『独和言林』改新版（23番）では Nationalsozialismus の訳語に「国家社会主義」を当てているが、Nazi の項目では「ナチ、国家（国民・民族）社会党員」という説明をつけている。このように複数の訳語を示す例としてほかに一九九一年の『クラウン独和辞典』（33番）と一九九四年の『アポロン独和辞典』（36番）などが挙げられよう。つまり、二〇〇〇年までの独和辞典においては、「国家社会主義」「国民社会主義」「両者の併記」「その他」といった四分類の中で、若干の例外があるものの、「国家社会

主義」という訳語が圧倒的に多い。

二―一―二　二〇〇一年以降

番号	辞典名・版	書誌情報	項目表記
41	『クラウン独和辞典』第三版	濱川祥枝ほか編、三省堂、二〇〇二年	国民（民族）社会主義、ナチズム
42	『フロイデ独和辞典』	前田敬作監修、白水社、二〇〇三年	国家社会主義、ナチズム
43	『初級者に優しい独和辞典』	早川東三ほか著、朝日出版社、二〇〇七年	国家社会主義、ナチズム
44	『クラウン独和辞典』第四版	濱川祥枝ほか編、三省堂、二〇〇八年	国家社会主義、ナチズム
45	『アクセス独和辞典』第三版	在間進編、三修社、二〇一〇年	ナチズム、国家社会主義
46	『アポロン独和辞典』第三版	根本道也ほか編、同学社、二〇一〇年	国民社会主義、ナチズム
47	『クラウン独和辞典』第五版	浜川祥枝監修、信岡資生編修主幹、三省堂、二〇一三年	国家社会主義、ナチズム
48	『初級者に優しい独和辞典』新装廉価版	早川東三ほか著、朝日出版社、二〇一四年	国家社会主義、ナチズム
49	『アクセス独和辞典』第四版	在間進編、三修社、二〇二一年	ナチズム、国家社会主義
50	『アポロン独和辞典』第四版	根本道也ほか編、同学社、二〇二二年	国民社会主義、ナチズム

上述のとおり、二十一世紀に入ると、「国家社会主義」という訳語に対する批判が相次いだ。しかしながら、近年の独和辞典においては「国家社会主義」という表記がいまだ主流である。こうしたなかで『クラウン独和辞典』と『アポロン独和辞典』が対照的な表記変更を行う。『クラウン独和辞典』は二〇〇二年の第三版（41番）までは

「国民（民族）社会主義、ナチズム」と併記し、あえて「国家社会主義」という訳語を当てなかったが、二〇〇八年の第四版（44番）になると、一転して「国家社会主義、ナチズム」という表記に変わった。これに対して、『アポロン独和辞典』の場合、一九七二年に刊行された前身の『新修ドイツ語辞典』（27番）において「国家社会主義、国民社会主義、ナチズム」と併記していたが、一九九四年の『アポロン独和辞典』（36番）でも二〇〇〇年の『新アポロン独和辞典』第三版（39番）でも「国民（国家）社会主義、ナチズム」という新たな併記に変え、[17] さらに二〇一〇年の『アポロン独和辞典』第三版（46番）になると「国民社会主義、ナチズム」という表記に絞り、二〇一二年の第四版（50番）でも「国民社会主義、ナチズム」を採用したのである。

二―一―三　和独辞典

番号	辞典名・版	書誌情報	項目表記
51	『現代和独辞典』	ロベルト・シンチンゲルほか編、三修社、一九八〇年	記載なし
52	『コンサイス和独辞典』第二版	国松孝二ほか編、三省堂、一九七六年	国家社会主義
53	『和独辞典』第二版	冨山芳正ほか編、郁文堂、一九八三年	国家社会主義
54	『アクセス和独辞典』第三版	在間進編、三修社、二〇一二年	国家社会主義
55	『Grosses Japanisch-Deutsches Wörterbuch 和独大辞典』Band 2, J-N	Hrsg. von Jürgen Stalph u. a. München: Iudicium 2015	国家社会主義

Nationalsozialismus の訳語をめぐり独和辞典において確認できた傾向は、和独辞典でも認められる。ここでは、

二〇〇〇年以前に刊行されたものや日本人ゲルマニストが関わったドイツの和独辞典を含め、現代の代表的な和独辞典を調べたところ、「国家社会主義」の項目はあるが、「国民社会主義」の項目は見当たらない。やはり、独和辞典の影響が大きいと言えよう。

二—二　ドイツ語以外の外国語辞書

二—二—一　二〇〇〇年まで

番号	辞典名・版	書誌情報	項目表記
56	『露和辞典』	八杉貞利編、岩波書店、一九三五年	国家社会主義
57	『岩波ロシヤ語辞典』	八杉貞利編、岩波書店、一九六〇年	ドイツ国家社会主義、ナチ主義
58	『露日辞典』	ソビエト・エンシクロページア出版所、一九六四年	ナチズム
59	『新英和中辞典』第四版	岩崎民平ほか編、小学館、一九七七年	国家社会主義
60	『クラウン仏和辞典』	大槻鉄男ほか編、三省堂、一九七八年	（特にヒットラーの）国家社会主義
61	『仏和大辞典』第三版	伊吹武彦ほか編、白水社、一九八一年	国家社会主義
62	『クラウン仏和辞典』第二版	大槻鉄男ほか編、三省堂、一九八四年	（特にヒットラーの）国家社会主義
63	『リーダーズ英和辞典』	松田徳一郎監修、研究社、一九八四年	国家社会主義ドイツ労働者党
64	『ロワイヤル仏和中辞典』	田村毅ほか編、旺文社、一九八五年	（ヒトラーの）国家社会主義

65	『ロベール仏和大辞典』	小学館ロベール仏和大辞典編集委員会編、小学館、一九八八年	国家社会主義、ナチズム
66	『クラウン仏和辞典』第三版	大槻鉄男ほか編、三省堂、一九八九年	(とくにヒットラーの)国家社会主義
67	『西和中辞典』	桑名一博ほか編、小学館、一九九〇年	ナチズム、ドイツ国家社会主義
68	『ランダムハウス英和大辞典』第二版	小西友七ほか編、小学館、一九九四年	ナチズム、国家〔国民〕社会主義
69	『ジーニアス英和辞典』改訂版	小西友七ほか編、大修館書店、一九九四年	(旧ドイツの)国家社会主義
70	『日本語エスペラント辞典』第三版	宮本正男編、財団法人日本エスペラント学会、一九九八年	国家社会主義
71	『エクシード英和和英辞典』	三省堂編修所編、三省堂、一九九九年	ナチズム、(ドイツ)国家社会主義
72	『現代スペイン語辞典』改訂版	宮城昇ほか編、白水社、一九九九年	ナチズム、国家社会主義
73	『クラウン仏和辞典』第四版	大槻鉄男ほか編、三省堂、一九九九年	(特にヒットラーの)国民〔国家〕社会主義
74	『伊和中辞典』第二版	池田廉ほか編、小学館、一九九九年	ナチズム、ドイツ国家社会主義

独和辞典以外の外国語辞書を調査した結果、まず二〇〇〇年以前に関しては、『露和辞典』(56番)の「国家社会主義」、『岩波ロシヤ語辞典』(57番)の「ドイツ国家社会主義、ナチ主義」、『露日辞典』(58番)の「ナチズム」と表記が異なる時期もあったが、『新英和中辞典』第四版(59番)、『クラウン仏和辞典』(60番)、『西和中辞典』(67番)、『日本語エスペラント辞典』第三版(70番)、『伊和中辞典』第二版(74番)などのように、次第に「国家社会

主義」もしくは「ドイツ国家社会主義」という訳語が主流になっていく。ただし、例外的に、『ランダムハウス英和大辞典』第二版（68番）に「ナチズム、国家〔国民〕社会主義」、『クラウン仏和辞典』第四版（73番）に「(特にヒットラーの）国民〔国家〕社会主義」という表記があった。

二―二―二　二〇〇一年以降

番号	辞典名・版	書誌情報	項目表記
75	『ジーニアス英和大辞典』第三版	小西友七ほか編、大修館書店、二〇〇一年	国家社会主義
76	『ポケットプログレッシブ伊和・和伊辞典』	郡史郎ほか編、小学館、二〇〇一年	ナチズム（ドイツ国家社会主義）
77	『新英和大辞典』第六版	竹林滋ほか編、研究社、二〇〇二年	（ドイツの）国家社会主義、ナチズム
78	『アドバンストフェイバリット英和辞典』	浅野博ほか編、東京書籍、二〇〇二年	国家社会主義、ナチズム
79	『日中辞典』第二版	依藤醇ほか編、小学館、北京・商務印書館、二〇〇二年	徳国国社党[18]
80	『クラウン仏和辞典』第五版	天羽均ほか編、三省堂、二〇〇三年	（とくにヒットラーの）国家社会主義
81	『新和英大辞典』第五版	渡邉敏郎ほか編、研究社、二〇〇三年	「国家社会主義」の項目では「国家社会主義ドイツ労働者党」

82	『ロワイヤル仏和中辞典』第二版	田村毅ほか編、旺文社、二〇〇五年	（ヒトラーの）国家社会主義
83	『ジーニアス英和辞典』第四版	小西友七ほか編、大修館書店、二〇〇六年	ナチズム、ドイツ国家社会主義
84	『ポケットプログレッシブ仏和・和仏辞典』第三版	大賀正喜監修、小学館、二〇〇六年	（ドイツの）国家社会主義
85	『ヒンディー語＝日本語辞典』	古賀勝ほか編、大修館書店、二〇〇六年	ドイツ民族社会主義
86	『エスペラント日本語辞典』	エスペラント日本語辞典編集委員会編、研究社、二〇〇六年	国家社会主義〔ナチス党の教義〕
87	『クラウン仏和辞典』第六版	天羽均ほか編、三省堂、二〇〇七年	（とくにヒットラーの）国家社会主義
88	『クラウン西和辞典』	原誠ほか編、三省堂、二〇〇九年	（特にヒットラーの）国家〔国民〕社会主義〔nacionalsocialismo の訳語〕 関連語の訳し方に差異があるので、参考までに表記する。 nazi （形）ナチスの、国家社会主義ドイツ労働者党の （名）ナチ〔国家社会主義ドイツ労働者党の〕党員、ナチス支持者 nazismo ナチズム、（ドイツ）国家社会主義 nazista ナチスト

			nacionalsocialista（形）国家［国民］社会主義の（名）国家［国民］社会主義者
89	『プチ・ロワイヤル仏和辞典』第四版	倉方秀憲ほか編、旺文社、二〇一〇年	（ヒトラーの）国家社会主義
90	『Challenge 中学英和・和英辞典』	橋本光郎ほか編、株式会社ベネッセコーポレーション、二〇一二年	National Socialism の項目なし、the Nazis でナチ党、ナチス（ヒトラーが率いた国家社会主義ドイツ労働者党）
91	『プログレッシブ英和中辞典』第五版	瀬戸賢一ほか編、小学館、二〇一二年	ナチズム（Nazism）、国家社会主義
92	『ウィズダム英和辞典』第三版	井上永幸ほか編、三省堂、二〇一三年	（旧ドイツ・ナチスの）国家社会主義
93	『ジーニアス英和大辞典』第五版	小西友七ほか編、大修館書店、二〇一四年	（旧ドイツの）国家社会主義
94	『オーレックス英和辞典』第二版	野村恵造ほか編、旺文社、二〇一六年	国家社会主義、ナチズム
95	『プログレッシブ　ロシア語辞典』	中澤英彦ほか編、物書堂、二〇一六年	ナチズム、ドイツ国家社会主義
96	『プチ・ロワイヤル仏和辞典』第四版	倉方秀憲ほか編、旺文社、二〇二〇年	（ヒトラーの）国家社会主義

97	『クラウン仏和辞典』第七版	天羽均ほか編、三省堂、二〇二一年	（とくにヒットラーの）国家社会主義

二〇〇一年以降も「国家社会主義」の訳語がそれ以前と同様に主として採用されていた。例外は、『ヒンディー語＝日本語辞典』（85番）の「ドイツ民族社会主義」と『クラウン西和辞典』（88番）の「（特にヒットラーの）国家［国民］社会主義」にとどまる。なお、『クラウン仏和辞典』に関しては補足説明が必要であろう。一九七八年の初版（60番）から一九八九年の第三版（66番）までは「（特にヒットラーの）国家社会主義」という表記であったが、一九九九年の第四版（73番）になると「（特にヒットラーの）国民〔国家〕社会主義」に一時的に変更されたものの、二〇〇三年の第五版（80番）から二〇二一年の第七版（97番）まで再び「（特にヒットラーの）国家社会主義」という記載に戻っている。

二―三　国語辞典

番号	辞典名・版	書誌情報	項目表記
98	『新編大言海』	大槻文彦・大槻清彦編、富山房、二〇〇一年	記載なし
99	『日本国語大辞典』第二版	北原保雄ほか編、小学館、二〇〇一年	国家社会主義ドイツ労働者党
100	『新明解国語辞典』第六版、小型版	山田忠雄ほか編、三省堂、二〇〇八年	国家社会主義ドイツ労働者党、ナチスによって代表される右翼的全体主義
101	『広辞苑』第六版	新村出ほか編、岩波書店、二〇〇八年	国家社会主義ドイツ労働者党

102	『岩波国語辞典』第七版	西尾実ほか編、岩波書店、二〇〇九年	ナチスの政治・社会思想。国家主義、偏狭な民族主義、独裁（全体）主義が特色
103	『明鏡国語辞典』第二版	北原保雄ほか編、大修館書店、二〇一〇年	国家社会主義ドイツ労働者党の通称（「ナチス」の項目）、ナチスの政治理念またはその支配体制。ゲルマン民族至上主義を唱え、過激な全体主義と偏狭な民族主義を特徴とする（「ナチズム」の項目）
104	『デジタル大辞泉』定本『大辞泉』第二版	松村明ほか編、小学館、二〇一二年	国家社会主義ドイツ労働者党
105	『現代カタカナ語辞典』電子辞書収録版	旺文社、二〇一五年	ナチの信奉する国粋的国家社会主義
106	『旺文社国語辞典』第十一版	山口明穂ほか編、旺文社、二〇一七年	国家社会主義ドイツ労働者党

以上の記載が示すとおり、国語辞典の「ナチズム」や「ナチス」の項目では、独和辞典や各国語辞書とは異なり説明的な記述になっているものの、独和辞典やそれ以外の各国語辞書と同様に「国家社会主義」や「国家社会主義ドイツ労働者党」という表記が大半を占める。『新編大言海』（98番）の場合、一九三二年から一九三七年の間に刊行された『言海』の増補改訂版ということもあり、そこには当該項目が見当たらない。こうした例外を除くと、現在日本で流通している代表的な国語辞典においては、外国語の辞書についても総じて言えるが、「国家社会主義」という訳語に対する批判がいまだ反映されていないと言えよう。

二―四　百科事典

番号	辞典名・版	書誌情報	項目表記
107	『ニューワイド学習百科事典』第五巻	学習研究社、二〇〇二年	国家社会主義ドイツ労働者党
108	『岩波キリスト教辞典』	大貫隆ほか編、岩波書店、二〇〇二年	国家社会主義体制（ナチズム）（天野有担当）
109	『現代芸術思想事典』	アンドリュー・エドガーほか編、富山太佳夫ほか訳、青土社、二〇〇二年	ドイツ国家社会主義
110	『ビジュアル大世界史』	クラウス・ベルンドルほか編集、日経ナショナル　ジオグラフィック社、二〇〇七年	国家社会主義ドイツ労働者党
111	『百科事典マイペディア』電子辞書版	日立ソリューションズ・ビジネス、二〇〇八年	国民社会主義（国家社会主義とも訳す）ドイツ労働者党（「ナチス」の項目）、国家社会主義ドイツ労働者党（「ナチズム」の項目）
112	『ブリタニカ国際大百科事典』小項目電子辞書版	ブリタニカ・ジャパン、二〇一六年	国家社会主義ドイツ労働者党（「ナチス」の項目）、民族（国家）社会主義（「ナチズム」の項目）
113	『ハイデガー事典』	ハイデガー・フォーラム編、昭和堂、二〇二一年	国民社会主義ドイツ労働者党（轟孝夫担当）

日本における代表的な百科事典ならびにドイツ関連の記述が多い個別の事典において「ナチス」や「ナチズム」の項目でNationalsozialismusはどのように訳出されているのであろうか。事典に関しては、確認可能な範囲で、編者のみならず、該当の項目担当者名も記した。二〇〇〇年以前に刊行された百科事典の場合、政党名を含めて言えば、『大事典 desk』（梅棹忠夫雄ほか編、講談社、一九八三年）のように「国家社会主義ドイツ労働者党」という表記が従来からある一方で、『グランド現代百科事典』改訂新版（学習研究社、一九八三年）の「国民社会主義」や『日本大百科全書（ニッポニカ）』（小学館、一九八四年、カシオ計算機内蔵電子版、二〇一四年）の「国民社会主義ドイツ労働者党」（村瀬興雄担当）という表記もある。ほかに『世界大百科事典』（加藤周一ほか編、平凡社、一九八八年）のように「国民社会主義ドイツ労働者党。国家社会主義ドイツ労働者党とも訳す」（中村幹雄担当）という併記もあった。こうした併記は二〇〇一年以降に刊行された百科事典にも見られるものの、表記の不統一が見受けられ、『百科事典マイペディア』（111番）の場合、「ナチス」欄では「国民社会主義（国家社会主義とも訳す）ドイツ労働者党」と併記しているが、「ナチズム」欄では「国家社会主義ドイツ労働者党」とだけ示しており、『ブリタニカ国際大百科事典』（112番）の場合はいわば逆で、「ナチス」欄で「国家社会主義ドイツ労働者党」と記載し、「ナチズム」欄で「民族（国家）社会主義」と併記している。哲学思想系の事典に関しては、『哲学事典』（林達夫ほか編、平凡社、一九七一年）、『ナチス第三帝国事典』（ジェームズ・テーラー、ウォーレン・ショー、吉田八岑監訳、三交社、一九九三年）、『岩波哲学・思想事典』（廣松渉ほか編、岩波書店、一九九八年、山本尤担当）などでは「国家社会主義ドイツ労働者党」を採用していたのに対して、比較的新しい『ハイデガー事典』（113番）では「国民社会主義ドイツ労働者党」が採用されており、つまるところ、事典類の場合、二〇〇〇年以前の諸例を含めて言うと、全体として訳語の不統一が辞書以上に大きい。

二―五　教科書、学習参考書

番号	書名・版	書誌情報	項目表記
114	『山川世界史小辞典』改訂新版	世界史小辞典編集委員会編、山川出版社、二〇〇四年	国民社会主義（「ナチス」の項目）、国民社会主義ドイツ労働者党（「ナチ党」の項目）
115	『ニューステージ　世界史詳覧』改訂版	浜島書店、二〇〇六年	国民社会主義ドイツ労働者党（ナチ党）
116	『新選世界史Ｂ』	東京書籍、二〇一三年	国民社会主義ドイツ労働者党
117	『世界史Ｂ一問一答』	齋藤整著、東進ブックス、二〇一三年	国民（国家）社会主義
118	『時代と流れで覚える！　世界史Ｂ用語』	相田知史ほか著、文英堂、二〇一六年	国民（国家）社会主義党、ナチ党
119	『詳説世界史』	木村靖二ほか編、山川出版社、二〇一三年	国民（国家）社会主義ドイツ労働者党
120	『世界史用語集』	全国歴史教育研究協議会編、二〇一四年	国民（国家）社会主義ドイツ労働者党（「ナチス＝ドイツとヴェルサイユ体制の破壊」の項目）、国民社会主義ドイツ労働者党（「ナチ党」の項目）
121	『市民のための世界史』	大阪大学歴史教育研究会、大阪大学出版会、二〇一四年	ナチ党

122	『中学　歴史　日本の歴史と世界』	清水書院、二〇一五年	国家社会主義ドイツ労働者党
123	『新版　新しい歴史教科書』	杉原誠四郎・西尾幹二ほか編、自由社、二〇一五年	ナチス党
124	『高等学校　世界史A』新訂版	上田信・大久保桂子ほか編、清水書院、二〇一六年	国民社会主義ドイツ労働者党
125	『詳説世界史』改訂版	木村靖二ほか著、山川出版社、二〇一六年	ナチ党、国民（国家）社会主義ドイツ労働者党
126	『世界史B』新訂版	実教出版、二〇一六年	国民社会主義ドイツ労働者党
127	『現代社会』	数研出版、二〇一六年	国家社会主義ドイツ労働者党
128	『最新世界史図説タペストリー』第十四版	帝国書院、二〇一六年	国民社会主義
129	『アカデミア世界史』改訂版	浜島書店編集部編、浜島書店、二〇一七年	ナチ党
130	『世界史用語集』改訂版	全国歴史教育研究協議会編、山川出版社、二〇一八年	国民（国家）社会主義ドイツ労働者党、ナチ党
131	『詳説世界史研究』全面改訂版	木村靖二ほか編、山川出版社、二〇一七年	国民社会主義
132	『新詳世界史B』	川北稔ほか編、帝国書院、二〇一七年	国民社会主義ドイツ労働者党
133	『世界史B』	福井憲彦ほか、東京書籍、二〇一七年	国民社会主義ドイツ労働者党
134	『世界史B』	岸本美緒ほか編、東京書籍、二〇一八年	国民社会主義ドイツ労働者党

135	『新しい社会　歴史』	矢ヶ崎典隆・坂上康俊ほか編、東京書籍、二〇二〇年	国民社会主義ドイツ労働者党
136	『要説世界史』改訂版	木村靖二ほか編、山川出版社、二〇二一年	国民〈国家〉社会主義ドイツ労働者党

近年刊行された教科書や学習参考書の「ナチズム」や「ナチス」の項目においては、党名表記が圧倒的に多い。ただし、「国家社会主義ドイツ労働者党」という党名表記があるのは、122、127番に限られる。ほかに「ナチ党」もしくは「ナチス党」という表記が、121、123、129番において確認できよう。以上に対して、近年刊行された教科書や学習参考書の場合、「国民社会主義ドイツ労働者党」もしくは「国民社会主義」といういわば旗幟を鮮明にする単記表記が多い（114、115、116、124、126、128、131、132、133、134、135番）。ほかに「国民（国家）社会主義ドイツ労働者党」と併記する例が多いのも教科書や学習参考書の特徴と言えよう（117、118、119、120、125、130、136番）。ただし、併記といっても、「国家（国民）社会主義ドイツ労働者党」という表記が一つもない点を見逃してはならない。「国民（国家）社会主義ドイツ労働者党」という併記は、Nationalsozialismus の訳語として一般に「国家社会主義」がまだまだ流布しているものの、やはり「国民社会主義」を適切と見なす見解の表れと言えよう。

以上の状況が日本の中学高校教育にもたらす影響も見逃してはならない。というのも、現状では、Nationalsozialismus の訳語が不統一のまま、中学生と高校生は歴史の授業で「ナチス」のことを学習するからだ。辞書類では「国家社会主義」という訳語が多いのに対して、教科書類では、単記であれ併記であれ、「国民社会主義」という訳語が多い。こうなると、次のようなケースが起きてしまう。高校の歴史学習でナチズムを「国民社会主義」と学んだ学習者が、英語や国語の辞書において「国家社会主義」という表記に出くわし、さらに大学で英語以外の外国語を初習外国語として学ぶ際、ドイツ語であれ、フランス語であれ、スペイン語であれ、第二外国語の辞書を引くとやはり「国家社会主義」の表記に出くわし、こうした不統一に困った挙句に事典を引くと、それも複数の事典を引き比べると、全体として訳語の不統一が辞書以上に大きいため、さらなる混乱に陥ってしまう。このように混迷が深まる原因は、あえて単純化して言えば、辞書の執筆陣と歴史教科書の執筆陣が異なる点にある。独和辞典の場合、ドイツ語学やドイツ文学の研究者によって編纂されるのに対して、歴史教科書におけるナチズムの項目はドイツ現代史の研究者によって執筆されることが多い。つまり、ドイツ語やドイツ文学を研究する狭義のゲルマニストは「国家社会主義」を採用し、現代ドイツ史を研究する広義のゲルマニストは「国民社会主義」を採用していることになる。

二―六　「ナチズム」や「ナチス」を扱う書籍

番号	書名	書誌情報	項目表記
137	『ヒトラー全記録』	阿部良男著、柏書房、二〇〇一年	国民社会主義ドイツ労働者党
138	『世界史（下）』	ウィリアム・H・マクニール著、増田義郎・佐々木昭夫訳、中央公論新社、二〇〇八年	国家社会主義ドイツ労働者党
139	『ヒトラーを支持したドイツ国民』	ロバート・ジェラテリー著、根岸隆夫訳、みすず書房、二〇〇八年	国民社会主義ドイツ労働者
140	『ロマン主義』	リュディガー・ザフランスキー著、津山拓也訳、法政大学出版局、二〇一〇年	国家社会主義
141	『日本ファシズム論争　大戦前夜の思想家たち』	福家崇洋著、河出書房新社、二〇一二年	国民社会主義ドイツ労働者

142	『ヒトラーの国民国家』	ゲッツ・アリー著、芝健介訳、岩波書店、二〇一二年	国民的社会主義
143	『ナチのプロパガンダとアラブ世界』	ジェフリー・ハーフ著、星乃治彦ほか訳、岩波書店、二〇一三年	民族社会主義
144	『ヒトラー演説　熱狂の真実』	高田博行著、中公新書、二〇一四年	国民社会主義ドイツ労働者党
145	『森と山と川でたどるドイツ史』	池上俊一著、岩波ジュニア新書、二〇一五年	国民社会主義
146	『ヒトラーとナチ・ドイツ』	石田勇治著、講談社現代新書、二〇一五年	国民社会主義ドイツ労働者党
147	『ヒトラー　上　一八八九―一九三六　傲慢』	イアン・カーショー著、川喜田敦子訳、石田勇治監修、白水社、二〇一六年	国民社会主義労働者党
148	『ヒトラー　下　一九三六―一九四五　天罰』	イアン・カーショー著、福永美和子訳、石田勇治監修、白水社、二〇一六年	国民社会主義労働者党
149	『ナチスの「手口」と緊急事態条項』	長谷部恭男・石田勇治著、集英社新書、二〇一七年	国民社会主義労働者党
150	『ナチズムの時代』	山本秀行著、世界史リブレット、山川出版社、二〇一七年	国民社会主義ドイツ労働者党
151	『ファシスト的公共性　総力戦体制のメディア学』	佐藤卓己著、岩波書店、二〇一八年	国民社会主義ドイツ労働者党
152	『ドイツの右翼』	フォルカー・ヴァイス著、長谷川晴生訳、新泉社、二〇一九年	国民社会主義《ナチズム》

153	『溺れるものと救われるもの』	プリーモ・レーヴィ著、竹山博英訳、朝日文庫、二〇一九年	国家社会主義
154	『ドイツ文化事典』	石田勇治ほか編、丸善書店、二〇二〇年	国民社会主義労働者党
155	『ナチス機関誌「女性展望」を読む』	桑原ヒサ子著、青弓社、二〇二〇年	国民社会主義ドイツ労働者党
156	『第三帝国　ある独裁の歴史』	ウルリヒ・ヘルベルト著、小野寺拓也訳、角川新書、二〇二一年	国民社会主義ドイツ労働者党
157	『大衆の国民化　ナチズムに至る政治シンボルと大衆文化』	ジョージ・L・モッセ著、佐藤卓己・佐藤八寿子訳、ちくま学芸文庫、二〇二一年	国民社会主義ドイツ労働者党
158	『ヒトラー　虚構の独裁者』	芝健介著、岩波書店、二〇二一年	国民社会主義ドイツ労働者党
159	『ドイツ・ナショナリズム』	今野元著、中公新書、二〇二一年	国民社会主義ドイツ労働者党
160	『ドイツ文学の道しるべ』	畠山寛・吉中俊貴・岡本和子編著、ミネルヴァ書房、二〇二一年	国民社会主義ドイツ労働者党（「ドイツの歴史を大づかみにスケッチ」の項目、畠山寛担当）
161	『ヴァイマル憲法とヒトラー　戦後民主主義からファシズムへ』	池田浩士著、岩波書店、二〇二二年	国民社会主義ドイツ労働者党
162	『ハーケンクロイツの文化史』	ローレンツ・イェーガー著、長谷川晴生・藤崎剛人・今井宏昌訳、青土社、二〇二三年	国民社会主義《ナチズム》
163	『アードルフ・ヒトラー　ある独裁者の伝記』	ハンス＝ウルリヒ・ターマー著、斉藤寿雄訳、法政大学出版局、二〇二三年	国民社会主義ドイツ労働者党

164 『ヒットラーの遺言　ナチズムは復活するのか』 永峯清成著、渓流社、二〇一三年 国民社会主義ドイツ労働者党

「ナチズム」や「ナチス」を扱う近年刊行された書籍の場合、「国家社会主義」（138、140、153番）や「民族社会主義」（143番）という表記が若干見られるものの、「国民社会主義ドイツ労働者党」という表記が圧倒的に多い。二〇〇〇年以前の場合、ナチス・ドイツ研究者の村瀬興雄がすでに一九六〇年代に「国民社会主義的ドイツ労働者党」という表記を『ヒトラー　ナチズムの誕生』（村瀬興雄著、誠文堂新社、一九六二年）と『世界の歴史　一五　ファシズムと第二次世界大戦』（村瀬興雄著、中央公論社、一九六二年）で用いていたが、その後は「国家社会主義ドイツ労働者党」という表記が一般的になる。教科書類に見られた「国民（国家）社会主義ドイツ労働者党」という併記も見受けられない。しかしながら、二〇〇一年以降になると、「国民社会主義」や「国民社会主義ドイツ労働者党」という表記が明らかに増え出す。その先行例として、『ヒトラーと第三帝国』（クラウス・ヒルデブランド著、中井晶夫ほか訳、南窓社、一九八七年）や『ワイマール文化とファシズム』（蔭山宏著、みすず書房、一九八六年）や『武器としての宣伝』（ヴィリー・ミュンツェンベルク著、星乃治彦訳、柏書房、一九九五年）があった。なかでも社会思想史系のドイツ文学研究者である小岸昭が刊行した『世俗宗教としてのナチズム』（小岸昭著、ちくま新書、二〇〇〇年）は、一つの興味深い事例を示す。同書でトーマス・マンの講演「理性に訴える」が森川俊夫訳で引用された際、森川訳（『トーマス・マン全集Ｘ』、新潮社、一九七二年）で「国家社会主義」と訳出され、併せて附言すると、青木順三訳「理性に訴える」（トーマス・マン『ドイツとドイツ人』、岩波文庫、一九九〇年）でも「国家社会主義」と訳出されていたにもかかわらず、ナチズムにあたる当該箇所は著者の判断で「国民社会主義」に表記変更されていたのである。このように「国民社会主義」という表記を支持する傾向は、数多くのヒトラー関連文献を渉猟した歴史研究者である阿部良男の著作（137番）が示すように、ドイツの現代史や政治史や社会思想史などの研究者による

著作において、とりわけ著しい。これらの専門分野では、Nationalsozialismus の中に認められる「国家社会主義」Staatssozialismus 的な性格が重要な論点となっているものの[19]、とはいえあえて「国家社会主義」という表記を用いる者はもはや皆無に近い。

以上の状況を受け、ドイツ語学研究者やドイツ文学研究者の間でも、「国民社会主義」や「国民社会主義ドイツ労働者党」という表記を採用する者が確実に増えている。例えば、『ヒトラー演説』（144番）、『ドイツの右翼』（152番）、『ナチス機関誌「女性展望」を読む』（155番）、『ドイツ文学の道しるべ』（160番）、『ヴァイマル憲法とヒトラー』（161番）、『ハーケンクロイツの文化史』（162番）などの著者や訳者がそうであろう。この結果、独和辞典関連の調査結果と併せて言えば、近年、狭義のゲルマニストの間でも、「国家社会主義」という表記をいまだ用いる者と新たに「国民社会主義」を採用する者とに分かれている。言うまでもなく、辞書には独自の方針や辞書特有の制約があることを忘れてはならない。とりわけ独和辞典のような外国語辞書の場合、より正確な語義を示す必要がある。もっとも、佐藤卓己によって「特に辞書の責任は重大！」と注意が喚起され、「国家社会主義」という訳出に対する批判が近年相次ぐなかで、「正確な語義」が改めて問われているのだ。Nationalsozialismus の語義に限って言えば、『アポロン独和辞典』のように原意を汲み取ろうとする立場と多くの独和辞典のように第二次世界大戦後に日本で流布した使用頻度の高い表記を示す立場とがあろう。別言すると、前者は近年の研究成果にもとづいてプロパガンダに込められたナチス・ドイツの意図を私たちに明らかにし、後者はナチス・ドイツのプロパガンダに対する日本人なりの長年にわたる理解を私たちに示す。ドイツ語学やドイツ文学の研究者が後者の立場を今後とも支持するのであれば、近年の訳語批判に対して学術的な抗弁が必要な時期になっているのではないだろうか。

三　未来へのメッセージとしての訳語

私たちは一九三〇年代よりもはるかにナチス・ドイツに関する深い知見をもつ。しかしながら、ナチス・ドイツの時代よりも現代の方がNationalsozialismusの訳語をめぐる混迷を特に教育現場で深めている。その意味で、今こそ訳語の不統一について再考しなければならない。私たちは日本語を通じてナチス・ドイツという問題に対していかに向き合い、そして向き合った結果をいかに未来に伝えていくべきなのか。近年のナチス・ドイツ研究においては、「国家」の権力構造や「総統」の個人にのみ責任を追及するだけではなく、「国民」の責任も問い続けなければならないという問題意識が強く働く。こうした意識は「国家社会主義」という「誤訳」に対する異論と軌を一にする。Nationalsozialismusをめぐる訳語問題は、言葉の問題であるにもかかわらず、いや、言葉の問題だからこそ、過去と現在と未来をつなぐ。私たちの時代に行われた辞書記述は、ナチス・ドイツに対する私たちの姿勢を未来に伝える。Nationalsozialismusの訳語はいわば未来に対する私たちのメッセージとして送られるからだ。

註

（1）ユルゲン・ハーバマス、エルンスト・ノルテほか『過ぎ去ろうとしない過去　ナチズムとドイツ歴史家論争』、徳永恂・三島憲一ほか訳、人文書院、一九九五年。

（2）近年、ナチスが台頭したヴァイマル末期と現代日本の政治状況との類似が問題にされている。長谷部恭男・石田勇治『ナチスの手口と緊急事態条項』、集英社新書、二〇一七年。アンドレアス・ヴィルシングほか編著『ナチズムは再来するのか？　民主主義をめぐるヴァイマル共和国の教訓』、板橋拓己ほか編訳、慶應義塾大学出版会、二〇一九年。

（3）福家崇洋『日本ファシズム論争　大戦前夜の思想家たち』、河出書房新社、二〇一二年、六七頁以下。

（4）ジョージ・L・モッセ『大衆の国民化　ナチズムに至る政治シンボルと大衆文化』、佐藤卓己・佐藤八寿子訳、ちくま学芸文庫、二〇二一年、三六四頁以下。
（5）佐藤卓己「《メディア史》の成立　歴史学と社会学の間」、『関西学院大学社会学部紀要』別冊、二〇一一年、一五頁以下。
（6）佐藤卓己『ファシスト的公共性　総力戦体制のメディア学』、岩波書店、二〇一八年、六二頁。
（7）長谷部・石田、前掲書、八六頁。
（8）池田浩士『ヴァイマル憲法とヒトラー　戦後民主主義からファシズムへ』、岩波書店、二〇二二年、六〇頁。同様の説明を石田勇治がすでに行っており、それによると、ナチズムは民族を軸に国民を統合する「国民主義」とマルクス主義・階級意識を克服して国民を束ねる共同体主義としての「社会主義」との融合であった。石田勇治ほか編『ドイツ文化事典』、丸善書店、二〇二〇年、一五〇頁。
（9）池田、前掲書、六八頁。
（10）ジェフリー・ハーフ『ナチのプロパガンダとアラブ世界』、星乃治彦ほか訳、岩波書店、二〇一三年。
（11）今井の見解は、同僚である著者が二〇二一年十一月二日に行った聞き取り調査にもとづく。
（12）ドイツ現代史の専門家である小野寺拓也も、二〇二一年三月十四日にインターネットに掲載した「なぜナチズムは「国家社会主義」ではなく「国民社会主義」と訳すべきなのか　「訳語」はこんなに重要です」（https://gendai.media/articles/-/81126、検索日：二〇二三年八月二十五日）で、訳語問題を扱う。小野寺は次のように述べている、「ナチズム研究者として、長年悩んでいることがある。ナチズム（ドイツ語ではNationalsozialismus）の訳語として「国民社会主義」がなかなか社会に定着しない、ということだ」と。
（13）池田、前掲書、六八頁以下。
（14）以下の文献一覧では、「国家社会主義」と「国民社会主義」の違いを明らかにするために、後者における「国民」の部分を「国民社会主義」のようにゴシック体で表記する。
（15）以後、リストの番号も示す。
（16）池田、前掲書、六六頁以下。
（17）『アポロン独和辞典』責任編集執筆者の一人であり、ドイツ文学研究者である福元圭太（九州大学大学院言語文化研究院教授）によれば、『アポロン独和辞典』第三版の編集委員会で「国民社会主義、ナチズム」という表記に絞ることを福元が提案したところ、反対意見が多々あったものの、慎重に議論を重ねた結果、提案が了承されたと言う。さらに福元によれば、「国家社会主義」と「誤訳」していないかどうか歴史学者たちが常に目を光らせている、とドイツ政治史が専門の熊野直樹（九州大学大学院法学研究院教授）から直接伺ったことが、提案のきっかけになった。以上の見解は、同僚の著者による問い合わせに対する二〇二一年十一月二日と七日の福元自身の回答にもとづく。

（18）徳国はドイツ、国社党は国家社会主義を唱える政党のこと。

（19）熊野直樹「ボリシェヴィズムとナチズム　二つの「国家社会主義」」、『西洋史研究』新輯四十七号、二〇一八年、一〇〇〜一一二頁。

＊本章で扱った訳語問題に関しては、二〇二一年度後期に行った九州大学文学部「ドイツ文学講義VI」の講義ノートにもとづく。

参考文献一覧

Bärsch, Claus-Ekkehard: Die politische Religion des Nationalsozialismus. Die religiösen Dimensionen der NS-Ideologie in den Schriften von Dietrich Eckart. 2., vollst. überarb. Aufl. München 2002.

Berg, Leo: Der Übermensch in der modernen Literatur. Ein Kapitel zur Geistesgeschichte der modernen Literatur. Paris, Leipzig u. München 1897.

Berning, Cornelia: Vom „Abstammungsnachweis" zu „Zuchtwart". Vokabular des Nationalsozialismus. Berlin 1964.

Brentjes, Buchard: Der Mythos vom Dritten Reich. Drei Jahrtausende Traum von der Erlösung. Hannover 1997.

Beßlich, Barbara: Abtrünnig der Gegenwart. Julian Apsotata und die narrative Imagination der Spätantike bei Friedrich de la Motte Fouqué und Felix Dahn. In: Imagination und Evidenz. Transformationen der Antike im ästhetischen Historismus. Hrsg. von Ernst Osterkamp u. Thorsten Valk. Berlin u. Boston 2011.

Beßlich, Barbara: Faszination des Verfalls. Thomas Mann und Oswald Spengler. Berlin 2002.

Blödorn, Andreas u. Friedhelm Marx (Hrsg.): Thomas Mann Handbuch. Leben – Werk – Wirkung. Stuttgart 2015.

Boden, Petra u. Bernhard Fischer: Der Germanist Julius Petersen (1878–1941): Bibliographie, systematisches Nachlaßverzeichnis und Dokumentation. Marbach 1994.

Burte, Hermann: Weltfeber, der ewige Deutsche. Die Geschichte eines Heimatsuchers. Leipzig 1912.

Butzer, Hermann: Das „Dritte Reich" im Dritten Reich. Der Topos „Drittes Reich" in der nationalsozialistischen Ideologie und Staatslehre. In: Der Staat. Vol. 42, Nr. 4 (2003).

Conrad, Marcus: Teleologie und Systemdenken. Geschichtsauffassungen der Spätaufklärung und die Wechselbeziehungen zwischen Geschichtstheorie und Literatur. In: Neue Beiträge zur Germanistik. Bd. 15 / Heft 2. Hrsg. von der Japanischen Gesellschaft für Germanistik. München 2016.

Detering, Heinrich: Thomas Manns amerikanische Religion. Theologie, Politik und Literatur im kalifornischen Exil. Mit einem Essay von Frido

Mann. Frankfurt a. M. 2012.
Derrida, Jacques: Apokalypse. Aus dem Französischen von Michael Wetzel. Graz, Wien 1985.
Eichendorff, Joseph von: Werke in sechs Bänden. Hrsg. von Wolfgang Frühwald, Brigitte Schillbach u. Hartwig Schultz. Frankfurt a. M. 1987.（アイヒェンドルフ、ヨーゼフ・フォン『ユリアーン』、小黒康正訳、九州大学大学院人文科学研究院『文学研究』第一一八輯、二〇二一年）
Faber, Richard u. Helge Høibraaten (Hrsg.): Ibsens „Kaiser und Galiläer“. Quellen – Interpretationen – Rezeptionen. Würzburg 2011.
Feger, Franziska: Julian Apostata im 19. Jahrhundert: Literarische Transformationen der Spätantike. Heidelberg 2019.
Fiore, Joachim von: Das Reich des Heiligen Geistes. Herausgegeben und eingeleitet von Alfons Rosenberg. Bietingheim 1977.
Fouqué, Friedrich de la Motte: Die Geschichten vom Kaiser Julianus und seinen Rittern. In: ders.: Sämtliche Romane und Novellenbücher. Hrsg. von Wolfgang Möhring. Bd. 5.3. Fünfter Teil. Hildesheim, New York 1990.（フリードリヒ・ド・ラ・モット・フケー『皇帝ユリアヌスと騎士たちの物語』、小黒康正訳、同学社、二〇二三年）
Friedrich, Paul: Schiller und der Neuidealismus Leipzing 1909.
Friedrich, Paul: Das dritte Reich. Die Tragödie des Individualismus. Leipzig 1910.（パウル・フリードリヒ『第三の国　個人主義の悲劇』、小黒康正・橋本佳奈訳、九州大学独文学会『九州ドイツ文学』第三十五号、二〇二一年）
Friedrich, Paul: Thomas Mann. Berlin 1913.
Günzel, Klaus: Die deutschen Romantiker. Zürich 1995.
Hahl-Fontaine, Jelena (Hrsg.): Kandinsky. Das Leben in Briefen 1889–1944. München 2023.
Heftrich, Urs: Thomas Manns Weg zur slavischen Dämonie. Überlegungen zur Wirkung Dmitri Mereschkowskis. In: Thomas Mann Jahrbuch. Bd. 8. Frankfurt a. M. 1995.
Hofmannsthal, Hugo von: Rudolf Kassner 1929. In: Rudolf Kassner zum achtzigsten Geburtstag. Gedenkbuch. Hrsg. von A. Cl. Kensik u. D. Bodmer. Winterhur 1953.
Jander, Simon: Die Poetisierung des Essays. Rudolf Kassner, Hugo von Hofmannsthal, Gottfried Benn. Heidelberg 2008.
Kaiser, Gerhard R. (Hrsg.): Poesie der Apokalypse. Würzburg 1991.
Kandinsky, Wassily: Über das Geistige in der Kunst. 10. Aufl., mit einer Einführung von Max Bill. Bern 1952.
Kandinsky, Wassily: Essay über Kunst und Künstler. 2. Aufl. Hrsg. von Max Bill. Bern 1955.
Kassner, Rudolf: Sämtliche Werke. Im Auftrag der Rudolf Kassner Gesellschaft herausgegeben von Ernst Zinn u. Klaus E. Bohnenkamp.

Pfullingen 1969 ff.
Kensik, Alphons Clemens: Narziss. Im Gespräch mit Rudolf Kassner. Sierre, 1947–1958. Zürich 1985.
Killy, Walhter u. Rudolf Vierhaus (Hrsg.): Deutsche biographische Enzyklopädie. München 2001 (München 1998[1]).
Koopmann, Helmut (Hrsg.): Thomas Mann-Handbuch. Stuttgart 1990.
Kosch, begründet von Wilhelm: Deutsches Literatur-Lexikon. Biographisch-bibliographisches Handbuch. Bd. 5. Bern 1977.
Lessing, Gotthold Ephraim: Werke und Briefe in zwölf Bänden. Hrsg. von Arni Schilson u. Axel Schmitt. Bd. 10. Frankfurt a. M. 2001.
Maass, Sebastian: Kämpfer um ein drittes Reich. Arthur Moeller van den Bruck und sein Kreis. Kiel 2010.
Mann, Thomas: Tagebücher 1918–1921. Hrsg. von Peter de Mendelssohn. Frankfurt a. M. 1979.
Mann, Thomas: Gesammelte Werke in dreizehn Bänden. Frankfurt a. M. 1990.
Mann, Thomas: Selbstkommentare: Der Zauberberg. Hrsg. von Hans Wysling. Frankfurt a. M. 1993.
Mann, Thomas: Große kommentierte Frankfurter Ausgabe. Hrsg. von Heinrich Detering u. a. Frankfurt a. M. 2002 ff.
Marx, Friedhelm: »ICH ABER SAGE IHNEN ...« Christusfiguration im Werk Thomas Manns. In: Thomas-Mann-Studien XXV. Hrsg. von Thomas-Mann-Archiv der ETH Zürich. Frankfurt a. M. 2002.
Mereschkowski, Dmitri: Tolstoi und Dostojewski als Menschen und als Künstler. Eine kritische Würdigung ihres Lebens und Schaffens. Übers. von Carl von Gütschow. Leipzig 1903.
Moeller van den Bruck: Das dritte Reich. Berlin 1923.
Mutius, Gerhard: Die Drei Reiche. Ein Versuch philosophischer Bestimmung. Berlin 1916.
Neumann, Gerhard u. Ulrich Ott (Hrsg.): Rudolf Kassner: Physiognomik als Wissensform. Freiburg im Breisgau 1999.
Neurohr, Jean F.: Der Mythos vom Dritten Reich. Zur Geistesgeschichte des Nationalsozialismus. Stuttgart 1957.（J・F・ノイロール『第三帝国の神話　ナチズムの精神史』、山崎章甫・村田宇兵衛訳、未来社、一九六三年）
Oguro, Yasumasa: Neo-Joachismus auf der „geistigen Insel“ in München. Kandinsky, Mereschkowski und Thomas Mann. In: Publikationen der internationalen Vereinigung für Germanistik (IVG). Akten des XII. internationalen Germanistenkongresses Warschau 2010. Vielheit und Einheit der Germanistik weltweit. Hrsg. von Franciszek Grucza. Bd. 14. Frankfurt a. M. 2012.
Oguro, Yasumasa: Der Kampf um das Dritte Reich vor dem Ersten Weltkrieg. Die Dmitri Mereschkowski-Rezeption in Deutschland und Japan. In: Tagungsband der «Asiatische Germanistentagung 2016 in Seoul» - Bd. 1. Bern 2022.
Oguro, Yasumasa: „Das dritte Reich“ vor der NS-Zeit in Ost und West. Von Berlin 1923 über Tokio 1913 bis nach Berlin 1900. In: Berlin im

Krisenjahr 1923: Parallelwelten in Literatur, Wissenschaft und Kunst. Würzburg 2023.

Paul, Hermann: Deutsches Wörterbuch. 9., vollständig neu bearbeitete Auflage von Helmut Henne u. Georg Objartel unter Mitarbeit von Heidrun Kämper-Jensen. Tübingen 1992.

Pegatzky, Stefan: Das poröse Ich. Leiblichkeit und Ästhetik von Arthur Schopenhauer bis Thomas Mann. Würzburg 2002.

Petersen, Julius: Die Sehnsucht nach dem Dritten Reich in deutscher Sage und Dichtung. Stuttgart 1934.

Petersen, Julius: Julius Petersen zum Gedächtnis. Leipzig 1941.

Philip, Käte: Julianus Apostata in der deutschen Literatur. Berlin u. Leipzig 1929.

Riedl, Matthias: Joachim von Fiore. Denker der vollendeten Menschheit. Würzburg 2004.

Riedl, Peter Anselm: Wassily Kandinsky. Hamburg 2009 (1983[1]).

Ringbom, Sixten: Kandinsky und das Okkulte. In: Kandinsky und München. Begegnungen und Wandlungen 1896–1914. Hrsg. von Armin Zweite. München 1982.

Ritter, Joachim, Karlfried Grunder u. Gottfried Gabriel (Hrsg.): Historisches Wörterbuch der Philosophie. Bd. 1–12. Stuttgart 1971–2007.

Savonarola, Girolamo: O Florenz! O Rom! O Italien! Predigten, Schriften, Briefe. Aus dem Lateinischen und Italienischen übersetzt und mit einem Nachwort von Jacques Laager. Zürich 2002.

Schipper, Bernd U. u. Georg Plasger (Hrsg.): Apokalyptik und kein Ende? Göttingen 2007.

Schlaf, Johannes: Das dritte Reich. Ein Berliner Roman. Berlin 1900.

Schlüter, André: Moeller van den Bruck. Leben und Werk. Köln u. Weimar 2010.

Schmitt, Carl: Politische Romantik. Zweite Aufl. München u. Leipzig 1925.（カール・シュミット『政治的ロマン主義』、大久保和郎訳、みすず書房、二〇一二年）

Schmitz-Berning, Cornelia: Vokabular des Nationalsozialismus. Nachdruck der Ausgabe 1998. Berlin u. New York 2000.

Schmitz, Walter: Die Münchner Moderne. Die literarische Szene in der ‘Kunststadt’ um die Jahrhundertwende. Stuttgart 1990.

Schreier, Christoph: Wassily Kandinsky. Bild mit schwarzem Bogen. Frankfurt a. M. u. Leipzig 1991.

Sontheimer, Kurt: Antidemokratisches Denken in der Weimarer Republik. Die politischen Ideen des deutschen Nationalismus zwischen 1918 und 1933. München 1968.（K・ゾントハイマー『ワイマール共和国の政治状況　ドイツ・ナショナリズムの反民主主義思想』、川島幸夫・脇圭平訳、ミネルヴァ書房、一九七六年）

Spörl, Uwe: Gottlose Mystik in der deutschen Literatur um die Jahrhundertwende. Paderborn 1997.

Stern, Fritz: Kulturpessimismus als politische Gefahr. Eine Analyse nationaler Ideologie in Deutschland. Aus dem Amerikanischen von Alfred P. Zeller. Stuttgart 2005.（フリッツ・スターン『文化的絶望の政治　ゲルマン的イデオロギーの台頭に関する研究』、中道寿一訳、三嶺書房、一九八八年）

Strauß, David Friedrich: Der Romantiker auf dem Throne der Cäsaren, oder Julian der Abtrünnige. Mannheim 1847.

Taubes, Jacob: Abendländische Eschatologie. München 1991.

Vondung, Klaus: Apokalypse in Deutschland. München 1988.

Weiß, Volker: Dostojewskijs Dämonen. Thomas Mann, Dmitri Mereschkowski und Arthur Moeller van den Bruck im Kampf gegen „den Westen“. In: Völkische Bande. Dekadenz und Wiedergeburt – Analysen rechter Ideologie. Hrsg. von Heiko Kaufmann, Helmut Kellershohn u. Jobst Paul. Münster 2005.

Wißkirchen, Hans: Zeitgeschichte im Roman. Zu Thomas Manns Zauberberg und Doktor Faustus. In: Thomas-Mann-Studien XI. Hrsg. von Thomas-Mann-Archiv der ETH Zürich. Frankfurt a. M. 1986.

Wust, Martin: Das dritte Reich. Ein Versuch über die Grundlage individueller Kultur. Wien 1905.

Ziolkowski, Theodore: Hermann Hesse's Chilisastic Vision. In: Monatshefte. Vol. 53, Nr. 4 (1961), University of Wisconsin Press.

池田浩士『ヴァイマル憲法とヒトラー　戦後民主主義からファシズムへ』、岩波書店、二〇一五年。

石田友治編『第三帝国の思想』、益新会、一九一五年

石田勇治ほか編『ドイツ文化事典』、丸善書店、二〇二〇年。

イプセン『原典によるイプセン戯曲全集』第三巻、原千代海訳、未来社、一九八九年。

ヴィルシング、アンドレアスほか編著『ナチズムは再来するのか？　民主主義をめぐるヴァイマル共和国の教訓』、板橋拓己ほか編訳、慶應義塾大学出版会、二〇一九年。

エリアーデ、ミルチア『世界宗教史III』、鶴岡賀雄訳、筑摩書房、一九九一年。

岡田温司『黙示録　イメージの源泉』、岩波新書、二〇一四年。

小黒康正「アンティポーデの闇　ブレンターノ／ゲレス『時計職人ボークスの不思議な物語』」、九州大学独文学会『九州ドイツ文学』第二十三号、二〇〇九年。

小黒康正『黙示録を夢みるとき　トーマス・マンとアレゴリー』、鳥影社、二〇〇一年。

小黒康正『水の女　トポスへの船路』、九州大学出版会、二〇一二年。

小黒康正「孤独化するディレッタント　ブールジェ、マン、カスナーの場合」、九州大学独文学会『九州ドイツ文学』第二十六号、二〇一二年。

小黒康正「第一次世界大戦期の日本とドイツにおける「第三の国」　イプセン、メレシコフスキー、トーマス・マン」、日本独文学会『ドイツ文学』第一五四号、二〇一六年。

小黒康正「パウル・フリードリヒ『第三の国　個人主義の悲劇』について　訳者解題として」、九州大学独文学会『九州ドイツ文学』第三十五号、二〇二一年。

小黒康正「ネオ・ヨアキム主義における東西交点としての「第三の国」　メラー・ファン・デン・ブルック、日本の雑誌『第三帝国』、パウル・フリードリヒ」、慶應義塾大学藝文学会『藝文研究』第一二五号、二〇二三年。

小野寺拓也「なぜナチズムは「国家社会主義」ではなく「国民社会主義」と訳すべきなのか　「訳語」はこんなに重要です」(https://gendai.media/articles/-/81126、検索日：二〇二三年八月二十五日)。

蔭山宏『ワイマール文化とファシズム』、みすず書房、一九八六年。

蔭山宏『カール・シュミット　ナチスと例外状況の政治学』、中公新書、二〇二〇年。

カスナー、ルードルフ『メランコリア』、塚越敏訳、法政大学出版会、一九七〇年。

カスナー、ルードルフ『十九世紀』、小松原千里訳、未知谷、二〇〇一年。

茅原華山ほか編『第三帝国』、全十冊、復刻版、不二出版、一九八三〜一九八五年。

クザーヌス『神を観ることについて　他二篇』、八巻和彦訳、岩波文庫、二〇〇一年。

熊野直樹「ボリシェヴィズムとナチズム　二つの「国家社会主義」」、『西洋史研究』新輯四十七号、二〇一八年。

栗生沢猛夫「モスクワ第三ローマ理念考」、金子幸彦編『ロシアの思想と文学』、恒文社、一九九七年。

ゲイ、ピーター・『ワイマール文化』、亀嶋庸一訳、みすず書房、一九八七年。

コーン、ノーマン『千年王国の追求』、江河徹訳、紀伊國屋書店、二〇〇八年。

小岸昭『世俗宗教としてのナチズム』、ちくま新書、二〇〇〇年。

斎藤信策『芸術と人生』、昭文堂、一九〇七年。次世代デジタルライブラリー (https://lab.ndl.go.jp/dl/book/871631?page=260、検索日：二〇二四年十月三十日)。

佐藤卓己「《メディア史》の成立　歴史学と社会学の間」、『関西学院大学社会学部紀要』別冊、二〇一一年。

佐藤卓己『ファシスト的公共性　総力戦体制のメディア学』、岩波書店、二〇一八年。

佐藤洋子「柳宗悦の思想形成と民芸運動」、『早稲田大学日本語研究教育センター紀要』第十五号、二〇〇二年。

芝健介『ヒトラー　虚像の独裁者』、岩波新書、二〇二一年。

『白樺』、洛陽堂・岩波ブックサービスセンター、合本四、第二巻第五号〜第八号、一九九七年。

シュペングラー『西洋の没落Ⅰ』、村松正俊訳、中央公論新社、二〇一七年。

杉哲「西尾実と道元（Ⅸ）」、熊本大学教育学部『人文科学』第六十号、二〇一一年。

『聖書　新共同訳』、日本聖書協会、一九九二年。

添谷育志『背教者の偶像　ローマ皇帝ユリアヌスをめぐる言説の探究』、ナカニシヤ出版、二〇一七年。

髙木昌史編『決定版　グリム童話事典』、三弥井書店、二〇一七年。

高橋義人『形態と象徴　ゲーテと「緑の自然科学」』、岩波書店、一九八八年。

高橋吉文『グリム童話　冥府への旅』、白水社、一九九六年。

田代崇人「カスナーの観相学的世界像」、九州独仏文学研究会『独仏文学研究』第十三輯、一九六三年。

ダン、オットー・『ドイツ国民とナショナリズム 1770〜1990』、末川清・姫岡とし子・高橋秀寿訳、名古屋大学出版会、一九九九年。

土田宏成『災害の日本近代史』、中公新書、二〇二三年。

中村元監修、峰島旭雄責任編集『比較思想事典』、東京書籍、二〇〇〇年。

中村都史子『日本のイプセン現象　一九〇六〜一九一六年』、九州大学出版会、一九九七年。

西田秀穂『カンディンスキー研究　非対称絵画の成立　その発展過程と作品の意味』、美術出版社、一九九三年。

野村優子『日本の近代美術とドイツ　『スバル』『白樺』『月映』をめぐって』、九州大学出版会、二〇一九年。

ハーバマス、ユルゲン、エルンスト・ノルテほか『過ぎ去ろうとしない過去　ナチズムとドイツ歴史家論争』、徳永恂・三島憲一ほか訳、人文書院、一九九五年。

長谷部恭男・石田勇治『ナチスの手口と緊急事態条項』、集英社新書、二〇一七年。

ハーフ、ジェフリー『ナチのプロパガンダとアラブ世界』、星乃治彦ほか訳、岩波書店、二〇一三年。

ヒルデブランド、クラウス『ヒトラーと第三帝国』、中井晶夫ほか訳、南窓社、一九八七年。

福家崇洋『日本ファシズム論争　大戦前夜の思想家たち』、河出書房新社、二〇一二年。

廣松渉ほか編『岩波哲学・思想事典』、岩波書店、一九九八年。

『ヒトラーのテーブル・トーク　1941-1944』（上）、吉田八岑監訳、三交社、一九九四年。

フロイト『人はなぜ戦争をするのか　エロスとタナトス』、中山元訳、光文社古典新訳文庫、二〇〇八年。

ブロッホ、エルンスト『この時代の遺産』、池田浩士訳、ちくま学芸文庫、一九九四年。

真木悠介『時間の比較社会学』、岩波書店、二〇〇三年。

マッギン、バーナード『フィオーレのヨアキム　西欧思想と黙示録的終末論』、宮本陽子訳、平凡社、一九九七年。

マニュエル、フランク・Eほか『西欧世界におけるユートピア思想』、門間都喜郎訳、晃洋書房、二〇一八年。

マン、トーマス『トーマス・マン全集X』、森川俊夫訳、新潮社、一九七二年。

マン、トーマス『ドイツとドイツ人』、青木順三訳、岩波文庫、一九九〇年。

水谷悟『雑誌『第三帝国』の思想運動　茅原華山と大正地方青年』、ぺりかん社、二〇一五年。

ミュンツェンベルク、ヴィリー『武器としての宣伝』、星乃治彦訳、柏書房、一九九五年。

村瀬興雄『ヒトラー　ナチズムの誕生』、誠文堂新社、一九六二年。

村瀬興雄『世界の歴史　一五　ファシズムと第二次世界大戦』、中央公論社、一九六二年。

メレシコフスキー『トルストイとドストイェーフスキー』、植野修司訳、雄渾社、一九七〇年。

メレシュコウスキー『神々の死』、松本雲舟訳、昭文堂、一九一一年。

モッセ、ジョージ・L『フェルキッシュ革命　ドイツ民族主義から反ユダヤ主義』、植村和秀訳、柏書房、一九九八年。

モッセ、ジョージ・L『大衆の国民化　ナチズムに至る政治シンボルと大衆文化』、佐藤卓己・佐藤八寿子訳、ちくま学芸文庫、二〇二一年。

ヤコービ、ヨランデ『ユング心理学』、高橋義孝監修、池田紘一ほか訳、日本教文社、一九七三年。

八巻和彦『クザーヌスの世界像』、創文社、二〇〇一年。

山元定祐『世紀末ミュンヘン　ユートピアの系譜』、朝日選書、一九九三年。

ユング、C・G『結合の神秘I』、池田紘一訳、人文書院、一九九五年。

ユング、C・G『心理学と錬金術I〔新装版〕』、池田紘一・鎌田道生訳、人文書院、二〇一七年。

吉田治代「黙示録、ユートピア、遺産　ブロッホにおける「（第三の）ライヒ」論」、日本独文学会『ドイツ文学』第一五四号、二〇一六年。

ラウリセンス、スタン『ヒトラーに盗まれた第三帝国』、大山昌子・梶山あゆみ訳、原書房、二〇〇〇年。

リーヴス、マージョリ『中世の影響とその預言　ヨアキム主義の研究』、大橋喜之訳、八坂書房、二〇〇六年。

ルカーチ、ジェルジ『ルカーチ著作集』、川村二郎ほか訳、白水社、一九八六年。

ルルカー、マンフレート『聖書象徴事典』、池田紘一訳、人文書院、一九八八年。

初出一覧

（各章、いずれも大幅な加筆修正あり）

序　書き下ろし。

第一章（ただし、三と四は書き下ろし）

・『黙示録を夢みるとき　トーマス・マンとアレゴリー』、鳥影社、二〇〇一年、第一章。

補遺一

・「「第三の国」研究序説」、九州大学独文学会『九州ドイツ文学』第三十六号、二〇二二年。

第二章

・「「ドイツ的な世紀」の彼方　フケーとアイヒェンドルフにおける背教者ユリアヌス」、日本独文学会『ドイツ文学』第一六二号、二〇二一年。

・フケー『皇帝ユリアヌスと騎士たちの物語』、小黒康正訳、同学社、二〇二三年。

第三章

・「第一次世界大戦期の日本とドイツにおける「第三の国」　イプセン、メレシコフスキー、トーマス・マン」、日本独文学会『ドイツ文学』第一五四号、二〇一六年。

第四章

・„Das dritte Reich“ vor der NS-Zeit in Ost und West. Von Berlin 1923 über Tokio 1913 bis nach Berlin 1900. In: Berlin im Krisenjahr 1923: Parallelwelten in Literatur, Wissenschaft und Kunst. Würzburg 2023.

・「パウル・フリードリヒ『第三の国　個人主義の悲劇』について　訳者解題として」、九州大学独文学会『九州ドイツ文学』第三十五号、二〇二一年。

・「ネオ・ヨアキム主義における東西交点としての「第三の国」　メラー・ファン・デン・ブルック、日本の雑誌『第三帝国』、パウル・フリードリヒ」、慶應義塾大学藝文学会『藝文研究』第一二五号、二〇二三年。

第五章

- Das dritte Reich im physiognomischen Weltbild bei Rudolf Kassner. In: Einheit in der Vielfalt? Germanistik zwischen Divergenz und Konvergenz. Asiatische Germanistentagung 2019 in Sapporo. Herausgegeben von Yoshiyuki Muroi im Auftrag der Japanischen Gesellschaft für Germanistik e.V. und in Zusammenarbeit mit dem Redaktionskomitee des Dokumentationsbandes der Asiatischen Germanistentagung 2019. München 2020.
- 「ルードルフ・カスナーの観相学的世界像における「第三の国」」、日本オーストリア文学会『オーストリア文学』第三十六号、二〇二〇年。

第六章

- Neo-Joachismus auf der „geistigen Insel“ in München. Kandinsky, Mereschkowski und Thomas Mann. In: Publikationen der internationalen Vereinigung für Germanistik (IVG). Akten des XII. internationalen Germanistenkongresses Warschau 2010. Vielheit und Einheit der Germanistik weltweit. Hrsg. von Franciszek Grucza. Bd. 14. Frankfurt a. M. 2012.
- Der Kampf um das Dritte Reich vor dem Ersten Weltkrieg. Die Dmitri Mereschkowski-Rezeption in Deutschland und Japan. In: Tagungsband der «Asiatische Germanistentagung 2016 in Seoul» - Bd. 1. Bern 2022.
- 『黙示録を夢みるとき　トーマス・マンとアレゴリー』、鳥影社、二〇〇一年、第五章。
- 「第一次世界大戦期の日本とドイツにおける「第三の国」　イプセン、メレシコフスキー、トーマス・マン」、日本独文学会『ドイツ文学』第一五四号、二〇一六年。

第七章

- 「ユーリウス・ペーターゼン著『ドイツの伝説や文学における第三の国への憧憬』について」、九州大学大学院人文科学研究院『文学研究』第一二〇輯、二〇二三年。

結び　書き下ろし。

補遺二

- 「Nationalsozialismus はどう訳すべきか　近年の訳語問題をめぐって」、九州大学独文学会『九州ドイツ文学』第三十七号、二〇二三年。

あとがき

第三の著作は書名を『第三の国』としよう。そう決めたのは、二冊目の単著である『水の女　トポスへの船路』（九州大学出版会、二〇一二年）の新装版を二〇二一年に刊行した頃だったと思う。あの決意は偶然だったのか、それとも必然だったのか。

私は妙に数字の「三」と縁がある。小学生の頃、六年間、いつもクラスは三組で、当時、スキーでも珠算でも三級をもらい、中学三年生のときに出場した市民体育大会で卓球中学男子（個人）において三位になり、その後、北海道、九州、ミュンヒェンの三大学に通う。帰国後は九州大学で三年間、助手を務める。三十代の頃には山の会の仲間と、若杉山、三郡山、宝満山によく登る。この縦走を福岡では「三郡縦走」と呼ぶ。いつしか三児の父になっていた四十代の自分は、毎年、フルマラソンに参加し、いつも三時間台で走っていた。五十一歳から始めた合氣道では、熱心に朝稽古に通い続けたからだろうか、先の決意をした頃、三段をいただく。

第三著作の執筆計画を練ったとき、思うことがあった。学術書を上梓するには、資料収集や読み込みにかなりの持久力を要し、実際の執筆にはかなりの瞬発力を要す。つまり、「長距離走」にも「短距離走」にも長けていなければならない。そんなことを考えながら、二〇二五年度に研究休暇を取ることを勤務校から認めてもらったうえで、執筆に集中したいと願う。ラストスパートに、一年が必要と思ったからだ。だが、人生は思ったとおりにならない。二〇二三年六月に日本独文学会で会長に選出され、二〇二四年五月放映のＮＨＫ「100分de名著」への出演依頼を受け、同年十一月に熊本でトーマス・マン『魔の山』のシンポジウムを企画することになったからで、なんだからラストスパートの準備さえできない状況になっていく。そんなとき、二〇二五年度研究休暇申請に対する不採択通知が届く。万事休す。第三著作はまだまだ先の話、そう諦めかけたのである。

そんな折に一通のメールが届く。九州大学出版会の尾石理恵氏からだ。第二著作刊行の際に大変お世話になったことを思い出す。「他社様でたくさんお話が進んでいらっしゃることとは思いますが、ご研究成果を書籍化される際など、もしよろしければ、小会にもお手伝いさせていただけましたら幸いです。干支もめぐりましたし、そろそろ再度、人文学叢書に応募なさっても差し支えないのでは……」という文面だった。そうか、『水の女』から干支がめぐったか。そのことに気づき、勤務校の九州大学人文学叢書出版助成に再応募したところ、幸い採択された。九州大学大学院人文科学研究院の関係各位に感謝を申し上げる。それにしても、この採択は何を意味するのか。二〇二五年度に一年かけてまとめる仕事を、かなり前倒しにして、二〇二四年の秋に二か月ほどで仕上げなければならない。長距離走と百メートルダッシュを二か月間、毎日続けるということか。もちろん、授業もあるし、通常の学内業務もある。覚悟はできているのか。あまりにも無謀だ。本当に万事休すになってしまうぞ。だが、この間、「第三のローマ」説が現代に復活して、ロシアがキーウを「キエフ」として我がものにしようとしている。そんな現実を目の当たりにして、第三著作は、未来へのメッセージとして、今こそ世に問われなければならない。私なりにそう思ったのである。本書の考察対象は、決して過去の問題ではない。

本書の各章をなす研究は、特に海外で、驚きをもって迎えられた。二〇一五年度にヴィーンで研究滞在をしたとき、ミュンスター大学のマルティナ・ヴァグナー゠エーゲルハーフ教授、ビーレフェルト大学のヴォルフガング・ブラウンガルト教授、ブラウンシュヴァイク工科大学のレナーテ・シュタウフ教授、アイヒシュテット大学のミヒャエル・ノイマン教授、フランクフルト大学のヨハネス・フリート教授からそれぞれ講演依頼を受ける。また、二〇一六年の秋、バイエルン独日協会主催で、ミュンヒェンの王宮で講演を行う。コロナ前の話だ。また、コロナ後の二〇二三年七月には、クリスティーネ・フランク教授の依頼で、ベルリーン自由大学で連続講義の最終回を担当し、二〇二四年八月には中国で行われた国際学会「アジア地区ゲルマニスト会議」で基調講演を行う。すべて、本書に関連する内容をドイツ語で行った講演であり、毎回、質疑応答で貴重な意見をいただいた。招待者の方々にこの場を借りて心より御礼を申し上げる。

二〇二四年九月には、本文中でも記した科学研究費補助金の助成を受けて、国際シンポジウムをスイスのチューリヒ大学で主催した。二〇二一年四月に科研費に採択されてからは、日本語とドイツ語の研究会を交互に行っており、スイスでの企画は第六回目の研究会を兼ねた。一緒にシンポジウムを主催したチューリヒ大学のクリスティアン・キーニング教授、そして私の研究内容をいち早く評価してくださった元同僚のウルリヒ・バイル教授、この二人は私にとってかけがえのない研究仲間だ。また、九州大学の同僚である福元圭太氏や今井宏昌氏から貴重なコメントをいただいたことにも、この場を借りて感謝を申し上げたい。「第三の国」をめぐる研究を始めた頃、ひとりで未踏の地を歩むような思いでいたが、いつしか国内外で多くの研究仲間を得た。そのことが何よりも嬉しい。

本務校の九州大学、非常勤講師として講義を担当している西南学院大学、何度も講義を行った朝日カルチャーセンター（福岡校、千葉校）、高大連携で縁があった福岡県立城南高等学校、私が副会長を務める西日本日独協会、年に数回開催されるトーマス・マン研究会、以上では機会があるたびに本書に関連する内容の講義や講演をした。いつも熱心に話を聞いてくださった学生諸君や聴衆の皆さんに心より御礼を申し上げたい。また、補遺二の資料収集を手伝ってくれた長光卓くんと人名や事項の索引を手伝ってくれた石川充ユージンくんの名前も挙げておきたい。二人とも私の指導を受ける院生だ。長光くん、石川くん、ありがとう。

そう言えば、研究活動を通じて、三人の作家と知り合った。二〇一五年秋にヴィーンで出会った多和田葉子氏には二〇一六年九月に九州大学で講演をしていただく。その後、水俣市の水俣病資料館に行き、熊本市で石牟礼道子氏を一緒に訪問する。小説『マチネの終わりに』をきっかけに知己を得たのが平野啓一郎氏で、二〇一七年七月と二〇二二年七月に九州大学に、二〇一七年九月にミュンヒェンに、講演のために来ていただく。ミュンヒェンでは、トーマス・マンと森鷗外ゆかりの地を一緒にめぐっただけではなく、ミュンヒェン大学のペーター・ペルトナー教授に会い、三人で実に楽しく歓談を行う。そう言えば、私のＮＨＫ出演は、平野氏の推挙による。平野氏とはトーマス・マンつながりだ。二〇二五年六月六日には、ドイツの大統領を迎えてマン生誕一五〇年の記念式典が北ドイツのリューベックで行われる。その前日には、私自身も登壇するパネル・ディスカッションが前夜祭として行われる予定だ。せっかくなので、マンの書簡やクリスマスカードを所蔵する九州大学でも記念式典を行いたい。そう平野氏に伝えたところ、ご快諾を得ただけではなく、二〇二五年一月に『ゲーテはすべてを言った』で芥川賞を受賞したばかりの鈴木結生氏も招き、四月二十六日に九州大学文学部で記念の講演会を催すことになる。小黒、鈴木氏、平野氏の順番で登壇だ。これまでマン研究を基軸に研究を進めてきただけに、感無量である。

長距離走と百メートルダッシュを繰り返すなか、一緒に伴走をしてくれた二人の存在も忘れてはならない。ひとりは先に名前をあげた尾石氏だ。私にとっては、ストップウォッチを手にしながらエールを送ってくれる存在だ。執筆が遅れがちな私の仕事を忍耐強く見守ってくださった尾石氏には、本当に頭がさがる。また、第三著作『第三の国』を執筆する三児の父を陰ながら支えてくれた妻にも、お礼を述べたい。ありがとう。

もっとも、人生は思ったとおりにならない。本書は、書名が『第三の国』ではなくなったし、そもそも第三の著作でもなくなった。ＮＨＫへの出演に伴い、二〇二四年四月に関連書籍が先に刊行されたからだ。自分の心身に「三」のリズムが刻まれ続けてきたと思っていたが、いつしか意識的な「三」と無意識的な「四」が我が身に交錯するようになっていたのではないか。書き下ろしの第一章第四節を書き上げたとき、すでに合氣道で昇段している自分に気づいた。こうして干支がめぐったのである。

二〇二五年如月　福岡にて

小黒康正

人名索引

（欧文のみの編者名や訳者名などは対象外。一部の項目に事項を含む）

カ行

サ行

タ行

ナ行

ハ行

ヒルデブランド Klaus Hildebrand 250
廣松渉 35, 243
ファーバー Richard Faber 64
ファン・デン・ブルック，エリーザベト Elisabeth van den Bruck 15
フィシャー Fischer, Bernhard 205, 222
フィヒテ Johann Gottlieb Fichte 38, 51-52, 183, 190, 199-200
フィリップ Käte Philip 91-92
フーフ Ricarda Huch 168
ブールジェ Paul Bourget 150
フェーガー Feger, Franziska 91-92
フェーゲリン Eric Voegelin 57
フォーゲラー Johann Vogeler 104
フォンターネ Theodor Fontane 180, 200
フォンドゥング Klaus Vondung 6, 23, 54, 108
福井憲彦 245
福永美和子 248
福元圭太 253-254
福家崇洋 247, 252
フケー Friedrich de la Motte Fouqué 11, 75, 77, 79, 87-88, 91-93
藤崎剛人 249
藤沢古雪 98
プシビシェフスキ Stanisław Przybyszewski 28, 55, 68
フス Jan Hus 18, 54, 60, 112
ブッツァー Hermann Butzer 60-62, 112-113, 119
フライリグラート Ferdinand Freiligrath 195
ブラヴァッキー Helena Petrovna Blavatsky 156
ブラウニング Robert Browning 139, 142, 149
ブラウン Josef Braun 92
プラスガー Georg Plasger 6
プラトン Platon 134, 151, 184, 189
フランチェスコ Franz von Assisi 8, 18, 186
ブラント Sebastian Brant 189
フリードリヒ Paul Otto Friedrich 9, 12, 54, 62, 120-127, 131-132, 153, 209, 213
フリードリヒ二世 Friedrich II 18, 54
フリードリヒ・ヴィルヘルム四世 Friedrich Wilhelm IV 73, 90
フリードリヒ（プファルツ伯）Friedrich V 187
ブルガー Fritz Burger 158
ブルガーコフ Sergej Bulgakow 163
ブルクハルト Jacob Burckhardt 92
ブルテ Hermann Burte 57
フレーゲ Gottlob Frege 51
ブレンターノ Clemens Brentano 90, 144, 151, 200
ブレントイェンス Buchard Brentjes 53-54, 58, 62
フロイト Sigmund Freud 31, 35
ブロッホ Ernst Simon Bloch 8-9, 13, 28, 53, 90, 111, 128, 146, 165, 209, 217, 220-221
フンボルト Wilhelm von Humboldt 191, 200
ペーガツキ Stefan Pegatzky 58-59, 120, 131
ヘーゲル Georg Wilhelm Friedrich Hegel 8, 18, 26, 41, 52, 54, 61, 71, 100, 112, 120, 144-146, 183, 188, 190, 196, 200
ペーターゼン Julius Petersen 9, 13, 43-44, 54, 66, 179-201, 203-205, 209, 217-218, 221, 223-224
ベーメ Jakob Böhme 51, 150, 189
ベスリッヒ Barbara Beßlich 66, 91
ヘッセ Hermann Hesse 9, 13, 28, 216
ヘッベル Friedrich Hebbel 121, 123, 139, 143, 149
ヘディオ Caspar Hedio 76
ペテロ Petrus 190
ヘフトリヒ Urs Heftrich 175-176, 221
ヘムステルホイス Franz Hemsterhuis 192
ベランジェ Pierre-Jean de Béranger 195
ヘリゲル Eugen Herrigel 148
ヘルヴェーグ Georg Herwegh 195
ベルク Leo Berg 9, 28-29, 41, 59, 64, 72, 117, 120, 125, 210, 213
ベルクソン Henri Bergson 134, 140-141
ベルシュ Claus-Ekkehard Bärsch 19, 21, 56-58, 62, 112
ヘルダー Johann Gottfried Herder 38, 191-192, 199
ヘルダーリン Friedrich Hölderlin 167, 190,

マ行

128, 130, 145, 154, 158, 165, 167-168, 171-172, 181, 197, 209, 211, 214-217
メルキセデク Melchisedek 188
メルクリウス Mercurius 79, 92
メルセムトゥス Meselmutus 21
メレシコフスキー Dmitri Mereschkowski 7-9, 11-13, 28-29, 43, 60-61, 63, 72, 89, 96-97, 101-103, 105-109, 116-119, 125-126, 149, 153-154, 158-159, 163-166, 169-170, 172, 174-175, 207-208, 210-212, 215-216, 219
モア Thomas Morus 187
モッセ George Lachmann Mosse 44-45, 48-51, 58, 67-68, 112-113, 115, 128, 158, 249, 253
森鷗外 97-98
森皚峰 98
森川俊夫 250
森田草平 105, 118
森永隆 231
モルゲンシュテルン Christian Morgenstern 41, 131
モルトケ Helmuth von Moltke 161
モンタヌス Montanus 17, 51, 60, 112, 185
モンテスキュー Charles de Montesquieu 76
門間都喜郎 68

ヤ行

ヤーン Friedrich Ludwig Jahn 187, 199-200
矢ヶ崎典隆 246
矢儀万喜多 231
ヤコービ Jolande Jacobi 35
八杉貞利 235
柳宗悦 104, 107
山岸光宣 229
八巻和彦 150
山口明穂 241
山崎章甫 65
山田忠雄 240
山元定祐 173
山本秀行 248
山本尤 243
ヤンダー Simon Jander 150
ユーゴー Victor Hugo 107
ユリアヌス Julianus/ Julian 11, 26-27, 43, 61, 71-93, 97, 102-103, 106-107, 112, 117, 174, 188, 196, 210, 217
ユング Carl Gustav Jung 31-32, 35, 79, 92
ヨアキム Joachim von Fiore 5-6, 8-11, 15, 17-21, 23-25, 28-29, 32-33, 39, 43, 51, 54-55, 57, 60, 62-65, 71-72, 103, 105, 109, 112, 116, 118-119, 127, 130, 133, 137, 146, 150, 153-154, 158-159, 185-188, 204-205, 207-214, 217
吉田治代 221
吉田八岑 14, 128, 243
吉中俊貴 249
ヨセフ Josef von Nazaret 30
ヨハネ（福音書の著者）Johannes 211
ヨハネ（黙示録の著者）Johannes 5, 8, 17, 20-22, 29, 33-34, 54, 112, 127, 166, 185-186, 190, 197, 211, 213
依藤醇 237

ラ行

ラーヴァーター Johann Caspar Lavater 90, 144
ラーテナウ Walther Rathenau 167
ラーベ Wilhelm Raabe 200
ライプニッツ Gottfried Wilhelm Leibniz 183, 187
ラウベ Heinrich Laube 194
ラウリセンス Stan Lauryssens 128
ラガルド Paul de Lagarde 40-42, 44-45, 66, 115, 121-122, 124, 131
ラッサール Ferdinand Lassalle 227
ラマルティーヌ Alphonse de Lamartine 195
ラングベーン Julius Langbehn 40, 42, 44-45, 129
ランケ Leopold von Ranke 122
ランダウアー Gustav Landauer 197
リーヴス Marjorie Reeves 33
リードル Matthias Riedl 62-63, 154
リーリエンクローン Detlev von Liliencron 196
リエンツォ Cola di Rienzo 55, 188
リチャード獅子心王 Richard Löwenherz 19-20

リッター Joachim Ritter 51
リルケ Rainer Maria Rilke 134, 138, 150, 213
リングボム Sixten Ringbom 107, 173
ルイトポルト・フォン・バイエルン Luitpold von Bayern 174
ルートヴィヒ二世 Ludwig II 107, 174
ルカーチ Georg Lukács 38, 138, 150
ルソー Jean-Jacques Rousseau 190-191
ルター Martin Luther 42, 82, 129, 161
ルルカー Lurker Manfred 35
レーヴィ Primo Levi 249
レーヴェントロー Franziska zu Reventlow 155
レートヴィッツ Oskar von Redwitz 195
レーニン Wladimir Iljitsch Lenin 155
レッシング Gotthold Ephraim Lessing 8-9, 25, 42, 51, 61, 63, 71, 80, 100, 112, 120, 129, 180, 188-191, 193-194, 205, 208-209, 217
レンブラント Rembrandt van Rijn 42, 129
ローゼンベルク Alfred Rosenberg 19, 43, 56, 112
ロダン Auguste Rodin 138, 149
ロッツェ Hermann Lotze 51
ロドリゲス Eugène Rodrigues 25, 193
ロベスピエール Maximilien de Robespierre 161

ワ行

脇圭平 67
渡邉敏郎 237

事項索引

（重要事項のみ）

タ行

ナ行

ハ行

マ行

ヤ行

ラ行

ワ行

著者紹介

小 黒 康 正（おぐろ　やすまさ）

1964 年生まれ。北海道小樽市出身。博士（文学，九州大学）。九州大学大学院人文科学研究院教授。日本学術会議連携会員，日本独文学会会長。著書に『黙示録を夢みるとき　トーマス・マンとアレゴリー』（鳥影社，2001 年），『水の女　トポスへの船路』（九州大学出版会，2012 年；新装版 2021 年），『100 分 de 名著　トーマス・マン『魔の山』』（NHK 出版，2024 年）。編著に『対訳　ドイツ語で読む「魔の山」』（白水社，2023 年）など。訳書にヘルタ・ミュラー『心獣』（三修社，2014 年），クリストフ・マルティン・ヴィーラント『王子ビリビンカー物語』（同学社，2016 年），ヘルタ・ミュラー『呼び出し』（三修社，2022 年），フケー『皇帝ユリアヌスと騎士たちの物語』（同学社，2023 年）など。

九州大学人文学叢書 24

「第三帝国《だいさんていこく》」以前《いぜん》の「第三《だいさん》の国《くに》」

——ドイツと日本におけるネオ・ヨアキム主義——

2025 年 4 月 30 日　初版発行

著　者　　小　黒　康　正

発行者　　清　水　和　裕

発行所　　一般財団法人　九州大学出版会

〒819-0385　福岡市西区元岡 744

九州大学パブリック 4 号館 302 号室

電話　092-836-8256

URL　https://kup.or.jp/

印刷・製本／大同印刷㈱

The “third Reich” before the “Third Reich”:

Neo-Joachimism in Germany and Japan

Printed in Japan　ISBN 978-4-7985-0385-1

「九州大学人文学叢書」刊行にあたって

九州大学大学院人文科学研究院は，人文学の研究教育拠点としての役割を踏まえ，一層の研究促進と研究成果の社会還元を図るため，出版助成制度を設け，「九州大学人文学叢書」として研究成果の公刊に努めていく。

1 王昭君から文成公主へ 中国古代の国際結婚
藤野月子（九州大学大学院人文科学研究院・専門研究員）

2 水の女 トポスへの船路
小黒康正（九州大学大学院人文科学研究院・教授）

3 小林方言とトルコ語のプロソディー
一型アクセント言語の共通点
佐藤久美子（長崎外国語大学外国語学部・講師）

4 背表紙キャサリン・アーンショー
イギリス小説における自己と外部
鵜飼信光（九州大学大学院人文科学研究院・准教授）

5 朝鮮中近世の公文書と国家
変革期の任命文書をめぐって
川西裕也（日本学術振興会特別研究員 PD）

6 始めから考える ハイデッガーとニーチェ
菊地惠善（九州大学大学院人文科学研究院・教授）

7 日本の出版物流通システム
取次と書店の関係から読み解く
秦洋二（流通科学大学商学部・准教授）

8 御津の浜松一言抄
『浜松中納言物語』を最終巻から読み解く
辛島正雄（九州大学大学院人文科学研究院・教授）

9 南宋の文人と出版文化
王十朋と陸游をめぐって
甲斐雄一（日本学術振興会特別研究員 PD）

10 戦争と平和，そして革命の時代のインタナショナル
山内昭人（九州大学大学院人文科学研究院・教授）

11 **On Weak-Phases: An Extension of Feature-Inheritance**
大塚知昇（九州共立大学共通教育センター・講師）

12 **A Grammar of Irabu: A Southern Ryukyuan Language**
下地理則（九州大学大学院人文科学研究院・准教授）

13 石器の生産・消費からみた弥生社会
森貴教（新潟大学研究推進機構超域学術院・特任助教）

14 日本の近代美術とドイツ
『スバル』『白樺』『月映』をめぐって
野村優子（愛媛大学法文学部・講師）

15 **12–13** 世紀におけるポンティウ伯の中規模領邦統治
大浜聖香子（九州大学大学院人文科学研究院・助教）

16 アリストテレスの知識論
『分析論後書』の統一的解釈の試み
酒井健太朗（環太平洋大学次世代教育学部・専任講師）

17 昭和の大合併と住民帰属意識
スベン・クラーマー
（九州大学大学院人文科学研究院・助教）

18 中国語の「主題」とその統語的基盤
陳陸琴（中国嘉興学院外国語学院・講師）

19 開戦前夜の日中学術交流
民国北京の大学人と日本人留学生
稲森雅子（九州大学大学院人文科学研究院・専門研究員）

20 古典インドの議論学
ニヤーヤ学派と仏教徒との論争
須藤龍真（日本学術振興会特別研究員 PD）

21 **Labels at the Interfaces: On the Notions and the Consequences of Merge and Contain**
林慎将（九州大学大学院人文科学研究院・助教）

22 ノヴァーリスにおける統合的感官としての「眼」
「自己感覚」から「心情」へ
大澤遼可（九州大学大学院人文科学研究院・助教）

23 前近代イスラーム社会と〈同性愛〉
男性同士の性愛関係からみた社会通念の形成過程
辻大地（東京都立大学人文社会学部・助教）

24 「第三帝国」以前の「第三の国」
ドイツと日本におけるネオ・ヨアキム主義
小黒康正（九州大学大学院人文科学研究院・教授）

（著者の所属等は刊行時のもの，以下続刊）

九州大学大学院人文科学研究院